J.J.Schurr

Durch **Liebe** verletzt, durch **Liebe** geheilt.

Bibliografische Information der Deutschen Nationalbibliothek:
Die Deutsche Nationalbibliothek verzeichnet diese Publikation in
der Deutschen Nationalbibliografie; detaillierte bibliografische
Daten sind im Internet über http://dnb.dnb.de abrufbar.

Herstellung und Verlag: BoD- Books on Demand, Norderstedt
Coverfoto: Adobe Stock, catwoman
ISBN 978-3-7448-1760-8
Deutsche Erstausgabe 2017

Dieses Buch widme ich einem ganz besonderen Menschen, der in meinem Leben eine viel zu kurze aber sehr wichtige Rolle gespielt hat.
Für meine Mutter, die leider nicht die Kraft und den Mut besaß, sich gegen die Dämonen in ihrem Leben zu wehren.

Du wirst immer einen Platz
in meinem Herzen haben!

♥

KAPITEL 1

Müde wischte ich über den Tresen, dem sein Alter, anhand der Kratzer und Riefen in dem dunklen, gemaserten Holz, bereits anzusehen war. Wie üblich lag der Geruch von kaltem Zigarettenrauch und Alkohol in der Luft. Aus der Stereoanlage, die auf dem Regal über dem Tresen stand, trällerte leise Musik zu mir herüber. Meine Beine schmerzten vom langen Stehen und vielen Laufen. Selbst meine bequemen Laufschuhe, einer bekannten Sportmarke, konnten dies nicht verhindern. Zum Glück war der Abend nun zu Ende und die letzten Gäste gegangen. Sobald ich mit aufräumen fertig wäre, würde ich mich auf den Heimweg begeben, um mir endlich meinen wohlverdienten Schlaf zu gönnen. Ich schnappte mir mein rundes Tablett, auf dem die letzten leeren Gläser und vollen Aschenbecher standen, und trug sie zur Spüle. Nach und nach versenkte ich die Gläser in dem angenehm warmen Spülwasser, auf dem weißer Seifenschaum trieb, schrubbte sie mit einer runden Spülbürste sauber und stellte sie neben mir auf der Abtropffläche ab.

„Willst du nicht nach Hause gehen? Es ist schon spät und der Abend war lang und anstrengend. Den Rest schaffe ich auch alleine", meinte Curr, als er neben mich trat, nach dem blau-weiß karierten Geschirrtuch griff und die Gläser abzutrocknen begann, um sie dann wieder auf ihren Platz im Regal zu stellen, das hinter uns an der Wand hing.

„Unsinn, ich bleibe und helfe dir bis alles erledigt ist. Schließlich bist du ein alter Mann, der sich nicht überarbeiten sollte", gab ich kess zurück, was mir einen Hieb mit dem Geschirrtuch einbrachte, welches meinen Hintern mit einem schnalzenden Geräusch traf.

Ich schrie auf und lachte.

„Du bist ganz schön frech!", tadelte er mich mit gespielter Empörung. „So alt bin ich noch lange nicht, als dass ich es mit dir jungem Küken nicht aufnehmen könnte oder meine Arbeit nicht schaffen würde."

Curr hatte gar nicht mal so Unrecht, denn für seine neunundfünfzig Jahre sah er noch richtig flott aus. Seine rotblonden, kurzen Haare zeigten nicht mal eine Spur von Grau. Selbst sein Dreitagebart war bis jetzt von den grauen Anzeichen des Alters verschont geblieben. Auch seine Haut wirkte wesentlich jünger. Nur wenn er lachte zeigten sich um seine moosgrünen Augen und die Mundwinkel kleine Fältchen, die ihn jedoch sympathisch und nicht alt wirken ließen. Zusätzlich war er schlank und groß gewachsen, wodurch man ihn im Gesamtbild wesentlich jünger schätzte als er tatsächlich war. Seine lässige Kleidung, welche immer aus einer Jeans und einem Flanellhemd bestand, unterstrich dieses Erscheinungsbild.

„Du gehst immerhin mit schnellen Schritten auf die Sechzig zu", erinnerte ich ihn und spritzte ihn als Retourkutsche für seinen Hieb mit Spülwasser nass.

Curr prustete einen Moment überrascht auf, weil ihn das Wasser direkt im Gesicht traf, und wischte es dann grinsend an seinem Ärmel ab.

„Danke, dass du mich daran erinnerst. Aber ich darf

dich darauf hinweisen, dass man nur so alt ist wie man sich fühlt. In meinem Fall wäre ich dann gerade mal vierzig. Von meinem guten Aussehen mal ganz abgesehen", prahlte er selbstbewusst und griff nach dem nächsten Glas.

„Genau, du hast an jeder Hand mindestens fünf Frauen die hinter dir her sind und sich deinem guten Aussehen und deiner sexuellen Anziehungskraft nicht entziehen können", gab ich mit einem Lachen zurück.

„Du weißt doch, Evanna, für mich gibt es nur eine Frau, die in meinem Leben und Herzen einen wichtigen Platz eingenommen hat, und das bist du." Mit diesen Worten legte er den Arm um mich und drückte mir einen freundschaftlichen Kuss auf die Schläfe.

„Ich weiß, Curr! Und ich weiß deine Freundschaft auch zu schätzen", gab ich zu und lehnte mich einen Moment an ihn, „aber du solltest nicht dein ganzes Leben diesem Pub widmen. Willst du denn wirklich irgendwann als einsamer Junggeselle sterben? Du wirst auch nicht mehr jünger und du hast eine Partnerin an deiner Seite verdient, die dich liebt und umsorgt. Ich kenne dich schon mein ganzes Leben und kann mich nicht daran erinnern, dass du je eine Frau hattest."

„Doch, die hatte ich. Mit zwanzig war ich einmal mit einer Frau zusammen. Die Beziehung hielt ganze vier Jahre, dann hat es leider nicht mehr gepasst und wir haben uns im beidseitigem Einverständnis getrennt", erzählte er.

„Super, das ist schon so viele Jahrzehnte her. Damals war ich noch nicht mal auf der Welt. Du musst dich doch einsam fühlen, so ganz ohne Frau?"

„Nein, Süße, wirklich nicht! Ich habe dich, das Pub und all die Leute die jeden Tag hierherkommen. Ich fühle mich wirklich nicht einsam. Ich bin einfach nicht der Beziehungstyp und werde es auch nie sein. Glaube mir, ich habe es mehr als einmal versucht. In gewisser Weise bin ich wohl tatsächlich mit meinem Pub verheiratet. Aber danke, dass du dich um mich sorgst", versicherte er mir, ließ mich aus seiner Umarmung frei und stellte das saubere Glas, das er noch immer in der Hand hielt, zurück ins Regal. „Was hältst du davon, wenn wir beide jetzt Feierabend machen? Die letzten paar Gläser können wir auch morgen noch spülen. Und die Aschenbecher laufen uns auch nicht davon. Du siehst mindestens so müde aus wie ich mich fühle. Wir sehnen uns beide eine ordentliche Mütze Schlaf herbei. Meinst du nicht auch?", schlug er vor und sah mich fragend an.

„Ehrlich gesagt, ja. Dieser Vorschlag klingt sehr verlockend. Ich kann mein Bett schon bis hierher nach mir rufen hören", gestand ich und musste ein Gähnen unterdrücken.

Curr warf das Geschirrtuch auf die Arbeitsfläche und lief durch eine schmale Tür, die gleich neben dem Tresen lag, nach hinten ins Büro. Ich ließ das Wasser aus der Spüle, trocknete meine Hände ab und folgte ihm.

Das winzige Büro bestand nur aus einem alten, kunststoffbeschichteten Küchentisch und vier Holzstühlen. Der Tisch war vollgestapelt mit Ordnern und Unterlagen, weil er von Curr ständig als Schreibtisch missbraucht wurde. Gleichzeitig diente das Büro als Rückzugsort, wenn man eine kurze Verschnaufpause von der Arbeit im Pub brauchte. Die Wände waren vor langer Zeit einmal weiß gestrichen worden. Doch durch den vielen Zigarettenrauch hatten sie einen gelblichen Farbton angenommen. Der alte Holzboden war an manchen Stellen abgetreten und knarzte unter meinen Schritten.

Curr hielt mir meine schwarze Jacke hin, die über einem der Stühle gehangen hatte, sodass ich direkt hineinschlüpfen konnte. Ich fädelte den Reißverschluss ein und zog ihn bis unter mein Kinn zu.

Gemeinsam liefen wir in Richtung Eingangstür. Das Pub war nicht besonders groß und schon sehr alt. Curr führte es in dritter Generation und trotz den Spuren des Alters wirkte es warm und gemütlich. Die Wände waren alle halbhoch mit dunklem Holz vertäfelt. Oberhalb davon hingen Metallschilder mit Getränkewerbung. Im ganzen Raum standen dunkle, viereckige Holztische mit passenden Stühlen, die mit kleinen dunkelgrünen Stuhlkissen versehen waren. Von der Decke hingen einfache kleine Lampen mit grünen Lampenschirmen aus Glas, die den Raum in ein angenehmes Licht hüllten. An der hintersten Wand war ein großer Plasmafernseher angebracht, der grundsätzlich lief, wenn ein sportliches Ereignis übertragen wurde. Currs Pub war das einzige in Achiltibuie und daher jeden Abend geöffnet. Der Ort bestand gerade einmal aus dreihundert Einwohnern. Doch diese liebten das Pub und nutzten es jeden Abend als Treffpunkt. Hier wurde der aktuelle Klatsch und Tratsch ausgetauscht, einfach nur getrunken und Karten gespielt oder man sah sich gemeinsam ein Fußballspiel an so, wie an diesem Abend. Dann war das Pub immer besonders gut besucht. Zudem wurde es grundsätzlich extrem spät, bis die letzten Gäste den Weg nach Hause gefunden hatten und Curr schließen konnte.

Zum Abschied umarmte ich Curr wie ich es jeden Abend tat und wünschte ihm eine gute Nacht. Ich lief durch die dunkelgrün lackierte Tür nach draußen und atmete die frische, kühle Seeluft ein, die mir entgegenschlug. Curr schloss hinter mir die Tür. Ich hörte noch das leise Klicken, als er sie von innen verriegelte.

Ich lebte gerne hier draußen in Achiltibuie. Ich war hier geboren worden, aufgewachsen und hatte außer einem knappen Jahr, in dem ich für einen Mann in Edinburgh gelebt hatte, was ich bitter bereute, mein ganzes Leben hier verbracht. Auch meine Eltern lebten hier. Jeder kannte jeden und alles in allem war das Leben hier sehr idyllisch. Das Land war ursprünglich und friedlich. So, als hätte Gott dieses Stückchen Erde eben erst erschaffen.

Langsam ging ich den Weg des mit grünen Gras überzogenen Hügels hinauf, auf mein Cottage zu. Der Wind war kalt und zerrte unerbittlich an meinen blauschwarzen, langen Haaren. Im Frühling waren die Nächte in den Highlands noch sehr frisch. Wenn ich nach draußen und die Nacht durchqueren musste, fror ich in der Regel noch schneller als sonst. Vor allem, wenn ich so müde war wie heute. Fröstelnd kramte ich in meiner Jackentasche nach meinem Schlüssel und war froh, dass mein Nachhauseweg nur fünfhundert Meter betrug. Mit zittrigen Händen schob ich den Schlüssel in das Schlüsselloch, öffnete die weiße Haustür des kleinen Natursteinhauses und huschte hinein. Müde stieg ich aus meinen Schuhen und tapste durch die Küche, in der man stand, wenn man durch die Haustür trat. Einen Hausflur gab es in dem kleinen Häuschen nicht. Ich machte mir nicht einmal die Mühe das Licht anzuknipsen, sondern bahnte mir meinen Weg im Licht des Mondes, das durch die Fenster fiel.

Mein Cottage war nicht besonders groß. Ich hatte es von meiner Großmutter geerbt, als sie vor ungefähr zwei Jahren starb. Erst nachdem ich aus Edinburgh geflüchtet und in meine Heimat zurückgekehrt war, zog ich hier ein.

Ich erreichte mein Wohnzimmer, in dessen hinterem Teil die schmale, steile Holztreppe lag, die in die beiden oberen Räume führte. Meinem Bad stattete ich nur einen kurzen Besuch für eine Katzenwäsche ab, bevor ich mich aus meiner Kleidung schälte, sie achtlos auf den alten Dielenboden des Schlafzimmers fallen ließ, in meinen Pyjama schlüpfte und völlig fertig unter meine flauschige Bettdecke kroch. Durch den Mondschein zeichneten sich Schatten an der Zimmerdecke ab, die von dem alten Birnenbaum stammten, der hinter meinem kleinen Haus auf der Wiese stand. Durch die Bewegung des Windes, der durch die Äste blies, sah es so aus, als würden die Schatten der Blätter über mir an der Decke tanzen. Während ich dem Schauspiel fasziniert zusah, wurden meine Augenlider immer schwerer und ich schlief schließlich ein.

Schwerfällig blinzelte ich den ersten Sonnenstrahlen an diesem wunderschönen Morgen entgegen, die durch mein Schlafzimmerfenster schienen und mich sanft weckten. Genüsslich reckte und streckte ich mich, schwang meine Beine aus dem Bett und beschloss mir zuallererst eine heiße Dusche zu gönnen. Leider folgte die herbe Ernüchterung, als ich im Bad frustriert feststellte, dass es kein heißes Wasser gab. Vermutlich war der Boiler wieder einmal ausgefallen, was in der letzten Zeit immer öfter vorkam.

Das Haus meiner Großmutter war schon sehr alt und es war viele Jahre lang nichts daran erneuert worden. Ich hatte zwar in Eigenregie begonnen das kleine Häuschen zu renovieren, doch das bedurfte mehr Zeit und Geld als ich geahnt hatte. Darüber hinaus stand ich jeden Abend ab fünf Uhr zusammen mit Curr im Pub. Und das sieben Tage die Woche. Nicht, dass ich zwingend die ganze Woche für ihn arbeiten musste, doch Curr war mir ein guter Freund geworden und ich arbeitete gerne für ihn. Zudem konnte ich das zusätzliche Geld für die Renovierung des Hauses gut gebrauchen.

Da ich meine Dusche fürs Erste vergessen konnte, wusch ich mich kurz und zog mir eine alte Jeans und ein enges, blaues, langärmliges Shirt an. Entschlossen lief ich nach unten, bereitete in der Küche die Kaffeemaschine vor, die mit einem zufriedenen Gluckern begann den Kaffee aufzubrühen, und schlüpfte in meine Schuhe, die vom Vorabend immer noch an derselben Stelle standen. Ich öffnete die Haustür und lief nach draußen, um nach dem Boiler zu sehen. Dieser befand sich in einem kleinen Anbau neben dem Cottage, der nur von außen zugänglich war. Die Haustür ließ ich offenstehen, damit die frische Frühlingsluft ungehindert ins Haus strömen konnte. Der starke Wind von letzter Nacht war einem lauen Frühlingslüftchen gewichen. Warm schien die Sonne auf mich herab. Gierig reckten sich die Tulpen, deren Zwiebeln ich im letzten Herbst in der Erde vor meinem Häuschen vergraben hatte, der Sonne entgegen. Und auch die Rosen, die zwischen dem Lavendel in meinem kleinen Vorgarten standen, fingen an auszutreiben.

Glücklich ging ich über den gepflasterten Weg auf den kleinen Anbau zu und spürte eine gewisse innere Zufriedenheit in mir. Ich fühlte mich hier zu Hause und geborgen. Auch wenn ich noch ein paar Dinge zu tun hatte, um dem Cottage neues Leben einzuhauchen, so konnte ich es zumindest mein Eigen nennen. Vor dem Winter hatte ich es von außen wiederhergerichtet, indem ich die Fenster und Fensterläden abgeschliffen und mit einer neuen Schicht weißem Lack überzogen hatte. Ein Dachdecker hatte sich um das Dach gekümmert und tauschte die kaputten Ziegel gegen neue aus. Zum Glück war das Holz darunter noch in einem guten Zustand gewesen, wodurch ich recht günstig weggekommen war. Über die Wintermonate begann ich mit dem Innenbereich. Zuerst ersetzte ich die alten Fronten der Küche durch neue elfenbeinfarbene und ließ mir von dem ortsansässigen Schreiner eine neue Arbeitsplatte aus dunklem Massivholz anbringen. Den alten Dielenboden hatte ich zuvor abgeschliffen und neu versiegelt. Die Wände bekamen einen frischen Anstrich in Gletscherblau. Viele Dinge meiner Großmutter waren verschlissen und abgenutzt gewesen, weshalb ich sie entsorgen musste. Doch ein paar Möbel waren durchaus noch zu gebrauchen. Wie zum Beispiel der massive, dunkle Esstisch mit den Stühlen, der seinen Platz an der Wand gegenüber der Küchenzeile bekommen hatte.

Inzwischen stand ich vor dem Boiler, der mich schweigend anzustarren schien. Wie schon so oft, war die Heizflamme ausgefallen, was auch der Grund dafür war, dass ich kein heißes Wasser hatte. Warum das ständig passierte wusste ich nicht. Doch ein Fachmann oder ein neuer Boiler würde wieder einiges an Geld kosten. Solange ich den alten noch alleine zum Laufen brachte, würde ich mir das sparen. Nach einigen Versuchen bekam ich die Flamme wieder zum Brennen. Ich schloss mit einem zufriedenen Lächeln die Wartungsklappe und die alte Brettertür des Anbaus und lief wieder nach drinnen.

In meiner Küche gönnte ich mir erst einmal eine heiße Tasse Kaffee und legte mir einen Plan für den heutigen Tag zurecht. Im Moment war ich dabei das Wohnzimmer zu renovieren. Den Boden hatte ich bereits neu aufgearbeitet. Auch die Decke erstrahlte in neuem Weiß. Nun musste ich die Wände tapezieren, wofür ich eine florale Tapete ausgewählt hatte. Das würde ich heute in Angriff nehmen, denn im Augenblick standen alle Möbel, die mit einer Plane abgedeckt waren, auf einem Haufen in der Mitte des Raumes. Ich wollte das Wohnzimmer endlich wieder nutzen können, daher hatte das für mich oberste Priorität.

Voller Tatendrang stellte ich meine leere Kaffeetasse in das Spülbecken und lief nach draußen, hinter mein kleines Häuschen. Dort holte ich aus dem kleinen Holzschuppen, der auf der Wiese stand, den Tapeziertisch und das dazugehörige Werkzeug, das ich für meinen heutigen Arbeitseinsatz benötigen würde. Ich hatte noch einige Stunden Zeit, bevor ich wieder ins Pub müsste. Wenn ich mich ranhielt und bei meinem Projekt nichts schief ging, würde ich heute ein ganzes Stück vorankommen und die Umsetzung meines Traums von einem gemütlichen Wohnzimmers endlich Wirklichkeit werden lassen.

KAPITEL 2

Musik schallte aus dem kleinen Cottage auf dem Hügel, als Dave den angedeuteten Weg entlanglief. Seinen Wagen hatte er an der Straße abgestellt und die letzten Meter über den geschotterten Weg zu Fuß angetreten. Eigentlich müsste er laut der Wegbeschreibung, die er sich vor seiner Abreise aus dem Internet ausgedruckt hatte, hier genau richtig sein. Doch das Cottage sah alles andere als verlassen aus. Es machte, von der Musik mal ganz abgesehen, einen sehr gepflegten und durchaus bewohnten Eindruck.

Dave war von einem Kunden aus Inverness hierhergeschickt worden. Dieser hatte ihn gebeten, den Verbleib der verstorbenen Mutter genauer in Augenschein zu nehmen und eine detaillierte Auflistung der Gegenstände zu machen, die auf dem hiesigen Antiquitätenmarkt noch etwas einbringen würden. Dave war für seine gute Arbeit als Antiquitätenhändler und sein bemerkenswertes Fachwissen bekannt. Er hatte einen sehr guten Ruf, wurde von seinen Kunden geschätzt und immer wieder weiterempfohlen. Deshalb wurde er oft quer durch Schottland geschickt, um sich Antiquitäten anzusehen und deren Wert zu bestimmen. In einigen Fällen kümmerte er sich auch um den Verkauf beziehungsweise um die Versteigerung der angebotenen Dinge.

Dave liebte seinen Beruf. Er mochte alte Möbel und Gegenstände, die eine Geschichte erzählten und aus einer Zeit stammten, in der die Menschen noch völlig anders gelebt hatten als heute. Damals bestand der Alltag nicht aus Handys und Computern, sondern man betrieb noch echte Konversation. Man ging auf pompöse Bälle, um eine Frau kennenzulernen und ihr den Hof zu machen, und nicht ins World Wide Web auf eine Dating Seite. Selbst hatte er oft das Gefühl, ins falsche Zeitalter hineingeboren worden zu sein, da er ein Mann der alten Schule war. Das man sich schon bei der ersten Begegnung küsste oder beim ersten Date miteinander schlief war für ihn völlig unverständlich. Er musste sich seiner Gefühle erst ganz sicher sein, bevor er begann Zärtlichkeiten auszutauschen. Von Oberflächlichkeit und One-Night-Stands hielt er rein gar nichts.

Auch Gegenstände hatten in der Vergangenheit noch einen ganz anderen Wert, was heute leider nicht mehr der Fall war, weil wir immer mehr zu einer Wegwerfgesellschaft mutierten. Heutzutage gab es nur noch wenige Leute, die Interesse an hochwertigen Dingen mit Liebe zum Detail besaßen. Zudem war kaum noch jemand bereit einen angemessenen Preis dafür zu bezahlen. Meistens waren es nur noch Sammler und Kunstliebhaber, die sich dessen bewusst waren. Solche Menschen erkannten den tatsächlichen Wert einer Antiquität, schätzten diesen und taten sie nicht als alten Ramsch ab.

An der offenstehenden Haustür des kleinen Cottage stoppte er und spähte in das Innere des Hauses. In der Küche war niemand zu sehen. „Hallo, ist jemand zu Hause?", rief Dave gegen die Musik an, doch niemand reagierte. Langsam betrat er den Raum und blieb erstaunt an der antiken Esstischgarnitur stehen, die eindeutig aus der Biedermeierzeit Anfang des neunzehnten Jahrhunderts stammte. Ehrfürchtig strich er über eine der Stuhllehnen, bevor er seinen Weg weiter fortsetzte. Ein seltsamer Geruch lag in der Luft, den er nicht zuzuordnen vermochte. Als Dave um die Ecke in den nächsten Raum bog staunte er nicht schlecht. Nun war ihm auch klar, woher dieser ungewöhnliche Geruch stammte. Es war der eigenartige Duft nach Tapetenkleister. Auf einem alten Holzschemel balancierte eine junge Frau und kämpfte sich damit ab, eine Tapete mit Kleister an die Wand zu kleben. Das Problem dabei war, dass der Schemel nicht sonderlich hoch war. Die junge Frau kam nur mit viel Mühe und indem sie sich auf Zehenspitzen in die Höhe streckte an den obersten Bereich der Wand. Durch ihre akrobatische Leistung, konnte Dave einen Streifen Haut in der Höhe ihrer Taille sehen, der verführerisch unter dem blauen Shirt hervor blitzte. Bei diesem Anblick zuckte es in seinen Fingern. Er verspürte das plötzliche Bedürfnis seine Hand darüber gleiten zu lassen, um zu testen, ob ihre Haut wirklich so weich war wie sie auf den ersten Blick schien. Verwirrt über sich selbst schüttelte er den Kopf, um den Gedanken zu vertreiben. Aus einem Radio dröhnte ein Pop-Hit zu dessen Rhythmus sie aufreizend ihre Hüfte wiegte. Dave ertappte sich dabei, wie er ihr gebannt dabei zusah und auf ihren kleinen, knackigen Po starrte, der in einer engen und tief sitzenden Jeans steckte. Wieder ermahnte er sich im Stillen selbst. So war er doch sonst auch nicht. Verflixt, was war heute nur los mit ihm. Er verdrängte seine unerklärlichen Gedanken, um erneut auf sich aufmerksam zu machen.

„Hallo! Tut mir leid, wenn...", weiter kam er nicht, denn die junge Frau erschreckte sich so sehr, dass sie die Balance verlor, der Schemel kippte und sie nach hinten fiel. Dave machte einen Satz nach vorn, streckte die Arme aus und fing sie ab, bevor sie eine unsanfte Bekanntschaft mit dem Fußboden machen konnte.

„Nun muss ich mich gleich zweimal bei Ihnen entschuldigen. Zum einen, weil ich einfach hier hereinspaziert bin und zum anderen, weil ich Sie auch noch erschreckt habe. Doch die Musik ist so laut, sodass Sie mich nicht gehört haben", begann er ihr über die Musik hinwegschreiend zu erklären.

Erst jetzt rappelte sie sich auf, strich sich die Haare aus dem Gesicht, stellte das Radio leiser und drehte sich zu ihm um. Dave verschlug es die Sprache. Das war das Gesicht eines Engels. Ihre Züge waren unglaublich feminin. Ihre grauen Augen waren mit kleinen blauen Sprenglern durchsetzt, wie er es noch nie zuvor gesehen hatte. Sie wurden von einem dunklen, dichten Kranz aus schwarzen Wimpern gesäumt. Ihre Nase war klein, die Wangen rosig und ihre Lippen voll und gerötet, weil sie nervös darauf herumkaute. Ihr Haar glänzte in der Sonne, die durch das Fenster schien, wie die Federn eines Raben. Sie war fast einen ganzen Kopf kleiner als er und sah verwirrt und mit großen Augen zu ihm auf.

Ich sah meinen Retter nervös an. Diesen blonden Mann hatte ich noch nie in meinem Leben gesehen. Er war definitiv nicht aus Achiltibuie. Es lag ein freundliches Lächeln auf seinen Lippen, wodurch kleine Grübchen an den Wangen sichtbar wurden. Seine blauen Augen, die mich an das Meer erinnerten, sahen entschuldigend auf mich herab und zeigten eine Spur von Reue.

„Wer sind Sie und was machen Sie in meinem Haus?", wollte ich von ihm wissen, nachdem ich mich von meinem ersten Schreck erholt hatte.

„Mein Name ist Dave Campbell und ich bin auf der Suche nach dem Haus von Mrs. McIntosh. Laut meiner Wegbeschreibung sollte es hier sein, aber ich befürchte, ich bin falsch abgebogen", erklärte er und reichte mir die Hand.

Da meine Hände mit Kleister verschmiert waren, wischte ich sie an meiner Hose ab und erwiderte die Geste.

„Freut mich Sie kennenzulernen. Ich bin Evanna Stewart", stellte ich mich ebenso vor. „Ja, das sind Sie tatsächlich. Das Cottage von Mrs. McIntosh ist genau auf der anderen Seite des Ortes. Doch Sie werden sie nicht antreffen, denn sie wurde vor wenigen Wochen beerdigt."

„Ich weiß! Ihr Sohn schickt mich, um nach den Hinterlassenschaften zu sehen."

„Errol, dieser elende Geldgeier. Nicht einmal zu ihrer Beerdigung hat er den Anstand besessen hier aufzukreuzen. Aber wenn es um sein Erbe geht taucht er urplötzlich aus der Versenkung auf. Das sieht ihm ähnlich", antwortete ich verärgert.

Die alte Mrs. McIntosh war eine so nette alte Dame gewesen. Ich hatte sie mein ganzes Leben gekannt. Als junges Mädchen hatte ich ihr ab und zu geholfen im Herbst die Blätter wegzukehren oder im Winter den Schnee zur Seite zu schippen. Sie hatte mich immer gelobt, was für ein liebes und hilfsbereites Mädchen ich wäre und mich für meine Hilfe mit Schokolade belohnt. Ich mochte Mrs. McIntosh und mir fehlte die untersetzte, alte Frau mit den grauen Haaren, die immer ein Lächeln auf den Lippen gehabt hatte, sehr. Vor ungefähr zwei Monaten brach sie eines morgens auf offener Straße einfach zusammen. Sie war auf dem Weg in den kleinen, ortsansässigen Laden gewesen, um dort einzukaufen, als es unvorhergesehen passierte. Ihr Herz war von jetzt auf gleich stehen geblieben und so starb sie einen schnellen und schmerzlosen Tod, wie man sich es wohl mit neunundachtzig Jahren nicht anders hätte wünschen können. Unser Arzt Dr. Smith konnte leider nur noch ihren Tod feststellen.

Ihr Sohn Errol war vor über drei Jahrzehnten nach Inverness gezogen, um dort Karriere zu machen. Immer mehr junge Leute zog es weg von den kleinen Küstendörfern, um sich in den großen Städten zu verwirklichen. Errol hatte nach der Schule studiert und wurde Rechtsanwalt. Er hatte sich immer seltener bei seiner Mutter sehen lassen und sich zum Schluss gar nicht mehr um sie gekümmert. Doch jetzt, wo es was zu holen gab, tauchte er plötzlich auf. Das war so typisch für ihn!

„Tut mir wirklich sehr leid um Mrs. McIntosh und ich kann Sie durchaus verstehen, doch ich mache nur meinen Job", beschwichtigte mich Mr. Campbell.

Ich stieß einen Seufzer aus und meinte: „Ich weiß! Das ging auch nicht gegen Sie. Entschuldigen Sie, wenn es falsch rüberkam."

Ich bückte mich nach der Tapete, die immer noch eingekleistert auf dem Boden lag und darauf wartete Freundschaft mit der Wand zu schließen.

„Warten Sie, ich helfe Ihnen", rief Mr. Campbell, als ich für einen zweiten Versuch meinen Schemel wieder an seinen Platz stellte. Er eilte an meine Seite. „Geben Sie her, bevor Sie sich noch ernsthaft verletzen", piesackte er mich mit einem Grinsen im Gesicht, nahm mir die Tapete aus der Hand und schob den Schemel mit dem Fuß beiseite.

„Hey!", protestierte ich. „Hätten Sie mich nicht so erschreckt, wäre das überhaupt nicht passiert. Zudem ist das nicht die erste Tapete, die ich an die Wand klebe", stellte ich klar und nickte mit dem Kopf in die Richtung der bereits angebrachten Bahnen.

„Das mag sein, aber ich denke, ich komme doch einfacher dran als Sie es tun. Da ich zudem nicht unter Zeitdruck stehe, übernehme ich das gerne für Sie. Sehen Sie es als Wiedergutmachung dafür, dass ich Sie erschreckt habe", entgegnete er.

Widerwillig ließ ich ihn gewähren und trat einen Schritt zurück, damit er Platz hatte. Erst jetzt viel mir auf wie gut er gebaut war. Unter seinem langärmligen Shirt zeichneten sich bei jeder Bewegung seine Muskeln ab. Seine Haut hatte die Farbe von Karamell und sein knackiger Hintern steckte in einer ausgewaschenen Jeans.

„Würden Sie mir bitte kurz die Bürste zum glätten reichen", riss er mich aus meinen Gedanken, über die ich mich selbst wunderte, und streckte seine leere Hand auffordernd in meine Richtung.

„Natürlich!", antwortete ich, griff nach der Bürste, die auf der Fensterbank neben dem Radio lag, und reichte sie ihm. Über seine Schulter hinweg, sah ich ihm bei der Arbeit zu und musste feststellen, wie unglaublich geschickt und schnell er war. Man könnte meinen, dass er öfters Tapeten an die Wand klebte. Plötzlich drehte er sich um und stand mir so dicht gegenüber, dass sich unsere Körper berührten.

Dave hatte das Gefühl, als würde er an all den Stellen, an denen er Kontakt zu der jungen Frau hatte, verbrennen. Der Duft von wildem Jasmin, der eindeutig von ihr ausging, stieg ihm in die Nase. Sein Herz schlug mit einem Mal viel schneller als Sekunden zuvor. Es schien ihm unmöglich, den Blick von dieser wunderschönen Frau abzuwenden. Als hätte sie ihn mit einem Zauber belegt. Ohne sich dessen richtig bewusst zu sein starrte er sie an, hob seine Hand und strich ihr eine Haarsträhne aus dem Gesicht. Für einen Augenblick sahen sie sich schweigend an, als unvorbereitet ihr Telefon klingelte und sie beide aufschreckten.

Im Stillen dankte ich dem Telefon dafür, dass es diese seltsame Situation unterbrach, die ich mir nicht zu erklären vermochte. Dieser Dave Campbell war ein völlig fremder Mann für mich. Trotzdem hatte ich für einen Augenblick das Gefühl gehabt, eine Verbindung zwischen uns zu spüren. Als würde er mich auf magische Weise anziehen. Ich schüttelte meinen Kopf, während ich in die Küche eilte, wo mein Telefon an der Wand hing, um den Anruf entgegenzunehmen. Was immer ich geglaubt hatte zu spüren, war sowieso irrrelevant. Ich besaß kein Interesse an einem Mann. Mein Pensum an negativen Erfahrungen in Sachen Beziehungen war für ein ganzes Leben gedeckt. Nie wieder würde ich einen Mann so nahe an mich herankommen lassen, dass er mich oder meine Gefühle verletzen konnte. Das hatte ich mir hoch und heilig geschworen, nachdem ich aus Edinburgh geflüchtet war und meinen Ex-Freund verlassen hatte. Etwa ein Jahr verschwendete ich an diesen Mistkerl und ließ mich damals immer wieder von ihm einlullen, in der Hoffnung, er würde sich ändern. Ohne ein Wort war ich abgehauen, nachdem ich herausfand, dass er mich mal wieder belogen hatte und gerade mit einigen seiner unzähligen Schlampen zu Gange war. Ich packte meine Sachen, bis nichts mehr in mein Auto passte und fuhr auf nimmer Wiedersehn davon. Meine Eltern hatten mich mit offenen Armen empfangen. Doch am meisten hatte mich Curr aufgefangen. Er war für mich da gewesen, hatte mir sofort meinen alten Job angeboten und ich konnte mich Tag und Nacht bei ihm ausheulen. Er war mir ein toller Freund geworden - eigentlich mein bester - und dafür war ich ihm sehr dankbar. Doch auch das änderte nichts daran, dass ich die Nase von Beziehungen gestrichen voll hatte. Recht schnell begann ich, um mein Herz eine dicke Mauer zu ziehen, um es vor weiteren Angriffen zu schützen.

Ich nahm den Hörer ab und meldete mich.

„Evanna Stewart."

„Hallo, mein Schatz", meldete sich meine Mutter am andern Ende der Leitung.

„Hallo, Mom! Was gibt es?", erkundigte ich mich.

„Ich wollte dich fragen, ob du nachher auf eine Tasse Kaffee vorbeischauen möchtest? Ich habe deinen Lieblingskuchen gebacken", bot sie mir an.

„Schokoladenkuchen!", schwärmte ich. „Ich würde sehr gerne, aber ich bin gerade am Tapezieren und muss nachher ins Pub."

„Schade! Dann schicke ich deinen Vater später auf einen Schlummertrunk im Pub vorbei. Er soll dir dann was von dem Kuchen mitbringen", entschied meine Mutter.

„Danke, das ist wirklich lieb von dir", bedankte ich mich.

„Dann lass es dir schmecken und komm uns die Tage mal besuchen."

„Das mache ich. Bis dann, Mom."

„Bis dann, mein Schatz."

Ich legte auf und suhlte mich schon in der Vorfreude auf den berühmt-berüchtigten Schokoladenkuchen meiner Mutter, als mir einfiel, dass ich immer noch einen fremden Mann im Haus hatte. Entschlossen, ihn jetzt loszuwerden, wandte ich mich ihm zu. Er stand immer noch in meinem Wohnzimmer und sah mich lächelnd an. Verflixt, warum sah dieser Kerl eigentlich so verboten gut aus, dachte ich verärgert. Sowas sollte verboten werden. Schließlich war es nur die äußere Fassade und man wusste nie, was unter dieser verführerischen Hülle lag. Es war wie mit dem vergifteten Apfel bei Schneewittchen. Von außen sah er unwiderstehlich aus und doch war er vergiftet gewesen.

„Danke, dass Sie mir geholfen haben, aber ich muss Sie jetzt bitten zu gehen. Ich will hier fertig werden und muss in zwei Stunden zur Arbeit", bat ich ihn höflich.

„Gern geschehen! Können Sie mir vielleicht noch sagen, ob es hier im Ort ein Zimmer gibt, das man für ein paar Nächte mieten kann?"

„Curr hat in seinem Pub ein Gästezimmer. Es ist gerade frei. Dort können Sie sich sicher einmieten. Das Pub befindet sich an der Hauptstraße, fünfhundert Meter von hier entfernt und ist eigentlich nicht zu übersehen", erklärte ich ihm. „Wenn Sie möchten, werde ich Curr sagen, dass Sie kommen, damit er das Zimmer vorbereiten kann", schlug ich ihm vor.

„Das wäre sehr nett von Ihnen. Ich gehe dann mal stark davon aus, dass dieses Pub auch das ist, in welches Sie sich nachher begeben", mutmaßte er.

„Woher wissen Sie das?", meinte ich verdutzt und verschränkte die Arme vor der Brust.

„Sie hatten es am Telefon erwähnt", erinnerte er mich.

„Stimmt! Ja, ich arbeite im Pub und Curr ist mein Chef."

Ein zufriedenes Lächeln huschte über Mr. Campbells Gesicht, als er erwiderte: „Das freut mich zu hören. Dann sehe ich Sie später, Mrs. Stewart", und genauso schnell wie er aufgetaucht war, rauschte er an mir vorbei und war wieder verschwunden, ohne dass ich noch was hätte erwidern können.

Ich beschloss noch die letzten drei zugeschnittenen Tapeten an die Wand zu kleben und es dann für heute gut sein zu lassen, um mir endlich meine wohlverdiente heiße Dusche zu gönnen. Ich würde heute ja doch nicht ganz fertig werden und viel Zeit, um mich für die Arbeit fertig zu machen, blieb mir auch nicht mehr. Deshalb machte ich mich wieder ans Werk. Nur, dass ich das Radio dieses Mal etwas leiser stellte, weil ich keine Lust hatte noch einmal überrascht zu werden.

KAPITEL 3

Etwas früher wie üblich, öffnete ich die Tür zum Pub, um die letzten Spuren des vorherigen Abends zu beseitigen. Curr war jedoch schneller gewesen und stand mit einem zufriedenen Grinsen hinter der Bar, hielt eine Tasse Kaffee in der Hand und trank genüsslich einen Schluck, bevor er mich begrüßte.

„Hallo, Süße! Wenn du früher gekommen bist, um den Rest sauber zu machen, bist du zu spät."

„Hallo, Curr, warum hast du nicht gewartet? Ich hätte dir doch geholfen", ermahnte ich ihn empört.

„Süße, du arbeitest schon so viel für mich. Ich will nicht, dass du deine Freizeit auch noch dafür vergeudest. Zudem war nun wirklich nicht mehr viel zu tun", gab er zurück.

Seufzend beugte ich mich seinen Worten, zuckte mit den Schultern und erwiderte: „Na gut! Dann mach mir mal bitte einen Cappuccino, damit ich die letzten Minuten meiner freien Zeit auch richtig genießen kann."

Solange er das tat, lief ich ins Büro, um meine Jacke über einen der Stühle zu hängen. Von draußen hörte ich das leise Schnurren des Kaffeevollautomaten, den sich Curr vor Kurzem geleistet hatte. Wir waren beide Kaffeejunkies und es ging nichts über ein richtig gut aufgebrühtes Tässchen von dem schwarzen Gold. Als ich wieder nach vorne kam, stand eine große Tasse Cappuccino mit extra viel Schaum und einem Hauch Schokoladenpulver auf dem Tresen. Ich rückte mir einen der Barhocker zurecht, nahm darauf Platz und strich mein Haar nach hinten, bevor ich nach der Tasse griff.

„Da fällt mir ein, du hast für ein paar Nächte einen Übernachtungsgast. Ein Kerl namens Dave Campbell. Er ist wohl hier, um sich um Mrs. McIntosh Nachlass zu kümmern. So, wie es scheint, will Errol wohl wissen, ob es noch was zu holen gibt", erzählte ich drauf los und nahm einen großen Schluck von meinem Cappuccino.

„Die arme Mrs. McIntosh. Dass ihr Sohn so missraten ist, kann einem nur leidtun", erwiderte Curr, was ich mit einem verständnisvollen Nicken bestätigte. „Klar, das Zimmer ist frei. Ich lege nachher noch schnell frische Handtücher rein und beziehe das Bett", bemerkte er und lief zur Spüle, um seine leere Tasse zu säubern.

„Das kann doch auch ich übernehmen", bot ich an. „Vermutlich ist heute nicht so viel los wie gestern, da kein Spiel übertragen wird. Du hast schon die Überbleibsel von gestern Abend alleine beseitigt."

„Wenn das dein Gewissen beruhigt", meinte er spöttisch.

„Ja, vielleicht tut es das", gab ich grinsend zurück, setzte meine Tasse an und schüttete den restlichen Inhalt in mich hinein.

Curr lachte kopfschüttelnd auf.

Ich sprang von meinem Hocker, ging mit der leeren Tasse in der Hand hinter den Tresen und spülte sie ebenfalls noch kurz ab. Die Eingangstür wurde geöffnet und ich stürzte mich freudestrahlend und mit erhobenen Armen auf den ersten Gast, der soeben hereinspaziert kam.

„Hey Dad, du bist aber schon früh dran", rief ich und

fiel ihm um den Hals.

„Hallo, mein Sonnenschein! Ja, deine Mutter schickt mich, um dir den Kuchen zu bringen", erwiderte er und küsste mich auf die Stirn.

Curr trat zu uns und reichte meinem Vater die Hand.

„Hallo Batair! Schön, dass du mal wieder vorbeischaust. Ein Ale wie immer?", begrüßte er ihn.

„Gerne, Curr!"

Ich zog meinen Vater zum Tresen, nahm ihm den Kuchen ab und bat ihn auf einem der Barhocker Platz zu nehmen.

„Wie geht es dir? Was macht dein Rheuma?", wollte ich von ihm wissen, da wir uns seit mindestens zwei Wochen nicht gesehen hatten.

„Alles bestens! Ich bin zäh, das weißt du doch", meinte er lächelnd und zwinkerte mir zu. „Aber deine Mutter macht sich große Sorgen um dich." Bei den Worten strich er sich seufzend durch sein schütter werdendes, graues Haar und fixierte mich mit seinen dunklen Augen. „Du lässt dich kaum noch blicken, obwohl wir nur ein paar Minuten voneinander entfernt wohnen. Du vergräbst dich in Arbeit und verschanzt dich zu Hause, wo du dich hinter Tapeten oder Wandfarbe versteckst. Wo ist das lebensfrohe Mädchen hin, das wir großgezogen haben? Wenn du es siehst, dann sag ihr bitte, dass wir sie vermissen. Du kannst doch nicht dein ganzes restliches Leben Trübsal blasen. Versuch dein Leben wieder zu leben und vergesse was dieser Bastard von Fearghas dir angetan hat", hielt mir mein Vater vor.

„Erstens", begann ich, während ich um den Tresen lief und den Kuchen auf der Arbeitsplatte abstellte,

„ich will diesen Namen nie mehr hören. Zweitens, lebe ich mein Leben so, wie ich es für richtig halte. Und drittens, arbeite ich gerne und liebe mein Zuhause." Mit diesen Worten wandte ich mich von meinem Vater ab und ging auf die Tür in der Ecke zu, hinter der die Treppe lag, die zu Currs Wohnung und dem separaten Gästezimmer führte. „Ich bereite das Gästezimmer vor", sagte ich über meine Schulter hinweg zu Curr und verschwand dann ohne ein weiteres Wort, um vor dieser Diskussion zu fliehen. Nachdem ich die Tür hinter mir geschlossen hatte, lief ich polternd über die Treppe nach oben. Im Flur des ersten Stocks riss ich wütend den Wäscheschrank auf, holte Bettwäsche und Handtücher heraus und schloss ihn mit einem lauten Knall wieder. Dann stieß ich die Tür zum Gästezimmer auf, schmiss die Sachen aufgebracht auf das Doppelbett und brach im nächsten Augenblick in Tränen aus. Aus meiner Wut wurde Verzweiflung und Traurigkeit. Ich ließ mich auf den Boden sinken, lehnte mich am Bett an und vergrub mein Gesicht in meinen Armen, die auf meinen angezogenen Knien lagen. Mir war klar, dass mein Vater es nur gut mit mir meinte. Trotzdem fiel es mir schwer mit ihm über das Thema zu reden. Meine Eltern wussten nur ansatzweise was zwischen mir und Fearghas vorgefallen war. Ich hatte ihnen die harmlose Variante in Form von *Wir-haben-uns-ständig-gestritten-und-uns-deshalb-getrennt* aufgetischt. Ich konnte es ihnen einfach nicht erzählen, weil ich wusste, wie sehr sie die Wahrheit schockiert hätte. Zudem wären sie mir bestimmt mit Predigten begegnet, warum ich ihn nicht schon früher verlassen habe, und das hätte ich nicht ertragen. Daher verstanden sie auch nicht, warum ich mich so sehr zurückgezogen hatte. Doch ich brauchte Zeit für mich. Zeit um zu verarbeiten. Zeit um zu vergessen. Nur leider hatten die letzten Monate nichts bewirkt. Der einzige der die ganze Geschichte kannte war Curr.

Ich erkannte es schon an den Schritten, dass auch er es war, der einige Minuten später ins Zimmer trat, sich neben mich setzte und mich in seine Arme zog.

„Meine Süße, weine nicht. Ich weiß, es fällt dir schwer das alles hinter dir zu lassen und zu vergessen, aber dein Vater hat recht."

„Danke, dass du dich auf seine Seite schlägst", murrte ich unter Tränen.

„So ein Quatsch! Darum geht es doch überhaupt nicht. Wenn du dich von deinem Erlebten abhalten lässt dein Leben normal und mit allem was dazu gehört zu leben, dann hat dein Ex-Freund immer noch Macht über dich. Willst du das?"

Schluchzend antwortete ich: „Nein, natürlich nicht! Es ist nur so, dass ich nicht vergessen kann. Alles ist so fest in meine Erinnerung eingebrannt. Manchmal sucht er mich sogar noch in meinen Träumen heim. Dann steht er wieder vor mir und lacht mich aus, weil ich ihn frage wo er gewesen ist. Wenn ich ihn dann mit meinem Wissen konfrontiere, schlägt er ohne zu zögern zu. Immer und immer wieder. Er schreit mich an, dass ich ihn dazu zwingen würde, weil ich mich ihm verweigere. Gibt mir ganz alleine die Schuld, für den Zustand unserer Beziehung. Es ist genauso wie damals. An dieser Stelle wache ich dann meistens auf. Es lässt mich einfach nicht los und ich habe Angst, dass es das nie tun wird."

Curr strich mir beruhigend über den Rücken und drückte mich an sich.

„Er kann dir nichts mehr tun. Das ist das einzige was zählt und das musst du dir vor Augen halten. Sollte er sich jemals nach Achiltibuie trauen, überlebt er den Tag nicht. Denn wenn ich mit ihm fertig bin, muss er nach Edinburgh zurückkriechen", versicherte mir Curr. „Sieh mich an, Evanna", bat er und strich mir meine Haare aus dem Gesicht. „Wir alle mussten im Leben schon Dinge wegstecken, auf die wir gerne verzichtet hätten. Manche schrecklich schlimm, manche weniger schlimm. Das was du erlebt hast fällt auf jeden Fall in die Kategorie extrem schlimm. Trotzdem muss man weitermachen. Ich weiß, dass du Angst hast, aber ich bin immer für dich da und passe auf dich auf. Versprochen! Dir kann hier nichts geschehen. Du bist zu Hause und in Sicherheit."

Er hatte recht, doch wie sollte man etwas vergessen, was einem so tiefe Wunden zugefügt und einem den Glauben an das Gute im Menschen genommen hatte. Trotzdem nickte ich und löste mich aus seinen Armen, um in meiner Hosentasche nach einem Taschentuch zu suchen und mir damit die Nase zu putzen.

„Ist mein Vater noch da?", wollte ich von ihm wissen und wischte mir die Tränen von den Wangen.

„Nein, er hat ausgetrunken und ist wieder gegangen. Aber ich soll dir von ihm ausrichten, dass er dich lieb hat."

Curr erhob sich und reichte mir die Hand. Ich seufzte, nahm die Hand an und ließ mir aufhelfen.

„Ich muss wieder runter und nach den Gästen sehen. Lass dir so viel Zeit wie du willst. Ich komme unten auch alleine zurecht", bot er mir an.

„Es geht schon wieder", versicherte ich ihm mit einem gequälten Lächeln. „Ich mach noch schnell das Zimmer fertig und komme dann auch wieder nach unten."

„Wie du willst", gab er zurück und wandte sich zum Gehen um.

Er war schon dabei das Zimmer zu verlassen, als ich noch hinzufügte: „Danke, Curr, dass du immer für mich da bist."

Er sah über seine Schulter auf mich zurück und erwiderte: „Immer, Süße!", setzte ein Augenzwinkern hinzu und ließ mich dann wieder allein.

Nachdem ich noch ein letztes Mal tief durchgeatmet hatte, schnappte ich mir das Bettzeug und begann es mit frischen, weißen Laken zu beziehen. Als ich die Decken und Kissen des alten Doppelbettes schön drapiert hatte, legte ich noch die frischen Handtücher auf die kleine Kommode, die an der Wand neben dem Fenster stand. Erschöpft blickte ich in den Spiegel, der darüber hing. Es war keine körperliche Erschöpfung, sondern eher eine seelische. Im Stillen fragte ich mich, ob ich irgendwann wirklich wieder fähig wäre, ein normales Leben zu führen. Ob ich jemals wieder einem Mann vertrauen und ihm mein Herz schenken könnte, um doch noch wahre Liebe zu erfahren. Bei dem Gedanken suchte sich erneut eine Träne ihren Weg. Schnell wischte ich sie weg, ordnete meine Haare und unterzog mein Spiegelbild einem letzten Check. Meine Augen waren zwar immer noch leicht gerötet, doch das ließ sich nun mal nicht ändern. Ich zuckte mit den Schultern und beschloss nach unten zu gehen. Doch als ich mich umdrehte, um das kleine Zimmer zu verlassen, stieß ich ein zweites Mal an diesem Tag mit Dave Campbell zusammen.

Während der ganzen Zeit, in der sich Dave in dem Cottage von Mrs. McIntosh umsah, konnte er an nichts anderes denken, als an Evanna Stewart. Diese Frau ließ ihn einfach nicht los, was irgendwie lächerlich war. Schließlich kannte er sie nicht einmal. Doch egal wie sehr er versuchte sich abzulenken, ertappte er sich immer wieder dabei, wie er an sie dachte. Sich ihr hübsches Gesicht vorstellte oder wie sich ihre Haut unter seinen Händen anfühlen könnte. Selbst ihren Duft nach wilder Jasmin schien er immer noch in der Nase zu haben. Es war zum verrückt werden. Was war nur los mit ihm? Er war doch sonst nicht so leicht zu bezirzen - mal ganz davon abgesehen, dass sie ihn nicht ernsthaft bezirzt hatte. Verwirrt strich er sich durch sein Haar, blieb im Türrahmen zum Wohnzimmer stehen und lehnte sich dagegen.

Da er nach seinem ausführlichen Rundgang durch das Haus feststellen musste, dass hier mächtig viel Arbeit auf ihn wartete, beschloss er kurzerhand, es für den heutigen Tag gut sein zu lassen und morgen ans Werk zu gehen. Mrs. McIntosh schien eindeutig eine Frau gewesen zu sein, die alte Dinge geliebt hatte. Ob ihr dabei bewusst gewesen war, dass ein kleines Vermögen in ihrem Cottage stand, wusste er nicht. Doch eins war sicher, er würde hier länger beschäftigt sein als erwartet. Geplant waren zwei Tage, doch bei diesen Mengen würde er wohl frühestens nächste Woche wieder in Inverness sein. Es war schon früher Abend und heute würde er sowieso nichts mehr auf die Reihe bekommen, weshalb er sich kurz entschlossen von dem Türrahmen löste, das Cottage verließ und zurück zum Pub fuhr.

Kaum dort angekommen spürte er, wie sein Herz augenblicklich schneller schlug. Das Wissen Evanna gleich wiederzusehen, brachte ihn völlig aus der Fassung. Ein wenig kam er sich wie ein Teenager vor, der auf seinen Schwarm traf. Das war völlig untypisch für ihn. Noch nie hatte ihn eine Frau so aus der Ruhe gebracht. Doch bei Evanna Stewart schienen all seine rationalen Einstellungen dahinzuschwinden und nur noch ein unbändiges Verlangen übrig zu bleiben.

Er parkte seinen Wagen an der Straße, stieg aus, holte Koffer und Laptop aus dem Kofferraum und lief auf das Pub zu, das von außen mit seinen kleinen Fenstern und der Steinfassade einen urigen Eindruck machte. Eine alte Sturmlaterne über der Tür, der durch Elektrik neues Leben eingehaucht worden war, erhellte den Eingang. Auf dem dunkelgrünen Schild mit goldener Schrift neben der Tür stand *Currs Pub*. Dave trat ein und stellte fest, dass nicht besonders viel los war. An einem Tisch saßen zwei Männer und spielten unter lautstarken Diskussionen über das gestrige Fußballspiel Karten. Durch zwei Lautsprecherboxen ertönten die neuesten Nachrichten eines Radiosprechers. Es war nicht schwierig den Wirt ausfindig zu machen. Dieser war hinter der Bar damit beschäftigt Ale zu zapfen. Dave schloss hinter sich die Tür, ging auf ihn zu und stellte sich vor.

„Hallo, sind Sie Curr, der Besitzer? Ich bin Dave

Campbell und Evanna Stewart wollte mich anmelden. Ist sie nicht hier?", fragte er verwundert, weil er sie nirgends erblickte.

„Hallo! Ja, der bin ich", bestätigte Curr, setzte das Glas mit Ale ab, welches er unter den Zapfhahn gehalten hatte und reichte Dave die Hand. „Evanna ist oben und bereitet Ihr Zimmer vor. Gehen Sie doch einfach rauf, dann kann sie Ihnen gleich alles zeigen. Einfach durch die Tür dort, die Treppe rauf und gleich rechts. Sie können es nicht verfehlen", schlug er vor und zeigte in die angegebene Richtung.

„In Ordnung, danke", erwiderte Dave und tat wie ihm geheißen.

Das Zimmer war wirklich nicht schwer zu finden. Als er oben auf dem Treppenabsatz ankam und Evanna sah, machte sein Herz vor Freude einen kleinen Sprung. Sie stand vor einem Spiegel und betrachtete sich skeptisch. Als er gerade in das kleine Zimmer lief, um sich bemerkbar zu machen, wandte sie sich schwungvoll um und stieß gegen ihn.

„Hoppla, nicht so stürmisch schöne Frau", meinte er und sah mit einem Grinsen auf sie herab. Im nächsten Moment erstarb sein neckischer Gesichtsausdruck und wich einer ernsten Miene. „Sie haben geweint!", stellte er fest. „Ist alles in Ordnung? Kann ich Ihnen irgendwie helfen?", erkundigte er sich besorgt.

Das war das Letzte, was ich jetzt gebrauchen konnte. Dave Campbell der in mein verweintes Gesicht sah.

Verdammt, warum hatte ich ihn nur nicht kommen hören. Schnell ließ ich meinen Blick sinken.

„Ja, alles bestens! Ich hatte nur eine Wimper im Auge", log ich, in der Hoffnung, dass er meiner Lüge Glauben schenkte.

„Eine Wimper", wiederholte er skeptisch. „Das sieht so gar nicht nach einer Wimper aus. Was ist geschehen, dass eine so bezaubernde Frau wie Sie es sind weinen muss?", wollte er wissen.

Verwundert sah ich zu ihm auf. Was sollte er für einen Grund haben, sich um mein Wohlergehen zu sorgen? Und warum machte er mir Komplimente und sah mir unentwegt in die Augen? Er stellte seinen Koffer ab, ohne mich aus seinem Blick zu entlassen, hob die Hand und legte sie völlig unvorbereitet auf meine Wange. Ich war mir dessen nicht bewusst, doch ich schloss für einen kurzen Augenblick meine Augen und gab mich der tröstenden Geste hin. Seine Hand fühlte sich warm und weich an. Wie ein weiches Kissen, das einen lockte, um sich hinein zu schmiegen. Doch als mir klar wurde, was ich tat, riss ich entsetzt die Augen auf, sog erschrocken die Luft ein und trat einen Schritt zurück, als hätte ich mich an ihm verbrannt. Schockiert über mein eigenes Verhalten und verwirrt über Mr. Campbells zärtlichen Versuch mich zu trösten, stammelte ich: „Das Bad ist gleich im Flur die nächste Tür links. Die Tür rechts führt zu Currs Wohnung und ist somit privat. Falls Sie noch mehr frische Handtücher benötigen, die finden sie in dem Schrank, der ebenfalls auf dem Flur steht. Ich muss jetzt wieder an die Arbeit." Verunsichert ging ich auf ihn zu, in der Hoffnung, dass er mich durch die Tür lassen würde. Zu meinem Glück tat er das tatsächlich und trat zur Seite. Jedoch mit einem Blick der Bände sprach. Ich las Verwirrung und Entschlossenheit darin. Verwirrung vermutlich, weil er nicht verstand, warum ich wie ein aufgeschrecktes Reh reagierte. Seine Entschlossenheit ließ vermuten, dass er das so nicht stehen lassen würde. So schnell ich konnte, lief ich an ihm vorbei und griff nach dem hölzernen Treppengeländer, um die Treppe hinabzustürmen. Was mir dabei nicht entging war sein männlicher Duft, der mir in die Nase stieg. Er roch nach Seife und einem Hauch von Bergamotte. Aus irgendeinem Grund, konnte ich mich nicht davon abhalten, diesen Duft tief einzuatmen und schimpfte mich in Gedanken sofort dafür. Ich war froh, als ich den Fuß der Treppe erreicht hatte und die Tür zum Pub hinter mir schloss, um Abstand zwischen mich und den Mann zu bringen, der mich in gewisser Weise verunsicherte. Um auf andere Gedanken zu kommen, stürzte ich mich in die Arbeit. Leider war heute wirklich nicht viel los. Insgesamt zählte ich gerade einmal fünf Gäste. Dal und Jess, die sich hier wie jeden Abend zum Kartenspielen getroffen hatten. Zwei Touristen, die mir erzählten, dass sie am Achnahaird Beach gewesen waren und auf dem Rückweg nach Polglass hier gehalten hatten, um etwas zu essen. Und zu guter Letzt, der alte Mr. Morrison, der Curr gerade mit Anekdoten von früher nervte, wie er es immer tat, wenn er hier aufkreuzte. Doch Curr steckte es mit einem Lächeln weg und tat so, als wäre er ganz begeistert von den Geschichten, weil er wusste wie einsam der alte Morrison war. Dieser lebte, seitdem seine Frau verstorben war, alleine. Auch seine Kinder hatten vor langem Achiltibuie verlassen, um ihr Glück woanders zu suchen. Dazu kam seine Vergesslichkeit, die immer mehr zunahm. Deshalb war ihm auch nicht bewusst, dass er diese Geschichte, über den unglaublich großen Fisch, den er vor zwanzig Jahren gefangen hatte, schon zum gefühlten einhundertsten Mal erzählte.

Nachdem alle Gäste versorgt waren, entschloss ich mich die Regale mit den Gläsern abzustauben und begann deshalb alles frei zu räumen. Bewaffnet mit einem feuchten Tuch machte ich mich ans Werk und rückte dem Staub fachmännisch zu Leibe. Gerade, als ich mit dem ersten Regal fertig war und die letzten Gläser zurückstellte, ließ mich eine mir bereits bekannte Stimme herumfahren.

„Bekommt man hier auch etwas zum Essen?", fragte mich Mr. Campbell und lächelte mich freundlich an, sodass seine Grübchen wieder sichtbar wurden. Er saß mir genau gegenüber am Tresen. Seine Haare waren noch feucht und er trug neue Kleidung, was darauf hindeutete, dass er geduscht hatte. Der olivgrüne Pullover schmiegte sich um seinen Oberkörper und ließ nur vermuten, was sich darunter verbarg. Die Ärmel hatte er zurückgezogen und ich sah eine längliche Narbe auf seinem Arm, die aussah, als wäre sie schon älter. Ich riss meinen Blick davon los, lief zur Spüle, um meinen Lappen abzulegen, und griff nach der Speisekarte.

„Klar, hier ist die Karte", antwortete ich und reichte sie ihm.

Er warf einen kurzen Blick hinein und gab sie mir dann mit den Worten: „Ich hätte gerne das Haggis", wieder zurück.

Die Bestellung veranlasste mich Curr von Mr. Morrison wegzurufen, denn die Küche war sein Revier, in das niemand sonst vordringen durfte. Allerdings war ich mir sicher, dass es ihm sehr gelegen kam, einen Grund zu haben, Mr. Morrison wieder sich selbst zu überlassen.

Ich machte mich wieder an die Arbeit und widmete mich weiter den Regalen.

„Arbeiten Sie schon lange hier?", fragte Mr. Campbell hinter mir.

„Seit ungefähr zehn Monaten", erwiderte ich, ohne ihn anzusehen.

„Und was haben Sie davor gemacht?", hakte er weiter nach.

Ich schluckte schwer, weil ich nicht schon wieder an diese Zeit zurückdenken wollte.

„Ich habe in Edinburgh gelebt."

„Und was hat Sie dann hierher verschlagen?"

„Ich bin hier groß geworden."

„Das heißt dann wohl, Sie sind wieder hierher zurückgekehrt. Hat es Ihnen dort nicht gefallen?", bohrte er weiter.

Allmählich wurde es mir zu viel und ich drehte mich aufgebracht zu ihm um und meinte: „Das geht Sie nichts an!"

Er legte seinen Kopf etwas schief und sah mich aufmerksam an.

„Warum werde ich das Gefühl nicht los, dass der Ursprung dessen, was Ihnen Probleme bereitet, in Edinburgh liegt", überlegte er laut.

Bevor ich etwas erwidern konnte, kam Curr mit dem Essen aus der Küche und stellte den Teller vor Mr. Campbell ab.

„Einmal Haggis nach Art des Hauses. Lassen Sie es sich schmecken", verkündete er zufrieden.

Ja, kochen konnte Curr wie ein Profi. Ich liebte sein Essen so, wie jeder andere der hierherkam. Bei ihm konnte man immer sicher sein, dass es schmeckte.

„Danke!", meinte Mr. Campbell und fragte dann an mich gerichtet: „Leisten Sie mir beim Essen Gesellschaft?"

„Ich muss arbeiten, tut mir leid!", antwortete ich blitzschnell und wollte mich gerade wieder den Regalen widmen, als Curr, der immer noch neben mir stand, sich einmischte.

„Du kannst Mr. Campbell gerne Gesellschaft leisten. Es ist sowieso nichts los."

Ich strafte Curr mit einem *Du-bist-so-ein-mieser-Verräter* Blick, während Mr. Campbell aufsprang, seinen Teller schnappte und vorschlug: „Dann lassen Sie uns an einen Tisch sitzen. Das ist gemütlicher."

„Soll ich Ihnen noch etwas zum Trinken bringen?", erkundigte sich Curr und ignorierte meinen wütenden Gesichtsausdruck.

„Ein Ale wäre toll", gab Dave fröhlich zurück und schlenderte mit seinem Teller in der Hand und einem zufriedenen Grinsen im Gesicht an den Tisch in der hintersten Ecke.

Ich griff nach einem Glas und murrte in Currs Richtung: „Ich mach das schon. Und danke, dass du mich ihm auf einem silbernen Tablett servierst."

„Hey, ich weiß gar nicht, was du hast. Er scheint sehr nett zu sein und interessiert ist er wohl auch an dir", erwiderte Curr mit einem Zwinkern.

„Genau da liegt ja das Problem", wies ich ihn zurecht.

„Du weißt ganz genau, dass ich nicht im Geringsten an einem Mann in meinem Leben interessiert bin. Außerdem ist er ein völlig Fremder für mich."

„Und du erinnerst dich hoffentlich an das, was ich dir vorhin oben gesagt habe. Lebe dein Leben und lass nicht zu, dass dein Ex noch länger Macht über dich hat. Was spricht gegen ein Abendessen mit einem Mann und etwas Konversation. Es ist ja nicht so, als dass jemand von dir erwartet, sich ihm gleich an den Hals zu werfen. Also, setz dein schönstes Lächeln auf und genieß den Abend. Ich hole dir auch noch eine Portion Haggis und dann entspannst du einfach mal."

Mit diesen Worten drehte sich Curr um, eilte in die Küche und ließ mich sprachlos zurück. Na herzlichen Dank auch, dachte ich. Aber vielleicht hatte er ja recht und ich sollte einfach alles viel entspannter sehen. Schließlich wäre es tatsächlich nur ein Essen ohne Verpflichtungen oder Hintergedanken. Was sollte schon passieren? Ich warf einen Blick in Mr. Campbells Richtung, der gerade damit beschäftigt war sein Besteck aus der Serviette zu wickeln. Eigentlich sah er wirklich sehr nett aus. Zudem war er wirklich attraktiv, wie mir schon bei unserem ersten Aufeinandertreffen aufgefallen war. Doch davon würde ich mich nicht blenden lassen.

Seufzend nahm ich ein zweites Glas und zapfte ein weiteres Ale. Damit lief ich zu Mr. Campbell und setzte mich ihm gegenüber. An einem Abendessen war nichts Verwerfliches, dachte ich und stellte die Gläser ab. Nur Sekunden später setzte Curr einen zweiten Teller Haggis vor mir ab und wünschte uns einen Guten Appetit.

Um meinem Gegenüber erst gar nicht die Chance zu

geben, sich weiter über mich zu erkundigen, drehte ich den Spieß einfach um.

„Und, Mr. Campbell, was machen Sie beruflich? Sie haben erzählt, dass Sie sich um den Nachlass von Mrs. McIntosh kümmern. Wie soll ich das verstehen? Sind Sie Makler oder Nachlassverwalter?"

„Bitte nennen Sie mich Dave", bat er mich. „Weder noch. Ich bin Antiquitätenhändler und Spezialist, wenn es um Bewertungen von solchen Dingen geht. Ich begutachte die hinterbliebenen Sachen in Mrs. McIntoshs Haus und stelle eine Liste mit allen Gegenständen und dem was diese Dinge ungefähr einbringen auf. Wenn es gewünscht wird, kümmere ich mich auch um den Verkauf. Im Falle von Mrs. McIntosh Hinterlassenschaften bedeutet das ein ganzes Stück Arbeit. Ihr ganzes Haus steckt voller Antiquitäten und schöner Sachen aus vergangener Zeit", erklärte er mir.

„Ich schätze, in fast jedem Haus hier in Achiltibuie sieht das so aus. Der Hausrat wurde zum Teil über Generationen weitergegeben. Auch ich habe noch Möbel von meiner Großmutter, die sie wiederum schon von ihren Eltern übernommen hatte. Wobei es immer weniger wird, wie man im Falle von Mrs. McIntosh sieht. Es gibt kaum noch junge Leute hier draußen. Es zieht sie alle in die größeren Städte und dann werden diese schönen alten Dinge, wenn sie nicht mehr gebraucht werden, einfach verschachert ", gab ich mit einem traurigen Unterton zurück und nahm etwas von meinem Haggis.

„Sie mögen alte Dinge, habe ich recht?", hakte er nach, nahm einen Schluck von seinem Ale und sah mich über den Rand seines Glases unentwegt an.

„Ja, sehr sogar. Ich habe nach dem Einzug in Großmutters Häuschen nur die Dinge weggeschmissen, die absolut nicht mehr zu gebrauchen waren. Mich erinnern die alten Sachen an meine Kindheit. Ich war oft bei ihr und sie machte mir Kakao. Wir saßen dann gemeinsam im Wohnzimmer vor dem Kamin, aßen Kekse und sie erzählte mir Märchen. Wenn ich heute vor diesen alten Möbeln stehe, ist es fast so, als würden sie mir von damals erzählen."

Dave sah mich aufmerksam an und lauschte jedem Wort von mir.

„Das Gefühl kenne ich", pflichtete er mir bei und stellte sein Glas ab. „Mir ist Ihre Esstischgarnitur aufgefallen, als ich bei Ihnen reingeplatzt bin. Wirklich ein sehr schönes, altes Stück."

„Sie haben meine Wohnzimmermöbel noch nicht gesehen, da sie unter der Plane versteckt waren. Ich schätze, bei dem Anblick würde Ihr Antiquitätenkennerherz noch höherschlagen", mutmaßte ich.

„Jetzt haben Sie mich wirklich neugierig gemacht. Dürfte ich sie mir denn mal ansehen?"

„Sie können mir ja beim Möbelrücken helfen, wenn ich mit tapezieren fertig bin, dann sehen Sie sie zwangsläufig", scherzte ich und unterstrich es noch mit einem Lachen.

„Okay, ich bin dabei", meinte er ohne mit der Wimper zu zucken und lächelte mich zufrieden an.

Verdammt! So hatte ich mir das nicht vorgestellt. Natürlich war ich froh über Hilfe, da die massiven, alten Möbel meiner Großmutter wirklich sehr schwer waren. Doch Curr hätte mir ebenso geholfen, wie er es auch schon beim Wegrücken getan hatte. Was sollte ich jetzt tun? Unsicher starrte ich in mein Essen und stocherte darin herum. Ich wollte nicht unhöflich sein. Zudem hallten immer noch Currs Worte durch meinen Kopf, dass ja nichts dabei wärer sich ungezwungen zu unterhalten, und niemand etwas von mir erwarten würde. War das denn so? Erwartete Dave wirklich nichts von mir? Ich musste wieder an den Moment im Gästezimmer denken, als er meine Wange berührt hatte. Warum hatte er das getan? War es seinerseits wirklich nur eine tröstende Geste gewesen? Ich war völlig durcheinander. Dave schien wirklich nett zu sein und das Essen war bis jetzt angenehm verlaufen. Sollte ich es auf ein zweites zwangloses Treffen ankommen lassen?

Er schien meinen nachdenklichen Gesichtsausdruck zu bemerken.

„Alles in Ordnung? Wenn Sie es sich anders überlegt haben..."

Ich unterbrach ihn.

„Nein, nein! Ich habe nur überlegt, bis wann ich mit tapezieren fertig bin", flunkerte ich. „Lässt Ihre Arbeit das denn zeitlich überhaupt zu?"

„Naja, ich kann mir meine Zeit frei einteilen und auch ich arbeite keine vierundzwanzig Stunden am Tag", erwiderte er und schob sich sein restliches Haggis in den Mund.

„Das ergibt Sinn", gestand ich. „Wäre Freitag okay? Ich denke, dass ich morgen die letzten Bahnen an die Wand machen kann. Dann müsste der Kleister bis übermorgen soweit trocken sein, damit wir die Schränke wieder an ihre Plätze rücken können."

„Gut, dann Freitag. Wäre Ihnen neun Uhr recht? Dann würde ich mich im Anschluss an meine eigene Arbeit machen", schlug er vor.

„Natürlich!", bestätigte ich und griff nach seinem leeren Teller, um ihn abzuräumen. „Haben Sie noch Platz für einen Nachtisch?", fragte ich Dave, während ich aufstand und auch meinen Teller aufnahm.

„Warum nicht, gegen etwas Süßes habe ich nie was einzuwenden", erwiderte er mit einem schelmischen Grinsen.

Ich entschloss mich das einfach zu ignorieren und mir jeglichen Kommentar darauf zu sparen. Ich brachte die Teller in die Küche, wo ich sie in die Spülmaschine stellte und schnappte mir zwei Kuchenteller. Der Kuchen meiner Mutter stand noch auf der Arbeitsplatte hinter dem Tresen, wo ich ihn zurückgelassen hatte. Vorsichtig hob ich mit der Hilfe eines Messers je ein Stück auf einen Teller, versah jeden noch mit einer Kuchengabel und ging dann zurück an Daves Tisch.

„Den Schokoladenkuchen hat meine Mutter gebacken. Er ist sensationell, aber probieren Sie selbst", sagte ich, setzte mich wieder und stellte dabei die Teller auf dem Tisch ab.

Ohne zu zögern fiel ich über mein eigenes Stück her und ließ dieses schmelzige, schokoladige Wunder auf meiner Zunge zergehen.

„Mmmh, du liebe Güte, der ist göttlich!", gestand Dave und sah mich mit entzückter Miene an.

„Ich weiß", bestätigte ich mit einem zufriedenen Lächeln. „Früher musste meine Mom den Schokoladenkuchen immer verstecken, ansonsten habe ich ihn in einer einzigen Fressorgie alleine verputzt. Beim ersten Mal, als das passiert ist, war ich gerade zwei Jahre alt. Laut den Geschichten, die mir erzählt wurden, saß ich auf dem Küchenboden als mich meine Mom fand, war von oben bis unten mit Schokolade verschmiert und stopfte mir gerade die letzten Krümel in den Mund. Auf die Frage hin, ob ich den Kuchen gemopst und ganz alleine gegessen hätte, habe ich wohl einen kleinen Kobold mit großem Hut beschuldigt. Ab diesem Tag kam der Kuchen immer unter Verschluss."

Dave begann zu lachen.

„Das hätte ich gerne gesehen. Mit Sicherheit war das ein einzigartiges Bild."

„Oh ja, das war es durchaus. Es gibt Beweisfotos von meiner Tat", gestand ich und strich mir eine Haarsträhne hinter mein Ohr.

„Einhundert Pfund für so ein Bild", lachte er.

„Vergessen Sie es", gab ich nun ebenfalls lachend zurück. „Die sind unbezahlbar."

„Ach, kommen Sie schon", forderte er.

„Nein", lachte ich immer noch. „Ich müsste Sie danach umbringen, damit Sie niemandem von diesen Bildern erzählen. Das kann ich nicht verantworten."

„Okay, machen wir einen Deal. Eine Kindheitssünde gegen die andere", schlug er vor.

„Wie meinen Sie das?", wollte ich wissen und zog verwirrt die Stirn kraus.

„Ganz einfach, ich erzähle Ihnen von meiner kleinen Kindheitssünde, von der ebenfalls ein Foto existiert. Wenn Sie es sehen wollen, dann darf ich auch Ihres sehen."

Ich sah in fassungslos an.

„Das ist Erpressung!", stellte ich fest.

„Nein, das ist nur gerecht", korrigierte er mich.

„Na, dann lassen Sie mal hören, ob es das wert ist", forderte ich skeptisch.

„Es war kurz vor Ostern", begann er. „Meine Mom hatte Ostereier gefärbt. Eine ganz große Schüssel voll. Ich war damals circa eineinhalb Jahre alt. Als meine Mom zum Wäsche aufhängen nach draußen ging, holte ich mir die Schüssel vom Tisch, nahm jedes Ei und schlug es mit einem zweiten zusammen. Meine Mom hatte mir erzählt, dass sie bis heute nicht wüsste, wie ich es geschafft hatte, diese Schüssel vom Tisch zu holen. Zudem hatte ich wohl auf die Frage, warum ich das gemacht hätte, mich nur mit den Worten *bunt* und *klack* verteidigt. Danach gab es zwei Tage lang nur Eier zum Essen und ich trug für einen gewissen Zeitraum den Spitznamen Ostereierkiller. Um dem ganzen noch die Krone aufzusetzen, Ostern war in dem Jahr, als das passierte, recht spät. Wir hatten bereits tolles Wetter und es war erstaunlich warm für diese Jahreszeit, was dazu führte, dass ich zum Tatzeitpunkt nackt war."

Spätestens jetzt war alles zu spät. Ich brach in schallendes Gelächter aus und konnte mich nicht davon abhalten mir Dave als kleinen Knirps vorzustellen, der nackt auf dem Boden saß und fröhlich bunte Eier zerdepperte. Ich brauchte einen Moment, bis ich mich wieder gefangen hatte, um mich dazu äußern zu können.

„Haben Sie das Bild überhaupt hier?", wollte ich wissen und aß den letzten Bissen von meinem Kuchen.

„Ja, ich habe es immer in meiner Geldbörse", bestätigte er.

„Okay, dann haben wir wohl noch einen Deal", stellte ich fest. „Am Freitag zeige ich Ihnen meines und Sie mir Ihres."

„Hand drauf", forderte er.

Entschlossen reichte ich sie ihm, weil ich mir diesen Anblick wirklich nicht entgehen lassen konnte, und er schloss sie sanft in seine. Mir fiel wieder auf wie warm und weich sich seine Hand anfühlte. Es war angenehm und hinterließ ein sonderbares Gefühl auf meiner Haut. Kurz verharrten wir so und er sah mir aufmerksam in die Augen, bevor er mich wieder losließ.

Curr kam zu uns an den Tisch.

„Braucht ihr noch was? Sonst lasse ich euch jetzt allein. Heute kommt ja doch niemand mehr", mutmaßte er und steckte seine Hände lässig in die Hosentaschen.

Ich sah mich überrascht um und stellte fest, dass das Pub tatsächlich leer war. Die Zeit war so schnell und angenehm vergangen, sodass ich nicht bemerkt hatte, dass wir die einzigen waren die noch übrig waren.

„Nein danke!", antwortete Dave.

„Hier wäre noch der Schlüssel, damit Sie jederzeit kommen und gehen können, falls die Tür einmal abgeschlossen sein sollte", erklärte Curr, zog ihn dabei aus seiner rechten Hosentasche und reichte Dave den Schlüssel. „Frühstück gibt es um acht, wenn Ihnen das recht ist?"

„Eigentlich frühstücke ich nicht", gestand Dave. „Mir genügt ein Kaffee."

„Okay! Ein pflegeleichter Gast. Das sind mir die liebsten", scherzte Curr. „Evanna, schließt du dann bitte hinter dir ab, wenn du gehst?", bat er mich.

„Natürlich, ich mach mich dann auch gleich auf die Socken."

Wie jeden Abend umarmten wir uns noch und dann verschwand er auch schon. Ich erhob mich und begann den Tisch abzuräumen.

„Warten Sie, ich helfe Ihnen", bot Dave an und erhob sich ebenfalls.

„Nicht nötig! Schließlich sind Sie hier der Gast", wies ich ihn zurecht. Trotzdem ließ er es sich nicht nehmen und griff nach den beiden Gläsern, bevor ich es tun konnte, und folgte mir zum Tresen. Ich kümmerte mich noch kurz um das schmutzige Geschirr, holte dann meine Jacke aus dem Büro und ging wieder nach vorn. Auf dem Weg griff ich noch nach dem restlichen Kuchen, der immer noch auf der Arbeitsplatte stand. Dave verharrte am Tresen und beobachtete mich bei allem was ich tat.

„Ich geh dann mal", verkündete ich unsicher, weil ich nicht wusste was ich sonst hätte tun sollen, und lief zur Tür.

„Evanna", rief Dave.

Ich hatte die Tür bereits erreicht, blieb mit der Klinke in der Hand stehen und wandte mich ihm zu.

„Ja?"

„Danke für den schönen Abend", meinte er und schenkte mir ein aufrichtiges, freundliches Lächeln.

„Gern geschehen! Ich kann nicht behaupten unter Ihrer Gesellschaft gelitten zu haben. Von daher, ebenso", gab ich zurück.

Er lachte auf und erwiderte: „Das ist schön zu wissen. Gute Nacht, Evanna!"

„Gute Nacht, Dave!"

KAPITEL 4

Frisch und munter ging Dave am nächsten Morgen mit seinem Laptop in der Hand über die Treppe nach unten in den Gastraum. Curr, den er wie erwartet hinter dem Tresen antraf, war dort am Hantieren.

„Guten Morgen, Dave!", rief dieser ihm gut gelaunt entgegen und fragte: „Kaffee?"

„Guten Morgen! Ja, gerne", gab Dave zurück, lief zum Tresen, stellte seinen Laptop ab und nahm Platz.

„Mit allem?"

„Nur mit Milch, bitte."

Curr wandte sich dem Kaffeevollautomaten zu, um den gewünschten Kaffee zu machen.

„Möchten Sie wirklich nichts essen? Ich kann Ihnen schnell ein paar Rühreier mit Toast machen", bot er Dave an.

„Das ist sehr nett, aber nein, danke. Ich bekomme morgens nach dem Aufstehen einfach noch nichts hinunter. Doch wenn sie mir einen Apfel oder etwas in der Art für nachher hätten, wäre ich Ihnen sehr dankbar", erwiderte er.

„Natürlich!", bestätigte Curr, reichte Dave den frisch aufgebrühten Milchkaffee, bevor er für ein paar Sekunden in der Küche verschwand und mit zwei schönen roten Äpfeln in der Hand zurückkehrte. Lächelnd legte er sie vor Dave ab.

„Danke!", meinte dieser und fügte dann hinzu: „Ich muss auch noch meine Rechnung für das Essen von gestern Abend begleichen. Was bin ich Ihnen denn schuldig?", und zückte unterdessen seine Portemonnaie.

„Das Essen geht auf mich", antwortete Curr.

„Vielen Dank, aber warum das denn?", wollte Dave verwundert wissen.

„Naja, sagen wir mal so, ich habe Evanna schon sehr lange nicht mehr so ausgelassen lachen sehen und habe diesen Anblick sehr genossen."

„Mir ist auch schon aufgefallen, dass ihr etwas auf der Seele liegt, was sie sehr zu belasten scheint. Mir ist auch nicht entgangen, dass sie gestern geweint hat, auch wenn sie die Schuld an ihren roten Augen versucht hat einer Wimper zuzuschreiben. Da Sie sich sehr gut mit ihr verstehen, gehe ich mal stark davon aus, dass Sie wissen was sie quält."

Curr nickte, lehnte sich an die Arbeitsfläche, verschränkte die Arme vor der Brust und sah etwas besorgt aus.

„Ja, das tue ich", antwortete er wahrheitsgemäß.

„Darf ich nachfragen, um was es geht?", erkundigte sich Dave vorsichtig, weil er nicht aufdringlich sein wollte. „Ich weiß nur, dass es etwas mit Edinburgh zu tun hat."

„Da liegen Sie goldrichtig. Allerdings liegt es nicht in meiner Befugnis Ihnen diese Geschichte zu erzählen. Ich habe Evanna versprochen, an niemandem ein Sterbenswörtchen weiterzugeben. Nicht einmal ihre Eltern kennen die Geschichte. Oder sagen wir mal, nur einen groben Umriss davon. Wenn, dann muss Evanna Ihnen selbst davon erzählen."

Dave stecke sein Portemonnaie zurück in die Hosentasche, nahm einen Schluck von seinem Kaffee und meinte dann: „Verstehe! Es ist nur sehr schade, sie so bekümmert zu sehen. Ich kenne sie zwar erst einen Tag, aber ich finde, sie ist eine faszinierende Frau, die immer lachen sollte."

Curr strich sich nachdenklich mit der Hand über seinen Dreitagebart und musterte Dave eingehend. Er hielt diesen Dave Campbell für einen aufrichtigen Mann. Seine offene Art gefiel Curr. Er schien einer dieser Geradeausmenschen zu sein, die nicht um den heißen Brei herumredeten, sondern sagten was sie dachten oder wollten. Dazu war er immer freundlich, was zu keinem Zeitpunkt aufgesetzt wirkte. Durch die Arbeit im Pub hatte er sehr viel mit Menschen zu tun und hielt sich selbst für einen sehr guten Menschenkenner. Vielleicht wäre Dave der richtige, um Evannas Wunden zu heilen, überlegte er im Stillen.

„Mir ist nicht entgangen, wie Sie Evanna gestern Abend angesehen haben. Sie mögen sie", mutmaßte Curr.

„Nun ja, wie bereits gesagt, sie ist faszinierend. Ich muss zugeben, dass ich sie gerne näher kennenlernen möchte. Nur leider habe ich den starken Verdacht, dass das nicht einfach werden wird. Mir kommt es so vor, als würde sie, sobald man einen Schritt auf sie zumacht einen zurückweichen. Verstehen Sie was ich meine?"

„Durchaus!", bestätigte Curr, wägte für einen Augenblick seine Möglichkeiten ab und beschloss dann etwas Hilfe zu leisten. „Ich gebe Ihnen einen Rat. Zum einen, seien Sie behutsam und geben Sie ihr Zeit. Sie hat einiges hinter sich. Zum anderen, spielen Sie nicht mit ihr und seien Sie immer ehrlich."

„Danke! Ich werde es mir zu Herzen nehmen", versprach Dave.

„Ach und noch etwas. Wenn Sie ihr weh tun, bekommen Sie es mit mir zu tun", fügte Curr mit ernster Miene hinzu und sah Dave direkt und herausfordernd in die Augen.

„Das ist nicht meine Absicht, aber danke für die Vorwarnung", entgegnete Dave völlig ruhig, trank den letzten Schluck seines Kaffees und reichte Curr die leere Tasse. Dieser löste sich von der Arbeitsfläche und nahm sie dankend entgegen. „Dann mache ich mich jetzt mal auf den Weg. Im Cottage von Mrs. McIntosh wartet eine Menge Arbeit auf mich."

„Dann wünsche ich Ihnen einen angenehmen Tag", erwiderte Curr und seine ernste Miene war wieder zu einem freundlichen Lächeln geworden.

„Danke, ebenso!", gab Dave zurück, erhob sich, griff nach seinem Laptop und den Äpfeln und verließ das Pub.

Zufrieden sah ich mich in meinem Wohnzimmer um. Ich hatte die letzten fünf Stunden damit zugebracht, den Raum fertig zu tapezieren. Nun betrachtete ich mein Werk und war mehr als zufrieden. Die florale Tapete in Braun- und Beigetönen ließ das Zimmer warm und gemütlich wirken. Zudem passte sie farblich hervorragend zu dem alten Holzboden, der in neuem Glanz erstrahlte, nachdem ich die letzten Spuren vom Tapezieren beseitigt hatte. Wenn morgen die Möbel wieder an Ort und Stelle stehen würden, war auch dieser

Raum endlich perfekt. Als ich daran dachte, kam mir wieder Dave in den Sinn, der meine Gedanken heute schon mehrmals heimgesucht hatte. Zu meiner eigenen Schande musste ich mir bereits eingestehen, dass der gestrige Abend mit ihm sehr schön gewesen war. Ich konnte mich ehrlich gesagt nicht erinnern, wann ich mich das letzte Mal so amüsiert hatte. Zudem erkannte ich, dass ich mich tatsächlich darauf freute, ihm heute Abend im Pub wieder zu begegnen. Er hatte etwas an sich, das mir sehr gefiel.

Verflucht Evanna, schimpfte ich mich im Geiste selbst, das sollst du doch nicht. Doch so sehr ich mich auch versuchte dagegen zu wehren, es gelang mir nicht. Dave war ein interessanter Mann. Das war nicht zu leugnen. Und trotzdem ließ mich diese verdammte Angst nicht los, die wie ein gruseliges Monster auf meiner Schulter saß und dessen hässliche mit Zähnen besetzte Fratze mir hämisch ins Ohr lachte. Mir war bewusst, dass ich mich nicht mein ganzes Leben vor anderen Männern verstecken konnte. Ebenfalls war mir klar, dass ich mein erlebtes nicht auf die ganze männliche Weltbevölkerung auslegen durfte. Das änderte nur leider auch nichts daran, wie schwer es mir fiel einem Mann zu vertrauen und an mich heranzulassen. Vielleicht sollte ich mich einfach weiter an Currs Worten festhalten und alles gelassen und ungezwungen sehen. Ich meine, Dave schien ein netter Mensch zu sein und niemand zwang mich dazu etwas mit ihm anzufangen. Außerdem würde er in einigen Tagen sowieso aus meinem Leben verschwinden und ich würde ihn nie wiedersehen. Also, warum machte ich mir überhaupt Gedanken über etwas, das im Großen und Ganzen nichts zu bedeuten hatte? Als mir dies klar wurde, kam ein Gefühl von Traurigkeit in meinem Inneren auf, das ich aber sofort verdrängte. Zur Ablenkung, machte ich mich fürs Pub fertig. Es war zwar noch zu früh, aber ich wollte meinen Eltern noch einen kurzen Besuch abstatten und meiner Mom ihre Kuchenplatte zurückbringen. Zugegeben, hatte ich auch ein schlechtes Gewissen, weil ich meinen Vater gestern einfach stehen gelassen hatte. Mir war durchaus bewusst, dass mein Verhalten ihm gegenüber nicht sonderlich nett gewesen war. Schließlich liebten mich meine Eltern und waren immer für mich da, wenn ich sie brauchte. Da ich ein Einzelkind war, hatte ich ihre Aufmerksamkeit grundsätzlich alleine genossen und wurde mit Liebe überschüttet, was auch heutzutage noch so war. Meinen Vater so anzufahren, nur, weil er und Mom sich Sorgen um mich machten, war falsch. In gewisser Weise, war das schließlich ihr gutes Recht. Und um ehrlich zu sein, würde ich mir um mein eigenes Kind genauso Sorgen machen.

Seufzend zog ich das Haargummi aus meinen Haaren, lockerte mit den Fingern meine Mähne auf und ging nach oben in mein Schlafzimmer, um mir neue Kleidung zu holen. Leider herrschte dort immer noch Chaos, denn hier standen noch immer ein paar Kartons mit Dingen, die ich noch auspacken musste. Auch wenn ich nun schon fast ein Jahr hier wohnte, hatte ich nur das nötigste ausgepackt, da ich wusste, dass es sinnvoller wäre damit zu warten, bis ich die jeweiligen Zimmer renoviert hatte. Doch da mein Werk nun vollbracht war, würde ich auch das in den nächsten Tagen angehen. Ich schnappte mir eine Jeans, ein weißes, enges T-Shirt und eine weiße Strickjacke. Damit bepackt verwand ich in meinem Bad.

Dave saß im Wohnzimmer von Mrs. McIntoshs Haus und ging jedes Stück, das dieser Raum beherbergte, systematisch durch. Die Liste, die er auf seinem Laptop erstellte, wurde immer länger und länger. Sie hatte nicht nur antike Möbel besessen, die das Zimmer füllten, sondern auch Bilder und kleinere Gegenstände, wie Kerzenleuchter, Uhren, Porzellanfiguren und vieles mehr, was alles durchaus seinen Wert besaß. Da ihm Evanna am Vortag davon erzählt hatte, wie der Sohn von Mrs. McIntosh so tickte, tat es ihm schon fast etwas leid, dass dieser vermutlich all diese Sachen zum Mindestpreis bei einer Auktion verhökern würde. Dieser hatte ihm gegenüber angedeutet, dass er die Sachen schnellstmöglich verkaufen wolle, um dann auch das Cottage verkaufen zu können.

Dave lehnte sich auf dem Sofa zurück, rieb sich müde den Nacken und ließ seinen Blick durch den Raum schweifen. Es war ein sehr schönes Haus. Mindestens doppelt so groß wie das von Evanna und ebenfalls aus grauem Naturstein gebaut. Wenn man aus dem großen Fenster sah, hatte man freie Sicht auf das Meer und die davorliegenden Inseln. Der Ausblick war herrlich. Dave konnte nachvollziehen warum man hier lebte. Er selbst war in Inverness geboren und aufgewachsen. Als er erwachsen wurde und die Schule abgeschlossen hatte, stieg er in das Antiquitätengeschäft seines Vaters mit ein. Campbell & Sohn wurde bald eines der renommiertesten Geschäfte der Branche und gewann stetig neue Kunden. In der Zwischenzeit genossen seine Eltern den Ruhestand und bereisten die ganze Welt. Seither führte er das Geschäft alleine. Drei Angestellte unterstützten ihn dabei und kümmerten sich um alles, wenn er geschäftlich unterwegs war. Natürlich dauerten, seit dem Wegfallen seines Vaters, manche Aufträge etwas länger. Doch gute Arbeit brauchte nun mal seine Zeit und wer nicht warten konnte hatte Pech. Die meisten Kunden jedoch schätzten seine genaue und gründliche Arbeit, weshalb sie in der Regel kein Problem damit hatten, sich etwas länger gedulden zu müssen.

Dave blickte auf die Uhrzeitanzeige seines Bildschirms. Es war schon nach fünf und sein Magen knurrte, da er außer den beiden Äpfeln, die er von Curr bekommen hatte, noch nichts zu sich genommen hatte. Er speicherte seine Arbeit, klappte seinen Laptop zu und erhob sich. Der Gedanke an eine warme Mahlzeit und eine ganz bestimmte Person verursachte ein angenehmes Gefühl von Vorfreude in seinem Inneren. Schnell knipste er mit seiner Digitalkamera noch ein paar Bilder von weiteren Möbeln und Gegenständen. So könnte er am Abend seine Liste noch weiter fortführen. Mit einem zufriedenen Lächeln im Gesicht, machte er sich auf den Rückweg zum Pub.

Ich huschte von Gast zu Gast, nahm Bestellungen auf, servierte und räumte im Akkord Tische ab. Heute war richtig viel los, weil im Fernsehen ein Fußballspiel lief. Die Glasgow Rangers spielten gegen den FC Aberdeen, wodurch das Pub zum Bersten gefüllt war. Anpfiff war um kurz nach fünf gewesen, weshalb schon pünktlich um fünf die Gäste hereingeströmt waren.

Den Besuch bei meinen Eltern hatte ich auf angenehme Weise hinter mich gebracht. Nach einer kurzen Entschuldigung bei meinem Vater, verlor keiner mehr ein Wort darüber oder über dieses brisante Thema, über das ich nicht sprechen wollte. Wir hatten noch gemeinsam Kaffee getrunken und über belanglose Dinge gesprochen, bevor ich mich dann auf den Weg zur Arbeit machen musste.

Als das erste Tor fiel, ging ein lautes Grölen durch den Raum. Ich stand an einem Tisch und räumte ihn gerade ab, als mich eine sanfte Berührung am Arm aufblicken ließ.

„Nicht wieder erschrecken", bat mich Dave mit einem Lächeln auf den Lippen. „Ich bin es nur. Ist dieser Tisch frei?"

„Hallo!", begrüßte ich ihn. „Ja, ich räume nur noch schnell ab. Geben Sie mir fünf Sekunden Zeit."

„Nur keine Eile. Ich gebe Ihnen sogar zehn Sekunden", meinte er grinsend.

„Wie großzügig von Ihnen", neckte ich ihn.

„Tja, so bin ich nun mal. Ein echter Gentleman", erwiderte er.

Ich musste lachen.

„Na, wenn das so ist, dann halten Sie mal", wies ich ihn an und drückte ihm mein volles Tablett in die Hand. Mit einer schnellen Handbewegung wischte ich den Tisch ab, rieb ihn mit dem Tuch, das über meinem

Arm hing, trocken und nahm Dave das Tablett wieder ab. „Danke fürs Halten", sagte ich und trug dann alles hinter den Tresen, um es neben der Spüle abzustellen.

Bewaffnet mit einem neuen Tablett, das bepackt war mit Gläsern voller Ale, was hier fast alle tranken, und einer Speisekarte lief ich wieder zurück zu Dave. Ich reichte ihm die Karte.

„Wissen Sie schon was Sie trinken möchten?", fragte ich ihn.

„Eins davon wäre toll", antwortete er und zeigte dabei auf das Tablett mit dem Ale, welches ich auf einer Hand balancierte.

Lächelnd reichte ich ihm eins davon und drehte dann weiter meine Runde, um die restlichen Gläser an die Gäste zu verteilen. Auf meinem Rückweg zur Theke nahm ich seine Bestellung auf.

„Was darf es denn sein", erkundigte ich mich und zückte Stift und Block.

„Das Lammfleisch mit den Bratkartoffeln, bitte", erwiderte er. „Ganz schön was los hier! Ist das immer so, wenn ein Spiel läuft?"

„Ja! Currs riesiger Fernseher zieht sie an wie die Fliegen."

In dem Moment ging ein Murren durch den Raum, weil der Schiedsrichter einem Spieler die gelbe Karte gezeigt hatte.

Ohne ein weiteres Wort eilte ich davon und reichte an Curr die Bestellung weiter, der sogleich in der Küche verschwand. Solange übernahm ich zusätzlich die Arbeit an der Theke, für die sonst Curr zuständig war. Doch als dieser mit dem Essen für Dave nach vorne kam und mir den Teller reichte, gab ich den Posten gerne wieder ab. Schließlich hatte ich heute alle Hände voll zu tun und kam kaum mit bedienen hinterher.

Ich brachte Dave sein Essen. Mit einem bedauernden Blick meinte er: „Dann werden Sie mir wohl heute beim Essen keine Gesellschaft leisten können".

„Nein, leider nicht", gab ich zurück und musste feststellen, dass ich selbst ein Gefühl des Bedauerns in mir spürte.

„Vielleicht können wir später noch gemeinsam einen Schlummertrunk zu uns nehmen", schlug er vor.

„Wäre möglich, dass wir das tun könnten", antwortete ich lächelnd. „Guten Appetit", ergänzte ich noch und eilte dann wieder davon.

Ich war fix und fertig als gegen elf Uhr der letzte Gast das Pub verließ. Müde ließ ich mich auf den nächstbesten Stuhl fallen und ließ meine Glieder schlapp hängen. Dave hatte den ganzen Abend auf seinem Laptop herumgetippt. Doch jetzt klappe er ihn zu, sah mich mitfühlend an, stand auf und kam zu mir herüber.

„Geschafft, was?!", stellte er mitleidig fest.

„Und wie! Ich glaube beim nächsten Schritt fallen meine Füße ab", gestand ich, hob diese leicht an und ließ sie in der Luft kreisen.

„Da weiß ich Abhilfe", gab Dave zurück, rückte einen Stuhl zurecht, und setzte sich mir gegenüber. Ohne Vorwarnung schnappte er sich einen meiner Füße und zog mir mit einer flinken Handbewegung den Schuh aus.

„Hey, das halte ich für keine gute Idee. Diese Füße haben etliche Stunden in diesen Schuhen gesteckt", protestierte ich und versuchte ihm meinen Fuß zu entziehen, doch als er mir meine Socke ausgezogen hatte und anfing mit kleinen, kreisenden Bewegungen und leichtem Druck meinen malträtierten Fuß zu bearbeiten, gab ich jeden Widerstand auf. Mit einem Stöhnen ergab ich mich meinem Schicksal und ließ mich gegen die Stuhllehne sinken. „Oh mein Gott, von mir aus können Sie mich wegen Geruchsbelästigung verklagen, aber hören Sie bloß nicht auf", bat ich ihn und bekam ein Lachen als Antwort.

Curr kam mit einem breiten Grinsen zu uns herüber und stellte zwei Cappuccinos auf den Tisch.

„Keine Angst, die sind koffeinfrei", erwähnte er beiläufig und schlenderte wieder davon.

„Danke, Curr, du bist ein Engel", rief ich ihm nach.

„Ich weiß", sagte er schelmisch und begann die letzten Hinterlassenschaften der Gäste wegzuräumen.

„Und, sind Sie heute gut vorangekommen?", begann ich.

„Ja, schon", antwortete mir Dave, „aber es ist so viel, dass ich wohl eine ganze Weile brauchen werde, um alles aufzulisten."

„Das heißt, Sie bleiben länger als geplant?", hakte ich vorsichtig nach.

„Ja, sieht wohl so aus", bestätigte er mit einem Nicken.

Ich ertappte mich dabei, wie ein Funken der Freude in mir aufflammte, den ich sofort versuchte im Keim zu ersticken, was mir aber nicht wirklich gelang.

Dave setzte meinen Fuß ab, nahm einen Schluck Cappuccino und kümmerte sich dann um den anderen.

„Und wie war Ihr Tag? Sind Sie mit tapezieren fertig geworden?", erkundigte er sich.

„Ja, das bin ich. Wir können morgen wie geplant Möbelrücken spielen", antwortete ich.

„Schön, ich bin schon gespannt auf Ihre Möbel und vor allem auf das Foto."

Ich musste kichern.

„Das kann ich mir denken, aber vergessen Sie Ihres nicht, sonst bekommen Sie auch meines nicht zu Gesicht", ermahnte ich ihn.

Ich nahm meine Tasse auf und trank davon, als mir plötzlich auffiel, dass Curr verschwunden war. Er wird doch nicht..., schoss es mir durch den Kopf. Doch er war, stellte ich fest. Er hatte sich davongeschlichen, um mich und Dave alleine zu lassen. So ein Verräter! Es machte ihm wohl Spaß mich Daves Obhut zu überlassen.

Mein Gesichtsausdruck sprach wohl Bände, denn Dave fragte augenblicklich: „Alles in Ordnung?"

„Ja, ich habe mich nur gewundert wo Curr abgeblieben ist. Aber ich schätze mal, er ist nach oben gegangen."

„Sie und Curr sind sehr gut befreundet, wenn ich das richtig interpretiere."

„Das stimmt! Ich kenne ihn schon mein ganzes Leben und habe schon früher für ihn gearbeitet. Er ist mein bester Freund und immer für mich da. Curr ist mir sehr ans Herz gewachsen", gestand ich und stellte meine Tasse zurück auf den Tisch.

„Das ist schön. Es ist wichtig gute Freunde zu haben", bestätigte er.

Da ich so schrecklich müde war, schloss ich für einen kurzen Augenblick genüsslich die Lider, um die

Massage zu genießen. Als ich sie wieder öffnete sah mir Dave tief in die Augen und hielt meinen Blick fest. Seine Massage wurde zu einer sanften Berührung, die mir einen erregenden Schauer durch den Körper jagte. Zärtlich fuhr er über meinen Knöchel und arbeitete sich Zentimeterweise über mein Bein weiter empor. Mir entglitt ein leises Stöhnen. Als mir bewusst wurde, was hier gerade passierte, sprang ich so panisch auf, dass ich das Gleichgewicht verlor und drohte mitsamt Stuhl nach hinten zu kippen. Dave bekam mich gepackt und hielt mich an seinen Körper gepresst fest. Nur der Stuhl landete mit einem lauten Knall rücklinks auf dem Boden. Seine festen Muskeln drückten sich spürbar gegen mich. Sein verführerischer Duft stieg mir in die Nase. Mein Körper reagierte erneut. Hitze erfüllte mich und mein Blut schien augenblicklich zu kochen. Verflixter Körper, fluchte ich innerlich und entzog mich seinem Griff.

„Ich sollte jetzt besser gehen", murmelte ich vor mich hin, konnte jedoch kaum klar denken, geschweige denn ihm in die Augen sehen.

„Lauf nicht vor mir davon, Evanna", bat er mich und nahm meine Hand. „Ich werde dir nichts tun." Dabei strich er mit dem Daumen sachte über meine Hand und berührte mit seinen Fingern die Narbe auf der Innen-seite, die sich dort verbarg. Bei der Berührung zuckte ich zusammen und trat einen Schritt zurück. Doch er gab meine Hand nicht frei, sondern drehte sie herum und betrachtete die helle Linie darauf, die sich fast über die komplette Handfläche zog. Sachte fuhr er sie nach und sah mir dabei aufmerksam in die Augen. Als ich erneut zuckte und ihm die Hand entriss, erkannte ich

Mitgefühl in seinem Blick.

„Wer hat dir das angetan?", fragte er mit sanfter Stimme. Mir fiel auf, dass er die Förmlichkeiten abgelegt hatte und mich plötzlich duzte.

„Woher willst du wissen, dass mir das jemand angetan hat", flüsterte ich verunsichert.

„Ich sehe es an deiner Reaktion, wenn ich die Narbe berühre. Du zuckst jedes Mal zusammen. Daraus schließe ich eine Negativerfahrung, die du dir mit Sicherheit nicht ausgesucht hast. Zudem schreckst du vor mir zurück wie ein scheues Reh. Wenn ich also eins und eins zusammen zähle..."

Er ließ den Satz unvollendet. In Windeseile fing ich an Socken und Schuhe anzuziehen. Wie immer, wenn mich jemand darauf ansprach, begann ich die Flucht zu ergreifen. Wenn ich eins konnte, dann vor meiner Vergangenheit davonlaufen. Als ich mich jedoch erhob und an Dave vorbei wollte, hielt er mich auf, indem er den Arm nach mir ausstreckte und um meine Taille schlang.

„Warte, hör mir einen Augenblick zu. Bitte! Gib mir nur ein paar Minuten", bat er mich. „Danach lass ich dich gehen. Du musst mir auch nicht antworten. Ein Nicken oder Kopfschütteln reicht mir völlig."

Ich kämpfte innerlich mit mir. Ein Teil von mir wollte sich losreißen, aus der Tür stürmen und wegrennen. Der andere sehnte sich danach hier bei ihm zu bleiben und ihm zuzuhören. Da der Wunsch in seiner Nähe zu bleiben so groß war, entschloss ich mich ihm für den Augenblick zuzuhören. Hinausstürmen konnte ich schließlich immer noch. Deshalb nickte ich, hob den Stuhl auf und nahm wieder Platz.

Dave setzte sich mir wieder gegenüber, blieb aber fürs Erste auf Distanz.

„Okay! Zu allererst möchte ich, dass du weißt, dass ich nicht die Absicht habe dir weh zu tun oder dir zu nahe zu treten. Ich finde, du bist eine faszinierende Frau und ich muss gestehen, dass ich mir wünschen würde, dich näher kennenzulernen. Wenn du jedoch möchtest, dass ich mich von dir fernhalte, dann respektiere ich das. Dann bringe ich hier meinen Job zu Ende und verschwinde wieder aus deinem Leben, ohne mich dir nochmal auf irgendeine Art und Weise zu nähern. Möchtest du das?", hakte er vorsichtig nach.

Ein müdes Seufzen entschlüpfte mir. Ich wusste nicht so recht, was ich wollte. Es war ja nicht so, dass ich ihn nicht mochte. Auch mein Körper hatte mir gerade eindeutig gezeigt, was er von Dave hielt. Doch die Angst quälte und verunsicherte mich.

„Ich weiß es einfach nicht", murmelte ich mutlos und ließ den Kopf hängen.

„Das ist mir schon mal lieber als ein nein", gab er zu. „Liege ich richtig, wenn ich annehme, dass dich das was dir passiert ist vor mir zurückschrecken lässt?"

Ich nickte.

„Es war dein Ex- Freund, habe ich recht?", gab er seine Vermutung kund.

Nervös rieb ich über die Narbe auf meiner Handfläche und spürte, wie Tränen drohten sich ihren Weg zu bahnen. Was sollte ich nur tun? In mir herrscht so ein Durcheinander. Da war die Angst vor neuen Schmerzen und Enttäuschungen. Dazu die schrecklichen Erinnerungen, die mich nicht loslassen wollten. Und im Gegenzug fühlte ich mich von Dave angezogen und genoss seine Gesellschaft, obwohl ich mir geschworen hatte, so etwas nie mehr zuzulassen.

Langsam hob ich meinen Kopf und sah Dave an. Einen kurzen Moment überlegte ich, ob ich nicht doch davonlaufen sollte, doch in Daves Blick lag so viel Verständnis, dass ich es nicht über mich brachte. Ohne mir dessen richtig bewusst zu sein, bestätigte ich seine Vermutung mit einem Nicken.

„Was für ein Bastard! Ich bringe den Kerl um, wenn ich ihn jemals in die Finger bekomme. Was kann ein Mann tun, um eine Frau so zu verängstigen?!"

Es klang mehr wie eine Feststellung und weniger wie eine Frage, weshalb ich nichts erwiderte.

„Wäre es für dich in Ordnung, wenn ich dich jetzt nach Hause bringe? Ich möchte dich in deiner Verfassung ungerne alleine gehen lassen. Ich werde dich auch nur bis zur Haustür begleiten", meinte er, stand auf und hielt mir die Hand hin.

Wieder nickte ich nur und ergriff seine Hand, um mir aufhelfen zu lassen.

Zwei Minuten später standen wir beide angezogen und abmarschbereit an der Tür und traten ins Freie. Es regnete leicht und die Luft fühlte sich kalt und feucht an.

Gemeinsam liefen wir schweigend nebeneinander her. Jeder ging seinen eigenen Gedanken nach. Ich war erschöpft und müde, weshalb ich trotz Jacke anfing zu zittern. Dave reagierte, indem er seinen Arm um mich legte und mich wärmte. Dieses Mal wehrte ich mich nicht gegen ihn, sondern lehnte mich an ihn. Er strahlte eine wohlige Wärme ab, in der ich am liebsten versunken wäre. Vor meiner Haustür gab er mich sofort frei, worüber ich Enttäuschung empfand, denn sofort kehrte die Kälte und Einsamkeit zurück. Ja, Einsamkeit, wurde mir schlagartig klar. Ich hatte mich in seinem Arm geborgen gefühlt. Geborgenheit. Etwas, das ich sonst nur bei Curr oder meinen Eltern empfand. Was geschah hier nur mit mir? Warum konnte ich bei Dave einfach nicht auf Abstand bleiben? Warum fühlte ich mich wie eine Motte, die den Drang verspürte ins Licht zu fliegen? Ich sah ihn an. Regentropfen perlten über sein Gesicht und ein paar Haarsträhnen klebten an seiner Stirn. Ohne mich davon abhalten zu können, hob ich die Hand und strich sie ihm aus dem Gesicht. Sein Haar fühlte sich trotz der Nässe weich an. Als ich die Hand sinken ließ fing er sie ein und hielt sie fest. Seine Hände waren im Gegensatz zu meinen warm und schenkten meinen eiskalten Fingern etwas von der Wärme.

„Danke, dass ich dich nach Hause bringen durfte", sagte Dave.

„Danke, dass du mich nach Hause gebracht hast", berichtigte ich ihn und schenkte ihm ein kleines Lächeln.

„Habe ich gerne getan", gab er zurück. „Dann sehen wir uns morgen früh um neun?", hakte er vorsichtig nach.

„Ja, das tun wir", bestätigte ich.

„Dann schlaf schön, Evanna, und träume süß."

„Danke, du auch!"

Er gab meine Hand frei. Ich öffnete meine Haustür, ging hinein, sah ihn noch ein letztes Mal lächelnd an und ließ sie dann hinter mir leise ins Schloss fallen.

♥♥♥

Dave stand noch einige Sekunden regungslos da und starrte auf die geschlossene Tür. Nur das Licht der kleinen Außenlampe, sowie der Lichtschein, der durch das kleine Milchglasfenster in der Tür fiel, erhellten die Nacht.

Evanna war so bezaubernd und doch lag so viel Traurigkeit und Schmerz in ihrem Inneren. Er erkannte an ihrem Verhalten, dass sie sich einerseits sehr nach Liebe und Geborgenheit sehnte, jedoch genau so viel Angst davor hatte. Angst davor verletzt zu werden. Was hatte dieser Kerl ihr nur angetan, um sie so zu brechen? Wie sehr musste sie unter ihm gelitten haben? Dave wusste nicht wie viel Zeit er bräuchte, um das herauszufinden. Oder wie lange es dauern würde, bis Evanna anfing ihm zu vertrauen. Aber genau in diesem Augenblick schwor er sich selbst einen Eid. Er würde nicht eher ruhen, bevor er Evannas Schmerz vertrieben, ihre Wunden geheilt und ihr Herz gewonnen hätte. Das würde sein künftiger Auftrag sein mit höchster Priorität. Nichts lag ihm mehr am Herzen, als sie wieder glücklich zu machen und sie für sich zu gewinnen. Genau das war es, was er sich wünschte. Evanna als die Seine!

Er wandte sich von der Tür ab und lief voller Entschlossenheit durch den kleinen Vorgarten zurück in Richtung Pub. In wenigen Stunden würde er sie wiedersehen, um dann mit seinem Vorhaben zu beginnen.

KAPITEL 5

Etwas nervös saß ich in meiner Küche und nippte an meinem Milchkaffee. Es war kurz vor neun und das Wissen, dass Dave gleich kommen würde, ließ meinen Bauch kribbeln. Dieses Gefühl hatte ich schon so lange nicht mehr empfunden. Mir war klar woher es rührte. Ich konnte es selbst kaum glauben. Wenn ich jedoch diesem Gefühl weiter die Chance gab zu wachsen, was würde dann passieren? Was wäre, wenn Dave wieder zurück nach Inverness musste? Ich würde nicht nochmal den gleichen Fehler machen und für einen Mann mein Leben aufgeben. Und schon gar nicht, würde ich nochmal meine Heimat verlassen. Dieses Fleckchen Land machte mich glücklich. Hier war ich zu Hause. Zudem würde ich kein zweites Mal die einzigen Menschen verlassen, die mir in meinem Leben etwas bedeuteten.

Ich hatte meine Eltern und Curr schrecklich vermisst, während ich in Edinburgh gewesen war. Wir hatten zwar telefonischen Kontakt, doch gesehen hatte ich sie in der Zeit überhaupt nicht. Für die Strecke von Edinburgh nach Achiltibuie brauchte man über fünf Stunden. Fearghas hatte mir verboten alleine nach Hause zu fahren, um meine Familie zu besuchen und für einen heimlichen Besuch war der Weg einfach zu weit gewesen. Ständig hatte ich meine Eltern vertröstet und Ausreden erfunden, warum ich nicht zu Besuch kam. Sogar Curr hatte ich in der Zeit angeschwindelt, weil ich nicht wollte, dass er sich um mich sorgte.

Und dann war da natürlich immer noch die Angst erneut verletzt zu werden. Schließlich hatte ich keine Ahnung, wie Dave sich auf Dauer mir gegenüber verhalten würde. Wäre es das Wagnis wert oder wäre in Kürze die nächste Enttäuschung in Sicht?

Ich schreckte jäh aus meinen Gedanken hoch, als es an der Tür klopfte. Dave öffnete sie und kam hereinspaziert.

„Guten Morgen!", begrüßte er mich mit einem strahlenden Lächeln.

„Guten Morgen!", gab ich zurück. „Möchtest du auch noch einen Kaffee, bevor wir loslegen?"

„Nein, danke! Curr hat mich schon mit meiner morgendlichen Dosis Koffein versorgt", antwortete er.

„Na gut, dann würde ich vorschlagen, wir machen uns an die Arbeit", meinte ich und erhob mich.

Dave zog seine Jacke aus und legte sie über einen der Stühle in der Küche. Ich lief voraus ins Wohnzimmer, wo ich schon am Vortag die Möbel von den Abdeckplanen befreit hatte. Dave staunte nicht schlecht, als er sie erblickte.

„Und, habe ich dir zu viel versprochen?", erkundigte ich mich.

„Keineswegs! Die sind unglaublich schön. Die müssen aus dem achtzehnten und neunzehnten Jahrhundert sein." Er ging zu dem Sofa und strich ehrfürchtig über die Lehne. „Das ist ein original Biedermeier Sofa. Und sogar die passenden Sessel sind noch vorhanden. Wirklich sehr schön!"

„Ja, ich finde es auch sehr schön. Am besten finde ich den rubinroten Samtbezug. Meine Großmutter hat es vor einigen Jahren einmal neu polstern lassen."

„Dieser englische Potboard Dresser muss von siebzehnhundertsechzig sein und ist in einem wirklich sehr guten Zustand."

„Da kommt eindeutig der Kenner und Profi zum Vorschein", neckte ich ihn. „Aber bevor du jetzt in nostalgischen Gedanken versinkst, sollten wir vielleicht alles wieder an seinen Platz schieben", schlug ich vor.

Dave schob die Ärmel seines schwarzen Pullovers zurück und meinte lächelnd: „Na dann, wo soll was hin?"

Während wir die Möbel durch die Gegend rückten, fiel mein Blick wieder auf die Narbe auf Daves Arm.

„Woher hast du eigentlich die Narbe am Arm?", erkundigte ich mich bei ihm.

„Das ist eine Kampfnarbe", gab er lächelnd zurück.

Verwirrt sah ich ihn mit zusammengezogenen Augenbrauen an.

„Eine was?", hakte ich nach.

Dave lachte.

„Eine Kampfnarbe", wiederholte er. „Ich war zehn als ich mit meinem besten Freund im Garten seiner Eltern Cowboy und Indianer spielte. Übermütig wie ich zu dieser Zeit war, war ich auf einen Baum geklettert, um eine bessere Sicht über das weite Land der Apachen zu haben. Leider gab ein Ast unter mir nach und ich machte eine Bruchlandung auf dem Rasen. Dabei riss ich mir den Arm an dem abgebrochenen Ast auf. Ich wurde mit ganzen fünf Stichen im Krankenhaus genäht", prahlte er.

„Du scheinst ja richtig stolz darauf zu sein", stellte ich kopfschüttelnd fest und hob das Sofa mit ihm an.

„Klar! Man nennt es nicht umsonst eine Kampfnarbe. Sie ist im Kampf gegen den Ast entstanden. Der Ast war futsch, mein Arm war nach zwei Wochen wieder heil, somit habe ich den Kampf gewonnen. Darauf darf man durchaus auch stolz sein", erklärte er mir.

Ich musste über seine Theorie lachen, fand sie aber auch süß. Schließlich kam dabei der kleine Junge von damals zum Vorschein, der keine Schwäche zeigen wollte und den großen, starken Cowboy markierte.

Etwa eine Stunde später stand alles wieder an seinem vorgesehenen Platz und ich drehte mich zufrieden im Kreis. Es sah traumhaft aus. Genauso hatte ich mir mein Wohnzimmer im vollendeten Zustand vorgestellt. Der offene Kamin, vor dem das Sofa und die Sessel ihren Platz eingenommen hatten, bildeten den sozialen Mittelpunkt des Zimmers. Der Potboard Dresser, die Vitrine mitsamt Regal und Kommode hatten an den Wänden Stellung bezogen. Alles wirkte warm und gemütlich. Ich sah mich geistig schon vor dem knisternden Kamin sitzen, einen heißen Kaffee trinken und in die züngelnden Flammen starren.

„Und, bist du zufrieden mit deinem Werk?", wollte Dave von mir wissen.

„Allerdings!", bestätigte ich. „Ich bin absolut begeistert."

Dave sah Evanna fasziniert zu, wie sie sich im Kreis drehte und mit vor Freude glitzernden Augen den Raum betrachtete. In diesem Augenblick war sie völlig sie selbst. Kein Fünkchen Traurigkeit überzog ihr wunderschönes Gesicht. Sie strahlte förmlich von Innen heraus und er stellte fest, wie gefesselt er von diesem bezaubernden Anblick war.

„Ja, wirklich wunderschön!" stimmte er ihr zu und sah sie weiter an. Er war sich sicher, dass hinter diesem Mauerwerk aus Traurigkeit pure Lebensfreude wohnte. Jetzt lag es an ihm diese Mauern einzureißen und das zu Tage zu befördern, was sie dort vor langer Zeit weggeschlossen hatte. Erst jetzt bemerkte Evanna seinen Blick und erwiderte in unsicher. Er trat einen Schritt auf sie zu und legte seine Hand auf ihre Wange.

„Aber du bist mindestens genauso schön", raunte er und strich sanft mit dem Daumen über ihre weiche Haut. Sie war so weich wie die Haut eines Pfirsichs und Evanna erschauderte unter seiner Berührung.

Verlegen senkte sie die Lider und murmelte leise: „Danke! Vielleicht sollte ich jetzt nach oben gehen und den Karton mit den Fotos holen", fügte sie hinzu.

Dave nickte und ließ die Hand sinken. Es fiel ihm zwar nicht leicht, sich von ihr zu lösen, aber er würde es langsam und behutsam angehen, um sie nicht zu überfordern. Immerhin war sie dieses Mal nicht sofort vor ihm zurückgeschreckt. Das war doch ein Anfang, dachte er im Stillen.

„Soll ich dir beim Tragen helfen?", bot er ihr an.

„Ach, das schaffe ich schon", winkte sie ab und verschwand über die Treppe nach oben. Er hörte ein leises Poltern. Etwas wurde über den Boden geschoben und er vernahm ein Rascheln. Kurz darauf kam sie mit einem braunen Karton in den Händen zurück, stellte ihn vor dem Sofa ab und setzte sich. Sie wühlte einen Moment darin und zog ein dickes, dunkelblau gebundenes Fotoalbum heraus. Sie schlug es auf, wobei ein Foto herausfiel und auf ihrem Schoß landete. Dann ging alles ganz schnell. Binnen des Bruchteils einer Sekunde änderte sich der Ausdruck in ihrem Gesicht. Sie starrte auf das Bild, auf dem sie mit einem Mann zu sehen war. Unbändige Wut und Trauer schoben die Freude beiseite, die er kurz zuvor noch in ihren Zügen gelesen hatte. Tränen bahnten sich ihren Weg und als Dave schon dachte, schlimmer könnte es nicht mehr kommen, packte sie das Bild, zerknüllte es in ihrer kleinen Faust und schrie ihren Schmerz heraus. Es sah so aus, als hätte sie just in diesem Augenblick die Realität verlassen und würde in die Vergangenheit stürzen. Als sei jegliche Verbindung zum Hier und Jetzt abgebrochen.

Ohne zu zögern sprang er auf Evanna zu, setzte sich neben sie und zog sie in seine Arme. Sie weinte bitterlich und schien kaum noch Luft zu bekommen. Schluchzend kauerte sie sich in seinem Arm zusammen und hielt sich an ihm fest. Zärtlich strich er ihr über den Rücken, wiegte sie sanft in seinem Arm und flüsterte ihr beruhigende Worte zu. Es war schrecklich sie so zu sehen. Sein Herz schmerzte bei diesem Anblick. Dave wollte nicht, dass Evanna litt, doch im Moment konnte er nicht mehr tun, als sie festzuhalten und zu trösten.

Ich hatte keine Ahnung, dass es dieses Bild noch gab, geschweige denn, dass es sich in meinem Besitz befand. Als es aus dem Album fiel und mich höhnisch auszulachen schien, prasselten all die Erinnerungen wieder auf mich ein. Als hätte jemand auf den On-Schalter gedrückt, um diesen schrecklichen Film in meinem Kopf von neuem abzuspielen. Wie von Sinnen zerknüllte ich das Foto und schrie die Wut und den Schmerz, der mich zu zerreißen drohte, heraus. Es fühlte sich an, als würde mich alles wieder einholen. Alles um mich herum schien zu verschwinden und dem Horror von damals Platz zu machen. Ich hatte bewusst nichts aus der Zeit in Edinburgh behalten und dann lag plötzlich, wie ein verdammter Fluch der einen verfolgte, dieses Bild hier. Das Foto war am Anfang der Beziehung mit Fearghas entstanden. Wir hatten es in einem Park in Edinburgh gemacht. Die Sonne schien, wir waren umringt von Blumen und strahlten beide glücklich in die Kamera, als wäre die Welt in Ordnung. Doch nichts war in Ordnung gewesen. Alles war nur Lug und Trug. Ich war für Fearghas nichts weiter als ein Stück Fleisch, das er sich zu eigen machen wollte, um es nach seinen eigenen Vorstellungen zu gebrauchen.

Ich brauchte eine ganze Weile, bis mir klar wurde, dass ich in Daves Armen lag und mich verzweifelt an ihm festklammerte. So, wie ein Ertrinkender an seinen Rettungsring. Erst als er merkte, dass ich mich etwas beruhigt hatte, öffnete er vorsichtig meine Hand und nahm mir das Bild ab. Er faltete es auseinander, warf einen kurzen Blick darauf und murmelte etwas Unverständliches. Dann stand er auf, zog mich auf die Beine, führte mich zum Kamin, warf das Bild hinein, entzündete eines der Streichhölzer die davorlagen und ließ das Foto in Flammen aufgehen. Während ich dem Stück Papier zusah, wie es unter den gelbgrünen Flammen immer kleiner und unkenntlicher wurde, hielt mich Dave fest im Arm. Mein Kopf lehnte an seiner Brust und ich konnte seinen beruhigenden Herzschlag hören. Erst als das Feuer erloschen und nichts mehr von dem Bild übrig war, gab er mich frei, nahm mich bei der Hand und zog mich wortlos in die Küche. Er nahm seine Jacke vom Stuhl und gab mir meine eigene, die an einem Haken an der Wand hinter der Tür hing.

Auf meinen fragenden Blick hin reagierte er.

„Lass uns ein bisschen am Meer spazieren gehen", forderte er mich auf.

Ich hatte dem Vorschlag nichts entgegenzusetzen. Frische Luft könnte ich jetzt durchaus dringend gebrauchen. Deshalb schlüpfte ich mit einem Nicken in meine Schuhe und zog die Jacke über.

Der Himmel war grau und wolkenverhangen, doch wenigstens regnete es nicht mehr, als wir den Hügel hinab in Richtung Meer liefen. Schweigend gingen wir nebeneinander her, bis wir das Wasser erreichten. Die Wellen brachen sich sanft am steinigen Ufer. Die Berge des Ben Mor Coigach - eine Bergkette die sich einige Meilen entfernt aus dem Boden erhob - reckten sich hinter uns erhaben gen Himmel. Nur das Kreischen von ein paar Möwen, die sich auf Futtersuche befanden, war zu hören. Der Geruch von Meerwasser lag in der Luft, vermischt mit dem Duft des Mannes neben mir, der seinen Arm schützend um mich gelegt hatte. Ich war froh über die tröstende und beschützende Geste, auch wenn es mir unangenehm war, dass er meinen Zusammenbruch miterlebt hatte. Doch das war nun leider nicht mehr zu ändern. Gemütlich liefen wir am Wasser entlang. Ich ließ meinen Blick in die Ferne schweifen. Von hieraus konnte man die Summer Inseln sehen, die wie große, grünüberzogene Felsen im Meer lagen und Wind und Wetter trotzten.

„Ich wünschte ich könnte dir deinen Schmerz und die Erinnerung an das was er dir angetan hat nehmen", begann Dave. „Ich habe eine Frau noch nie so entsetzlich leiden sehen." Er blieb stehen, wandte sich mir zu und sah mir in die Augen. „Ich schwöre dir, ich habe mir sein verfluchtes Gesicht eingeprägt und sollte er mir jemals über den Weg laufen, muss er um sein Leben bangen."

Traurig lächelte ich ihn an und ließ es zu, als er mich an seine Brust zog. Sanft strich er über meine Haare, während sein Kinn auf meinem Kopf ruhte. Ich schloss meine Augen. Versuchte nur für einen Augenblick zu genießen und alles andere zu vergessen. Ich blendete alles aus, hörte dem Rauschen der Wellen und dem beruhigendem Schlagen seines Herzens zu. Nahm seinen Duft in mir auf und genoss die Wärme und Geborgenheit, die er mir schenkte. Im gleichen Moment hatte ich das seltsame Gefühl, als würde etwas in meinem Inneren bröckeln.

„Warum tust du das? Warum willst du mir helfen?", fragte ich ihn.

Mir war es völlig unverständlich, warum jemand, der mich erst so kurz kannte, sich mit meinen Problemen befasste. Schließlich könnte er mich auch als instabiles, seelisches Wrack abtun und das Weite suchen. Doch das tat er nicht. Nein, er hielt mich in seinen Armen, schenkte mir Trost und ich hatte keine Ahnung warum.

„Weil es schrecklich ist dich so zu sehen. Der Anblick

zerreißt mir das Herz. Zudem mag ich dich", gestand er. „Es ist mir unbegreiflich, wie man einem so bezaubernden Wesen wie du es bist solches Leid zufügen kann." Er löste sich kurz von mir, um mir ins Gesicht sehen zu können. „Wenn du jemals darüber reden willst, dann lass es mich wissen. Ich bin für dich da", flüsterte er. Ich antwortete ihm nur mit einem Nicken, weil ich das, was er eben gesagt hatte, erst einmal in meinen Gedanken ordnen musste. Anhand seiner Worte schien ich ihm tatsächlich nicht egal zu sein und er mochte mich. Mein Herz füllte sich durch dieses Wissen mit Wärme. Ewig war es her, dass ich mich bei einem Mann so wohl gefühlt hatte. Ich konnte nicht anders, als diesen Moment solange zu genießen wie er anhalten würde.

Wir standen noch eine ganze Weile schweigend und Arm in Arm am Wasser. Die Klänge der Natur und Dave taten mir gut. Sie schenkten mir Kraft. Zudem vermittelte Dave mir das Gefühl, dass es nicht schlimm war, dass ich vor ihm einen seelischen Zusammenbruch hatte, worüber ich sehr dankbar war.

„Ich möchte dich heute ungern alleine lassen, doch ich muss noch etwas arbeiten. Was hältst du davon, wenn du mich begleitest? Du könntest mir ein bisschen helfen und das Fotografieren übernehmen. Natürlich nur, wenn dir danach ist", schlug Dave vor, als er sich von mir löste, den Arm um meine Schultern legte und mit mir den Rückweg antrat.

Ich dachte einen Augenblick über seinen Vorschlag nach. Alleine sein wollte ich jetzt nicht, denn vermutlich würde ich nur wieder in Selbstmitleid versinken. Da es erst Mittag war, würde es noch fünf Stunden dauern, bis ich im Pub sein müsste. Und für einen Besuch bei meinen Eltern war ich jetzt absolut nicht in Stimmung.

„Warum nicht", gab ich deshalb zurück. „Du hast mir mit den Möbeln geholfen, dann ist das wohl das wenigste was ich tun kann."

„Das freut mich. Dann lass uns zu meinem Wagen laufen. Er steht vor dem Pub."

Gesagt, getan! Minuten später saßen wir in Daves silbernen Transporter und fuhren zu Mrs. McIntoshs Cottage. Eigentlich hätten wir den Weg auch problemlos zu Fuß gehen können, doch ich wollte Dave nicht in seine Gewohnheiten reinreden. Vielleicht wollte er auch fahren, weil er seine Gerätschaften wie Kamera und Laptop nicht tragen wollte oder Angst hatte in einen Regen zu kommen, was elektronische Geräte einem immer übel nahmen.

„Ich bin schon lange nicht mehr hier gewesen und hatte völlig vergessen, wie schön Mrs. McIntoshs Haus ist", meinte ich, als wir durch die Vordertür das Haus betraten. Aufmerksam durchschritt ich den Flur. Es war alles unverändert. Genauso wie ich es von früher in Erinnerung hatte. Die weiße Tapete mit unzähligen kleinen Veilchen darauf hing immer noch an der Wand. Der knarzende Holzboden wurde von einem schmalen, bunt gestreiften Läufer bedeckt. An einer alten Garderobe hingen noch Mrs. McIntoshs Jacken. Auf dem Boden darunter standen drei verschiedene paar Schuhe. Der Anblick stimmte mich traurig, denn ich wusste, dass sie diese Sachen nie mehr tragen würde.

„Ja, das habe ich gestern, als ich hier war, auch gedacht", gestand Dave und warf mir über die Schulter hinweg einen liebevollen Blick zu.

„Schade, dass es nun einfach verkauft wird. Hast du denn eine Ahnung an wen Errol das Haus verkaufen will?", wollte ich wissen.

„Ich bin mir nicht ganz sicher", gestand er. „Er kennt wohl jemanden, der einige Ferienhäuser in den Highlands besitzt. Dem wollte er es wohl zu gegebenem Zeitpunkt zum Kauf anbieten. Doch wer das ist weiß ich nicht."

Ich seufzte. Ein Ferienhaus. Was auch sonst. Das war wohl das Letzte, was sich Mrs. McIntosh für ihr trautes Heim gewünscht hätte.

Natürlich lebten wir hier draußen in gewisser Weise vom Tourismus. In den warmen Monaten des Jahres, waren es sogar unzählig viele Touristen, die die Highlands besuchten. Die Umsatzzahlen aller Sehenswürdigkeiten, Gastronomiebetriebe, Geschäfte und Pensionen schossen zu dieser Zeit enorm in die Höhe. Das ermöglichte den Inhabern genügend umzusetzen, um den Winter gut zu überstehen. Leider änderte das nichts an der Tatsache, dass es die jungen Leute in die Städte zog und die alten nach und nach starben. Dadurch wurden die Einheimischen in den dünn besiedelten Dörfern immer weniger, was ich sehr schade fand. Ich konnte diesen Ablauf nie ganz nachvollziehen, da ich selbst ganz anders tickte und das Leben hier liebte.

Wir gingen ins Esszimmer und Dave reichte mir eine digitale Spiegelreflexkamera.

„Würdest du bitte von jedem Gegenstand und Möbelstück das ich auflste ein Bild machen?", bat er mich.

„Klar, kein Problem", bestätigte ich und machte mich ans Werk. Stück für Stück gingen wir alles durch und waren nach drei Stunden mit dem kompletten Esszimmer fertig. Im Schlafzimmer gab es nicht ganz so viel, was Dave auflisten musste. Außer einem Kleiderschrank, einem Bett mit Nachttisch und einer kleinen Kommode stand hier nicht viel herum. Allerdings blieb mein Blick an einer kleinen Schatulle hängen, die auf der Kommode stand. Sie war aus schwarzem Ebenholz in deren Deckel aus helleren Holzarten ein Zweig mit Blüten und eine Mandoline eingearbeitet war. Als ich den Deckel vorsichtig anhob erklang eine leise Melodie. Sie war wunderschön und ich lauschte wie verzaubert den Klängen, als Dave hinter mich trat und die Arme um mich schlang.

„Die ist wohl noch nicht ganz so alt, denn das ist eindeutig die Love Story Melodie und die ist meines Wissens nach von neunzehnhundertsiebzig, allerdings ist die Schatulle sehr aufwendig gearbeitet. Könnte italienische Handwerkskunst sein", stellte er fest.

„Sie ist wunderschön", gestand ich und klappte sie vorsichtig wieder zu.

„Ja, da gebe ich dir recht. Das ist sie wirklich", stimmte er mir zu und gab mich wieder frei.

Ich sah auf meine Armbanduhr und stellte fest, dass es bereits halb fünf war.

„Ich muss mich allmählich auf den Weg ins Pub machen", erinnerte ich Dave und drehte mich zu ihm um.

„Okay, kein Problem. Ich begleite dich. Mein Magen hängt allmählich in den Kniekehlen, weil ich heute noch nichts gegessen habe", erwiderte er.

Er hatte recht! Auch ich hatte vor lauter Aufregung und fotografieren völlig das Essen vergessen, was mein

Magen mit einem leisen Grummeln bestätigte. Zügig räumten wir Daves Utensilien in die dafür vorgesehenen Taschen, verließen das Haus und fuhren ins Pub. Mein erster Weg, als wir dort ankamen, war der zu Curr, der in der Küche beim Kochen war.

„Hallo Curr!", begrüßte ich ihn, als ich durch die Schwingtür der Küche trat.

„Hallo Süße!", gab er zurück.

„Hast du für Dave und mich etwas zu essen? Wir sind am verhungern", fragte ich ihn.

„Wie wäre es mit Gemüse Lammeintopf? Der wäre gerade fertig und zum Nachtisch könnte ich euch noch Cranachan machen", bot er an.

Wir hatten immer ein Tagesessen auf der Karte, das Curr jeden Tag frisch zubereitete. Sonst gab es nur kleinere Snacks und kalte Speisen. Das Pub lebte hauptsächlich von dem Verkauf von Ale. Doch ein paar Speisen bot Curr trotzdem an, falls Touristen zum Essen ins Pub kamen.

„Das hört sich super an!", erwiderte ich und lief wieder nach vorn, um einen Tisch vorzubereiten. Dave hatte schon an einem Platz genommen, weshalb ich diesen mit Besteck und Getränken ausstattete. Curr brachte uns das Essen und wir fielen beide hungrig darüber her.

„Curr kann wirklich sehr gut kochen", bemerkte Dave zwischen zwei Bissen.

„Oh ja, das kann er wirklich. Er hat es von seiner Mutter gelernt, die sich früher um die Küche gekümmert hat. Sie war in der Gegend bekannt für ihre außergewöhnlich gute Küche. Ich glaube, seine Mutter hat mehr Zeit zusammen mit Kochbüchern in der Küche verbracht, als man sich vorstellen kann", erzählte ich.

„Leben seine Eltern noch hier?", erkundigte er sich.

„Nein, leider nicht. Sein Vater ist vor fünf Jahren morgens einfach nicht mehr aufgewacht und seine Mutter folgte ihm ein halbes Jahr später. Ich glaube, sie ist vor Kummer und Sehnsucht nach ihrem Mann gestorben. Die beiden haben sich sehr geliebt und nachdem sein Vater gestorben war, war seine Mutter nicht mehr dieselbe."

„Traurig!", meinte Dave und nahm einen Schluck von seinem Ale. „Allerdings kann man sie auch dafür beneiden", fuhr er fort, nachdem er sein Glas wieder abgesetzt hatte, „dass sie sich so sehr geliebt haben." Dabei sah er mir tief in die Augen.

Mein Bauch fing unter seinem intensiven Blick sofort an zu kribbeln und ich bekam außer einem Nicken mal wieder nichts zustande. Nervös kaute ich auf meinem Gemüse herum. Was tat ich hier nur? Wenn das so weiterging, hätte ich in einigen Tagen ein echtes Problem und das durfte nicht passieren. Oder doch? Was, wenn Dave vielleicht doch der Mann wäre, der mich glücklich machen könnte? Immerhin hatte er mir in den letzten drei Tagen schon mehr schöne Momente beschert, als man es von einem Mann, den man so kurz kannte, erwarten konnte. Zum Glück unterbrach mich Curr bei meinen wirren Gedanken und brachte uns noch den Nachtisch, was auch den Blickkontakt zwischen Dave und mir unterbrach.

„Danke! Sobald ich aufgegessen habe, mach ich mich ans Werk", sagte ich zu ihm, als er das Cranachan vor uns absetzte.

Cranachan war ein traditionelles schottisches Dessert

aus Sahne, Himbeeren, Honig, Haferflocken und Whisky, welches wirklich sensationell schmeckte. Schon als junges Mädchen hatte ich manchmal heimlich genascht, wenn meine Mutter welches zubereitet hatte. Sie schimpfte jedes Mal, wenn sie mich dabei erwischte, denn schließlich ist Alkohol nichts für Kinder.

„Nur kein Stress! Noch ist nicht so viel los. Also esst in aller Ruhe auf", erwiderte Curr und lief zu den Gästen die eben das Pub betraten. Es war Mac mit seiner Frau Kelli, die öfters abends auf einen Schlummertrunk vorbeikamen. Sie waren eines der wenigen, jungen Paare die noch hier draußen lebten. Kelli erwartete ihr erstes Baby von Mac, was nun nicht mehr zu übersehen war. Kellis Bauch war riesig geworden, aber sie schien sich wohl damit zu fühlen. Ihre Wangen hatte eine gesunde rosa Farbe und sie schien förmlich von innen heraus zu strahlen. Die zwei sahen sehr glücklich aus. Ich winkte beiden zur Begrüßung kurz zu und widmete mich dann wieder meinem Essen.

„Was machst du morgen?", wollte Dave von mir wissen, während wir das Dessert löffelten.

„Ich weiß noch nicht genau. Vermutlich werde ich meine letzten Kartons auspacken, die noch in meinem Schlafzimmer herumstehen."

„Was hältst du davon, das noch etwas aufzuschieben und mir morgen die Ehre zu erweisen, mir ein wenig die Gegend zu zeigen? Immerhin ist morgen Samstag. Wir könnten uns eine kleine Pause von der Arbeit gönnen", schlug er vor.

„Naja, nicht ganz. Um fünf muss ich wieder hier im Pub sein."

„Das können wir ja berücksichtigen", erwiderte er.

Ehrlich gesagt fand ich die Vorstellung, den Tag mit Dave zu verbringen, sehr verlockend. Ich fing an mich an seine Gesellschaft zu gewöhnen und genoss sie schon richtig. Warum sollte ich also nicht den Tag mit ihm verbringen und mein Leben genießen so, wie Curr und meine Eltern es mir immer wieder vorpredigten. Schließlich wäre es nur ein harmloser Ausflug unter Freunden. Zumindest redete ich mir das ein.

„Na schön! Warum nicht. Ich könnte dir die Falls of Kirkaig zeigen. Die sind wirklich sehr schön und ich war selbst schon ewig nicht mehr dort."

„Klingt gut", stimmte mir Dave zu und schob seine leere Dessertschale von sich.

„In Ordnung! Ich komme gegen neun her und hole dich ab. Mein Wagen steht bei Curr in der alten Scheune, da ich ihn sehr selten brauche."

„Das heißt dann wohl, dass du fährst", stellte Dave fest.

„Gute erkannt, Sherlock Holmes", gab ich lächelnd zurück und erhob mich. Da wir aufgegessen hatten, schnappte ich mir im gleichem Atemzug das schmutzige Geschirr. „Ich mach mich dann mal an die Arbeit."

„Mach das", antwortete er und schenkte mir ebenfalls ein Lächeln, das mir wieder diese süßen Grübchen zeigte.

Der Abend war durchwachsen. Heute hatten sich einige Leute aus dem Dorf zum Kartenspielen verabredet. Zudem war eine Familie mit zwei Kindern hier, die in der Gegend in einem Ferienhaus untergekommen war, um ihren Urlaub in den Highlands zu verbringen. Sie ließen sich Currs gute, typisch schottische Küche ebenso schmecken wie Dave und ich es getan hatten. Irgendwann fiel mir auf, dass Dave verschwunden war. Doch nach einiger Zeit entdeckte ich ihn frisch geduscht und eingekleidet mit seinem Laptop bewaffnet wieder an seinem Tisch. Er schien zu arbeiten und sah nur ab und an hoch, um mir ein Lächeln zu schenken, was mein Herz immer wieder zum Stolpern brachte.

Das Pub leerte sich heute schon gegen halb zehn, sodass es Curr eine halbe Stunde später schloss.

„Ich hau mich aufs Ohr, Süße!", meinte er im Vorbeigehen und umarmte mich kurz. „Ich bin todmüde."

„Kein Problem", erwiderte ich. „Ich mach mich auch auf den Heimweg. Es war ein langer Tag und ich bin ebenfalls geschafft", gestand ich.

„Ich bring dich noch nach Hause", meinte Dave, klappte seinen Laptop zu und stand auf.

„Das ist nicht nötig. Ich habe es doch nicht weit."

„Keine Widerrede! Außerdem kann etwas frische Luft vor dem Schlafen nicht schaden."

„Also gut", gab ich klein bei und holte meine Jacke aus dem Büro, während Dave zusammen mit Curr nach oben lief, um sich ebenfalls seine Jacke zu holen.

Dave stand mir vor meiner Haustür gegenüber und sah auf mich herab.

„Ich wollte mich noch bei dir für deine Unterstützung bedanken. Es war nett von dir, das Fotografieren zu übernehmen und ich muss zugeben, dass du sehr talentiert bist. Deine Bilder sind richtig gut geworden, wie ich vorhin beim Durchsehen und Zuordnen festgestellt habe", schmeichelte er mir.

„Nicht der Rede wert, aber trotzdem danke für das Kompliment. Außerdem hast du mir beim Möbel zurückstellen geholfen. Wie heißt es so schön: Eine Hand wäscht die andere", antwortete ich.

Dave lächelte und legte seine Hand auf meine Wange.

„Dann wünsche ich dir eine gute Nacht und süße Träume", meinte er und senkte überraschend seinen Mund auf meinen.

Ich wusste nicht wie mir geschah, als seine warmen, weichen Lippen ganz sanft die meinen berührten. Es fühlte sich an wie das Streicheln einer Feder. Meine Lippen prickelten und mein Körper schien unter Strom zu stehen. Als würde alles aus einem langen Winterschlaf zu neuem Leben erwachen. Zögerlich erwiderte ich seinen Kuss, der so zärtlich war, dass ich es kaum glauben konnte. Dave forderte nicht, sondern nahm nur an, was ich zu geben bereit war. Meine Hand fand ihren Platz auf seiner Brust. Darunter spürte ich seinen aufgeregten Herzschlag und stellte fest, dass auch mein Herz an Tempo zugelegt hatte.

Langsam gab er meine Lippen wieder frei und sah mir tief in die Augen.

„Wir sehen uns morgen", erinnerte er mich an unsere Verabredung, wandte sich um, lief davon und wurde kurz darauf eins mit der Dunkelheit. Immer noch völlig benommen schloss ich die Tür auf und ging hinein.

Hatte ich das Richtige getan oder wäre es besser

gewesen ihn abzuweisen, überlegte ich. Der Kuss war wunderschön gewesen, doch was war mit dem Schwur den ich geleistet hatte. Sollte ich es wirklich wagen und Dave so nah an mich heranlassen oder würde ich diesen Schritt im Nachhinein bereuen?

Ich streifte Schuhe und Jacke ab und lief nach oben, um mich fürs Bett fertig zu machen.

Wenn nur diese verfluchte Angst nicht wäre, dachte ich, während ich im Bad stand und meine Haare bürstete. Doch ich fragte mich immer wieder, warum er so behutsam war. Schließlich hätte er von Anfang an auch anders auf mich und meine Probleme reagieren können. Aber das hatte er nicht getan. Nie gab er mir das Gefühl mich für meine Reaktionen schämen zu müssen oder dass sie ihm lästig wären. Nein, er brachte mir Verständnis entgegen und versuchte mich zu trösten. Selbst zum Lachen brachte er mich, von meinen Gefühlen, die in heller Aufruhr waren, ganz zu schweigen.

Ich beschloss schlafen zu gehen. Morgen wäre die Welt vielleicht wieder etwas klarer und meine Gedanken geordneter. Darum wusch ich mich noch schnell, zog mich aus, schlüpfte in eine Flanellhose und ein T-Shirt und kroch in mein Bett. Müde schloss ich die Augen. Mein letzter Gedanke galt Dave, bevor ich kurz darauf in einen tiefen, traumlosen Schlaf fiel.

KAPITEL 6

Natürlich sah die Welt am nächsten Morgen nicht anders aus. Meine wirren Emotionen und Gedanken waren immer noch die gleichen wie am Vorabend. Da es dafür auch keine Patentlösung gab, egal wie ich es drehte und wendete, beschloss ich alles fürs Erste beiseitezuschieben. Wie hieß es so schön: Kommt Zeit, kommt Rat. Vielleicht würde mich der Ausflug zur Erleuchtung führen.

Pünktlich um neun Uhr steckte ich den Schlüssel in das Schloss der Tür zum Pub. Als ich eintrat saß Dave lächelnd am Tresen und hielt eine Tasse in der Hand.

„Auf die Minute genau", wurde ich von Curr begrüßt, der neben Dave saß.

„Guten Morgen, ihr zwei!", begrüßte ich die beiden.

„Schön, dass du da bist. Möchtest du auch noch einen Kaffee trinken oder sollen wir gleich los?", erkundigte sich Dave.

„Ich hatte schon zwei Tassen. Wenn ich noch eine trinke, bekomme ich vermutlich nervöse Zuckungen", warnte ich ihn.

„Na, dann lass uns lieber gehen", erwiderte er lachend, stellte seine Tasse auf dem Tresen ab und stand auf.

„Vergesst den Korb nicht", meinte Curr und zeigte auf einen der Tische, auf dem ein heller Weidekorb stand. Er war mit einem rot-weiß karierten Tuch abgedeckt, sodass ich nicht sehen konnte, was sich darin verbarg.

„Was ist da drin?", fragte ich deshalb.

„Lass dich überraschen, Prinzessin!", erwiderte Dave, griff sich den Korb und schob mich, indem er seine Hand auf meinen unteren Rücken legte, sanft zur Tür.

„Habe ich gerade richtig gehört?", erkundigte ich mich. „Prinzessin?"

„Ja! Ich dachte, wenn dich Curr ständig Süße nennen darf, darf ich dich Prinzessin nennen."

„Ach, dachtest du. Dir ist schon bewusst, dass ich Curr schon mein ganzes Leben kenne", stellte ich klar.

„Tja, warum Zeit verschwenden?!", meinte er selbstbewusst.

Curr lachte laut los, als ich Dave verdutzt ansah.

„Ehrlich Evanna, ich mag den Jungen. Er scheint zu wissen was er will", gluckste Curr.

„Danke für deine Unterstützung, Curr", gab ich empört zurück und kassierte dafür nur ein weiteres Lachen, das durch das Schließen der Tür, die Dave hinter uns ins Schloss zog, verstummte. Ich beschloss es erst einmal dabei zu belassen und nicht weiter über das Thema Kosenamen zu sprechen. Anscheinend war diesbezüglich jegliche Diskussion sowieso zwecklos. Und um ehrlich zu sein, störte es mich nicht weiter. Ich war es gewohnt Kosenamen zu bekommen. Meine Eltern nannten mich oft Sonnenschein. Curr redete mich fast immer mit Süße an. Und damals in der Schule riefen mich alle nur Eva. Warum also sollte ich mich von einer neuen Benennung aus der Ruhe bringen lassen?!

Wir liefen um das Gebäude herum, hinter dem die alte Scheune lag. Sie war ein Überbleibsel aus früheren Zeiten, als Currs Eltern neben dem Pub auch noch Schafzucht betrieben hatten. Das taten hier in den Highlands viele, denn es war eine der besten Möglichkeiten hier Geld zu verdienen. Das Land bot genügend Platz, um die Schafe weiden zu lassen, die im Gegenzug Wolle und Fleisch lieferten, was die Menschen gewinnbringend zu Geld machen konnten, um davon leben zu können.

Ich öffnete das Scheunentor, das unter der Bewegung stöhnte und ächzte. Mein schwarzer Ford Fiesta stand genauso da, wie ich ihn dort zurückgelassen hatte. Hier in Achiltibuie brauchte ich ihn nicht und in die Stadt fuhr ich nur, wenn ich etwas benötigte, was ich auf anderem Weg nicht bekam. Und selbst das tat ich dann meistens zusammen mit Curr, wenn er sowieso in die Stadt musste, um einen Großeinkauf für das Pub zu tätigen. Dafür fuhren wir dann grundsätzlich nach Ullapool, welches hier oben im Norden die größte Stadt war.

Dave verstaute den Korb im Kofferraum und nahm auf dem Beifahrersitz Platz, während ich mich hinter das Steuer setzte. Nach dem zweiten Versuch, den Motor zu starten, sprang er endlich an. Ich rollte langsam aus der Scheune und bog auf die Straße ab. Dave verbrachte die zwanzigminütige Autofahrt damit, sich ausgiebig die Landschaft anzusehen.

„Es ist wirklich unglaublich schön hier oben im Norden. Ich glaube, ich war noch nie so weit nördlich und bereue es sogar ein bisschen", gestand er.

„Wirklich? Noch nie?", fragte ich verblüfft.

„Nein, noch nie. Meine Aufträge führen mich eher in die dicht besiedelten Gegenden."

„Na, dann weißt du jetzt was du verpasst hast. Ich liebe das Leben hier oben. Es ist so friedvoll. Ich würde es einem Leben in der Stadt jederzeit vorziehen. Hier gibt es keine Hast. Jeder kennt jeden und wir sind füreinander da, wenn Hilfe benötigt wird. In den großen Städten ist sich jeder selbst am Nächsten. Man hat das Gefühl von jedem ignoriert zu werden und die Zeit tickt dort auch auf eine gewisse Weise anders", erwiderte ich. „Keine zehn Pferde würden mich jemals wieder dorthin bekommen, außer für einen Ausflug oder zum Einkaufen. Und selbst danach habe ich wieder für eine ganze Weile genug davon. Ich mag den Trubel und die Menschenmassen einfach nicht."

„Mmmh", machte er nachdenklich und legte die Stirn in Falten. „Gewissermaßen kann ich dich verstehen. Aber gäbe es denn überhaupt nichts, dass dich eventuell weglocken könnte?"

„Nein! Nichts und niemand", antwortete ich ohne zu zögern, sah Dave kurz von der Seite an und konzentrierte mich dann wieder auf die Straße.

Den Rest der Fahrt verbrachten wir schweigend. Dave starrte nachdenklich aus dem Seitenfenster, während ich uns auf direktem Weg nach Inverkirkaig steuerte und dort auf einem Parkplatz meinen Wagen abstellte.

„Von hier aus müssen wir zu Fuß gehen", offenbarte ich. „Es sind noch ungefähr zweieinhalb Meilen Fußmarsch bis zum Wasserfall."

„Okay, dann lass uns mal auf Wanderschaft gehen", gab Dave motiviert zurück.

Wir stiegen aus, Dave holte den Korb aus dem Kofferraum und hängte ihn sich an den Arm. Der schmale Wanderweg war gerade so breit, dass wir nebeneinander hergehen konnten. Sobald uns jemand entgegenkam, musste einer von uns zur Seite gehen. Sehr oft kam das jedoch nicht vor, denn so viele Touristen waren um diese Jahreszeit noch nicht in den Highlands unterwegs. Das Wetter meinte es heute gut mit uns, denn die Sonne stand hoch am Himmel und schien warm auf uns herab. Nur ein paar Schäfchenwolken zierten das sonst strahlend blaue Firmament. Der Weg führte uns durch einen Birken-Farnwald, entlang am River Kirkaig. Während neben uns der Fluss rauschte, hüpften über uns Vögel durch die Äste und sangen ihr Lied. Dave legte seinen Arm um mich. Ich tat es ihm gleich und versenkte meine Hand in seiner hinteren Hosentasche. Erst als es für einen Rückzieher schon zu spät war, wurde mir klar, was ich da tat. Ich befummelte, wenn auch unbeabsichtigt, den Hintern eines Mannes, den ich erst wenige Tage kannte. Na prima, schoss es mir durch den Kopf. Doch ehrlich gesagt war das, was sich unter meiner Hand bei jedem Schritt bewegte, nicht von schlechten Eltern. Ich versuchte mir nichts anmerken zu lassen und lenkte mit Fragen von der mir peinlichen Situation ab, um sie so ungezwungen und alltäglich wie möglich wirken zu lassen.

„Hast du eigentlich Geschwister?", erkundigte ich mich bei ihm.

„Ja, eine größere Schwester. Sie lebt zusammen mit ihrem Mann Riley und ihren gemeinsamen Kindern in der Nähe von London. Riley hat vor zwei Jahren ein gutes Jobangebot bekommen. Deshalb sind meine Schwester Sophia und er mit den Kindern dorthin gezogen. Aber wir sehen uns so oft es geht. Meistens an den Feiertagen, wenn die ganze Familie zusammenkommt. Erst zu Ostern haben wir uns alle bei meinen Eltern getroffen. Ich war überrascht wie groß Ella und Lucas schon wieder geworden waren, seitdem ich sie zuletzt an Weihnachten gesehen hatte", erzählte er munter drauf los. „Wie sieht es bei dir aus? Hast du Geschwister?"

„Nein, ich bin ein Einzelkind", antwortete ich.

„Und, willst du irgendwann eigene Kinder?", hakte er weiter nach.

Ich zuckte mit den Schultern. Darüber wollte ich mir jetzt keine Gedanken machen. Es gab einen Zeitpunkt, wo ich mir tatsächlich Kinder gewünscht hatte. Doch das war vor meinem Aufenthalt in Edinburgh gewesen. Inzwischen war alles anders geworden und mir war klar, dass ich zuerst mit meiner Vergangenheit fertig werden musste. Bevor das nicht geschehen war, würde ich einem Mann bestimmt nicht das Vertrauen entgegenbringen, um mich von ihm schwängern zu lassen. Und bis dahin brauchte ich mir auch keine Gedanken mehr über das Thema Kinder zu machen.

„Bist du in Inverness in einer Firma für Antiquitäten angestellt?", wollte ich wissen, um nicht weiter auf seine Frage eingehen zu müssen.

„Nicht ganz, Campbell & Sohn gehörte meinem Vater. Ich stieg nach der Schule mit ein. Heute leite ich das Geschäft und habe drei Angestellte unter mir."

„Wow, wirklich beeindruckend", meinte ich überrascht. „Das freut mich für dich."

„Danke! Doch ich denke, das Lob gebührt meinem Vater, der das Geschäft großgezogen hat. Ich bin nur in seine Fußstapfen getreten und führe weiter was er angefangen hat."

Das letzte Stück des Weges war etwas mühselig,

da er immer steiler und felsiger wurde. Dave half mir und hielt mich immer wieder fest, damit ich nicht ausrutschte oder fiel. Ich ersparte mir den Hinweis, dass ich diesen Weg schon als Kind ohne zu stürzen alleine hinaufgeklettert war, weil ich seine hilfsbereite Art süß fand und sie deshalb auch gerne annahm. Letztendlich erreichten wir den Wasserfall. Ich zog Dave zu meiner Lieblingsstelle, von der man einen guten Blick hatte und direkt am Wasser stand. Dave stellte den Korb ab und sah gebannt auf das Wasser, das achtzehn Meter in die Tiefe stürzte. Die Sonne formte zusammen mit dem feinen Wassernebel, der durch das hinabstürzende Wasser entstand, einen kleinen Regenbogen. Die Wasseroberfläche des Auffangbeckens glitzerte im Licht der Sonnenstrahlen und das Rauschen war auf eine gewisse Art und Weise beruhigend. Der Duft von Moos lag in der Luft, welches hier überall auf dem steinigen Boden wuchs. Felsen formten den Vorsprung des Wasserfalls. Die Bäume am Rand der Felsen wirkten wie riesige Wächter, die diesen wunderschönen Ort zu beschützen schienen.

„Es ist traumhaft!", raunte Dave an meinem Ohr und zog mich noch etwas dichter an sich.

Ja, das war es. Schon als kleines Kind hatte ich diesen Ort geliebt. Ich war immer in dem Glauben, dass hier Elfen und Feen wohnen würden. Meine Großmutter erzählte mir damals Geschichten davon und redete mir ein, dass diese Wesen hier zu Hause wären. Heute wusste ich es zwar besser, doch diesen ganz bestimmten Zauber hatte dieser Ort für mich trotzdem nie verloren. Er war einfach magisch, als hätte hier alles seinen Ursprung.

Das kleine Paradies mit dem alles begonnen hatte. Die Wiege des Lebens.

Dave wandte sich dem Korb zu und zog das Tuch herunter, welches sich als Decke entpuppte. Er breitete es an einer nahegelegenen, moosbedeckten, ebenen Stelle auf dem Boden aus, setzte sich und klopfte auf den Platz neben sich.

„Setz dich", bat er mich.

„Ein Picknick", staunte ich überrascht, als ich die Leckereien in dem Korb entdeckte.

„Ja! Ich habe Curr gebeten uns eine Kleinigkeit zusammenzupacken. Schließlich gebührt einer Prinzessin auch ein angemessenes Mahl", erklärte er mir.

Über diese Erklärung musste ich herzlich lachen. Ich folgte seiner Aufforderung, nahm neben ihm Platz und ließ es mir nicht nehmen, meine Schuhe auszuziehen, um es mir richtig bequem machen zu können.

Dave holte frisches Brot, Wurst, Käse, Trauben, Erdbeeren und zwei Flaschen stilles Wasser aus dem Korb, um es vor uns auszubreiten.

Ich entschied mich für Brot mit Käse und naschte dazu von den Früchten. Nach dem Fußmarsch hatte ich doch etwas Hunger bekommen.

„Das mit dem Picknick war eine tolle Idee von dir", gestand ich.

„Ich dachte einfach, es wäre schön hier draußen, unter freiem Himmel und bei netter Gesellschaft, ein leckeres Essen zu genießen. In Inverness habe ich eine kleine Wohnung mit Balkon gemietet. Auch dort versuche ich so oft wie möglich im Freien zu essen. Aus welchem Grund auch immer, ich finde, dass es an der frischen

Luft noch besser schmeckt."

„Da muss ich dir zustimmen. Ich habe auf der Wiese hinter meinem Cottage auch eine Gartensitzgarnitur stehen. Im Sommer nutze ich die oft zum Essen oder Kaffee trinken", erwiderte ich. „Da fällt mir was ein. Ich habe etwas für dich von zu Hause mitgebracht." Ich zog ein Polaroid aus der Tasche meiner Sweatjacke und hielt es ihm hin.

Dave genoss die Zweisamkeit mit Evanna in vollen Zügen. Sie war hier draußen so entspannt und relaxt wie er sie noch nie erlebt hatte. Die Idylle war wie Medizin für ihre zerrissene Seele. Auch ihre Berührungsängste ihm gegenüber schienen immer mehr zu schwinden. Er war froh darüber und konnte kaum genug von ihren zarten Berührungen bekommen. Voller Bewunderung saß er neben ihr und betrachtete immer wieder ihre unermessliche Schönheit. Ihr schwarzes Haar trug sie heute zu einem Zopf zusammengebunden, was ihre femininen Gesichtszüge noch mehr zum Vorschein brachte. Sie strahlte Liebreiz und Grazie aus. So einer Frau war er noch nie begegnet. Sie war ein Wunder! Sein Wunder! Ihm war klar, dass er bereits dabei war, sein Herz an sie zu verlieren. Doch genau so wollte er es.

Seit vier Jahren war er nun schon Single. Hatte zuvor einige kürzere Beziehungen, doch er war nie der richtigen Frau begegnet. Natürlich waren manche ganz nett und hatten Gefühle in ihm geweckt. Doch nie so, wie jetzt und hier bei Evanna. Sie brachte sein Herz aus dem

Takt und das nur durch ihre Anwesenheit. Hier saß sie, direkt neben ihm. Die Frau, von der er glaubte, sie sei die Richtige. Getroffen in einem dreihundert Seelendorf in den Highlands. Wer hätte das gedacht.

Als sie ihm das Bild reichte, unterbrach er seinen Gedanken und musste laut lachen. Auf dem Bild war Evanna im Alter von niedlichen zwei Jahren zu sehen. Ihr Haar war links und rechts am Kopf zu kurzen Zöpfen gebündelt. Fröhlich lachte sie in die Kamera und war dabei von oben bis unten mit Schokolade verschmiert, als hätte sie darin gebadet.

„Du siehst zum Anbeißen aus", meinte er glucksend und versuchte sich zu beruhigen.

„Ich weiß", kicherte sie und forderte, „jetzt will ich aber auch dein Bild sehen!"

Dave zog sein Portemonnaie aus der Hose, klappte es auf und reichte es Evanna. Jetzt war auch sie nicht mehr zu halten und musste herzlich lachen. Die Aufnahme, wo er umringt von zerdepperten, bunten Eiern saß und nur eine rote Kunststoffschüssel sein Adamskostüm verbarg, hatte schon so manchen zum Lachen gebracht. Auch er strahlte zufrieden in die Kamera und hielt dabei zwei Eier in die Höhe.

„So süß!", japste sie zwischen zwei Luftzügen. „Deins hat eindeutig gewonnen!"

„Warum das denn?", fragte er neugierig.

„Weil du im Gegensatz zu mir nackt auf dem Bild bist. Das ist die Kirsche auf dem Sahnehäubchen", antwortete sie.

„Du hast recht", bestätigte er, „ich sah damals schon umwerfend gut aus und hatte den Körper eines Adonis."

Evanna hielt sich den Bauch vor Lachen und brauchte einen Augenblick, um sich wieder einzukriegen.

„Adonis, klar. Sowas nennt man wohl eher Babyspeck", berichtigte sie und gab ihm sein Portemonnaie zurück.

Inzwischen hatten wir unser Essen beendet. Dave räumte die letzten Überbleibsel unseres Picknicks zurück in den Korb und setzte sich dann hinter mich, sodass ich mich an ihm anlehnen konnte. Alles war so entspannend. Dieser traumhafte Ort. Die ausgelassene Stimmung. Daves wohltuende Nähe. Schon sehr lange hatte ich mich nicht mehr so gut gefühlt. Vielleicht war auch das der Grund warum ich einfach anfing zu reden. Denn urplötzlich wollte ich, dass Dave mein Verhalten verstand. Wenn es überhaupt eine Chance für uns geben sollte, dann musste er wissen, was mich belastete. Zudem hoffte ich, damit mein Inneres zu erleichtern, indem ich mir den Schmerz und diesen unglaublichen Druck von der Seele redete.

„Ich habe ihn in Edinburgh kennengelernt", begann ich ohne Vorankündigung. Wir waren ungestört, da im Moment außer uns niemand am Falls of Kirkaig zu sehen war, was ich für den perfekten Zeitpunkt hielt. „Ich wollte meinen Eltern zum Geburtstag etwas Besonderes schenken und hatte ihnen einen Wochenendtrip nach Edinburgh gebucht. Natürlich mit Fahrdienst, da meine

Mutter keinen Führerschein hat und mein Vater nicht mehr fährt, wenn es um dichten Stadtverkehr geht. Ich brachte sie Freitags in das Hotel, das ich für sie ausgesucht hatte, und verabschiedete mich von ihnen, bis ich sie am späten Sonntagvormittag wieder abholen würde. Ich selbst hatte mich in einer einfachen Bed and Breakfast Pension eingemietet, da ich nicht vorhatte dort viel Zeit zu verbringen. Der Tag war noch jung und ich beschloss ein wenig die Stadt zu erkunden. Auf meinem Weg machte ich an einem Starbucks halt, um mir einen Kaffee to go zu holen. Als ich wieder nach draußen trat, um meinen Weg fortzusetzen, stieß ich mit ihm zusammen und mein Kaffeebecher landete auf dem Boden. Er trug einen edlen Anzug, sah gepflegt und nett aus, worauf ich, jung, dumm und unerfahren wie ich war, hereinfiel. Sofort entschuldigte er sich bei mir und lud mich auf einen neuen Kaffee ein, den ich dankbar annahm. Ich war so fasziniert von seiner freundlichen Art und seinem guten Aussehen, dass ich nicht kommen sah, was unter dieser geleckten Fassade lauerte. Als wir unseren Kaffee getrunken hatten lud er mich für den nächsten Abend zum Essen in ein edles Restaurant ein. Ohne zu zögern nahm ich die Einladung an und genoss den folgenden Abend mit ihm. Er überhäufte mich mit Komplimenten und war den ganzen Abend höflich und zuvorkommend. Da meine Abreise unmittelbar bevor stand, tauschten wir unsere Telefonnummern aus und versprachen einander uns bald wiederzusehen. So trafen wir uns, nach ein paar Telefonaten, zwei Wochen später in Inverness in einem Hotel. Das war das Wochenende an dem wir das erste Mal zusammen im Bett gelandet sind. Wir verließen das Hotel nicht ein einziges Mal und genossen jeden Moment miteinander. Alles schien so perfekt. Er erzählte mir, dass er ein Modelabel besäße und nicht aus Edinburgh weg könnte. Doch er beteuerte, dass er sich ein Leben ohne mich nicht mehr vorstellen könnte und sich wünschen würde, dass ich zu ihm ziehe. Weitere zwei Wochen haderte ich mit mir, ob ich den Schritt wagen sollte. Wir telefonierten jeden Tag und ich musste mir eingestehen, wie sehr ich ihn vermisste. Schlussendlich tat ich es. Ich packte meine Sachen und zog in einer Hauruckaktion zu ihm. Die ersten Wochen schien alles perfekt zu sein. Er war nett, machte mir kleine Geschenke und auch im Bett schien alles zu stimmen. Ich liebte ihn und ich war der festen Annahme er würde mich auch lieben."

Dave wagte nicht sie zu unterbrechen. Zu froh war er, dass sie endlich bereit war ihm davon zu erzählen. Als sie stockte und mit dem Daumen über die Narbe auf ihrer Handfläche strich, schmiegte er sein Kinn an ihr Haar und spendete ihr Trost, indem er schützend die Arme um sie legte.

„Eines Abends, als wir uns gerade liebten fragte er plötzlich, ob ich bereit wäre unserer Beziehung noch mehr Pep zu verleihen. Ich fragte ihn verdutzt, wie er das meinen würde. Da öffnete er die Nachttischschublade, holte ein Taschenmesser heraus, drehte mich herum, sodass ich auf ihm saß, und meinte, ich solle mich schneiden und das Blut auf ihm verteilen."

Wieder stockte sie und Dave spürte wie schwer es Evanna fiel darüber zu reden. Sie zitterte leicht und schien sich krampfhaft auf das Wasser zu konzentrieren, um nicht den Bezug zur Realität zu verlieren. Doch bei dem eben erwähnten wunderte ihn das auch nicht. Wie um alles in der Welt, konnte man so etwas im Bett haben wollen? Evanna holte tief Luft und sprach dann weiter.

„Im ersten Moment dachte ich, es wäre ein schlechter Scherz. Doch er klappte die Klinge auf und hielt mir das Messer hin. Entsetzt sprang ich auf und flüchtete ins Wohnzimmer, wo ich mich, eingehüllt in eine Decke, aufs Sofa kauerte. Wie geschockt saß ich da, als er zu mir kam und meinte, ich solle es mir überlegen. Danach verließ er die Wohnung und ließ mich alleine zurück. Ich überlegte es mir nicht, weil ich die Antwort darauf kannte und verlor auch kein Wort mehr darüber, in der Hoffnung, es wäre damit erledigt. Drei Wochen verstrichen, ohne dass er mich darauf ansprach. Eines Abends, als er nach Hause kam, hatte er eine andere Frau im Schlepptau. Er bat mich um ein Gespräch unter vier Augen, während seine Begleitung im Wohnzimmer wartete. Wir gingen in die Küche und ich fragte ihn, wer diese Frau sei, doch er schnitt mir das Wort ab und meinte, er hätte mir einen neuen Vorschlag zu machen. Er verlangte von mir, dass ich mit dieser Frau Sex haben sollte, während er uns dabei zusehen und bestimmten würde, was wir zu tun hätten. Wer nicht gehorchte würde dafür einen Hieb mit der Gerte bekommen. Ich war geschockt und wusste in dem Augenblick nicht wie mir geschah. Ich appellierte an seinen gesunden Menschenverstand und redete auf ihn ein, doch es interessierte ihn nicht. Er sagte nur, er hätte Bedürfnisse, die gestillt werden müssten. Danach verließ er die Wohnung im Beisein der anderen Frau und mit den Worten, ich solle mir genau überlegen, ob ich meine Meinung nicht lieber ändern wolle. Weinend verbrachte ich die erste Nacht alleine. Ich war hin und her gerissen. Da gab es den Mann der mich zu etwas zwingen wollte, zudem ich nicht bereit war es zu tun. Ein Mann der sich immer mehr zum Scheusal entwickelte. Und dann war da noch der andere Mann, den ich kennen und lieben gelernt hatte. Es war als trüge er zwei Persönlichkeiten in sich. Ich zerbrach mir stundenlang den Kopf, fand aber keine Lösung für mein Problem. Wieder hoffte ich, dass es nur eine seltsame Anwandlung gewesen war und glaubte einfach an das Gute in ihm. Erst am nächsten Abend tauchte er wieder auf und sah mich zum ersten Mal mit diesem seltsamen Blick an. Eine Mischung aus Wut, Gehässigkeit und Gier. Es war beängstigend. Ich traute mich auch nicht ihn nochmal auf das Vorgefallene anzusprechen. Weitere Wochen vergingen ohne Zwischenfälle, allerdings kam er immer öfter sehr spät nach Hause. Er behauptete, er hätte sehr viel zu tun, da die neue Kollektion fertig werden müsste und am Anfang glaubte ich ihm das auch, doch ich litt unter den einsamen Abenden, da ich selbst nur tagsüber in einem kleinen Kaffee arbeitete, in dem ich einen Job gefunden hatte. Zudem schliefen wir kaum noch miteinander und er sah mich immer öfter mit diesem unheimlichen Blick an. Naiv wie ich war, fuhr ich eines Abends in sein Büro, um ihn zu überraschen. Ich hatte mich hübsch gemacht und wollte ihn abholen, um schick mit ihm essen zu gehen. Nur leider war ich die Überraschte, als ich ihn bei einer Orgie mit drei Frauen erwischte. Der Anblick war entsetzlich, nicht nur, weil er mich betrog, sondern auch, weil er seinen Fetisch, den er mir versucht hatte aufzudrängen, in vollen Zügen auslebte. Ich stand wie erstarrt in der Tür, hörte das schnalzen einer Gerte, sah nackte Körper die mit Blut beschmiert waren, hörte lautes Stöhnen und in der Luft lag der Geruch von hartem Sex. Er bemerkte mich zwar, blickte mir sogar direkt in die Augen, begegnete mir aber nur mit einem gehässigen Grinsen. Ich machte auf dem Absatz kehrt, floh in unsere Wohnung und weinte mir die Seele aus dem Leib. Als er zwei Stunden später nach Hause kam, und ich ihn zur Rede stellen wollte, schlug er das erste Mal zu.“

Dave hielt sie ganz fest und wiegte sie leicht, als er spürte, wie das Zittern in ein Beben überging. Ihre Stimme brach immer öfter und sie holte in unregelmäßigen Abständen tief Luft, um nicht die Fassung zu verlieren.

„Er schrie mich an, es sei allein meine Schuld und ich hätte ihn dazu getrieben, sich seine sexuellen Wünsche von anderen Frauen erfüllen zu lassen. Wieder appellierte ich an das Gute in ihm, doch es nutzte nichts. Nachdem er seinen Frust an mir abgelassen hatte, verschwand er wieder und tauchte ganze zwei Tage nicht mehr auf. Er hatte mich so übel zugerichtet, dass ich am nächsten Tag nicht einmal zur Arbeit gehen konnte. In meinem Kummer versuchte ich am zweiten Tag Curr zu erreichen, um ihm davon zu erzählen und ihn um Rat zu bitten, doch er war nicht zu Hause und ging deshalb nicht ans Telefon, weshalb es nicht dazu kam. Am Abend tauchte mein Ex dann plötzlich wieder auf. Er hatte Blumen und Pralinen dabei und entschuldigte sich bei mir. Mehrmals beteuerte er wie schrecklich ihm alles leid täte und er versuchen würde sich zu ändern. Ich Idiot glaubte ihm natürlich und nahm seine Entschuldigung an, weil ich mir einfach nur wünschte, es wäre wieder wie am Anfang unserer Beziehung. Die nächsten Wochen vergingen und er gaukelte mir den zufriedenen Partner vor. Allerdings hatten wir überhaupt keinen Sex mehr. Ich konnte einfach nicht. Es war, als hätte mein Körper eine Blockade errichtet. Ich redete mir ein, dass sich das von alleine legen würde, wenn das Vertrauen zwischen uns wiederhergestellt sei. Er sah das allerdings anders, denn es kam der Tag an dem er Heim kam und ich einen Knutschfleck an seinem Hals entdeckte. Wir standen im Wohnzimmer und ich schrie ihn an, warum er so ein Monster geworden sei, doch wieder gab er alleine mir die Schuld für unsere Situation. Meinte, dass ich mich ihm verweigern würde und ich ihn deshalb dazu trieb, fremdzugehen. Wütend warf ich ihm an den Kopf, dass er ganz alleine für sein Handeln verantwortlich sei und er zu einem Arschloch mutiert wäre, welches unfähig sei zu lieben, denn sonst würde er so etwas nicht tun. Er holte aus und schlug mich hart ins Gesicht. Ich fiel nach hinten und stieß dabei ein Glas um, das auf dem Sofatisch gestanden hatte. Dieses fiel zu Boden und zerbrach. Die Scherben, auf denen ich landete schnitten mir die Hand auf. Das Blut spritzte, weil dabei ein Blutgefäß verletzt wurde. Bei dem Anblick wurde er sofort hart und ergoss sich vor meinen Augen in seine Hose. Ich war zu schockiert, um darauf reagieren zu können, machte einen Druckverband und ging in das nächste Krankenhaus, um mich nähen zu lassen. Als ich zurückkam, saß er reumütig im Wohnzimmer, hatte die Unordnung beseitigt und versuchte mich wieder einzulullen. Er entschuldigte sich etliche Male und gelobte mir Besserung, wenn ich ihn nur nicht verlassen würde. Ich gestand ihm eine letzte Chance zu und drohte ihm, beim nächsten Mal meine Koffer zu packen. Auf den ersten Blick schien er sich seinem Schicksal zu fügen. Er war super lieb und schwor mir, sich nur noch mit mir und dem was ich ihm geben wolle zufrieden zu sein. Doch diese Ruhe war mir zu trügerisch. An einem Wochenende erzählte er mir, dass er die kommende Woche nach London müsse, um sich mit ein paar Kunden zu treffen, die an seiner Kollektion interessiert seien. Im ersten Moment nahm ich ihm das ab, doch es machte mich stutzig, dass er dafür angeblich die ganze Woche benötigte. Als ich ihn fragte, in welchem Hotel ich ihn erreichen könnte, meinte er nur, ich könnte ihn auf seinem Handy anrufen oder er würde sich bei mir melden, weil er sowieso nicht oft im Hotel sein würde und mir daher die Nummer nichts bringen würde. Mir schwante Böses und ich machte mich Anfang der besagten Woche daran alle Hotels in London abzutelefonieren und zu fragen, ob er dort eingecheckt hatte. Ich fand ihn und ließ mich durchstellen, weil er sich, laut der Aussage des Portiers, auf seinem Zimmer aufhielt. Eine Frau ging ans Telefon und im Hintergrund waren Geräusche zu hören. Es war die gleiche Geräuschkulisse die auch bei der Orgie im Büro die Luft erfüllt hatte. In mir zerbrach etwas in tausend Scherben, als mir bewusst wurde, dass es den Mann, in den ich mich einst verliebt hatte, nicht mehr gab und es ihn vermutlich auch nie wirklich gegeben hatte. Alles löste sich binnen von Sekunden in Rauch auf und hinterließ nichts außer einem Trümmerhaufen. Ich legte ohne ein weiteres Wort auf, packte meine Sachen, kündigte meinen Job und verließ Edinburgh noch am gleichen Tag. Auf direktem Weg flüchtete ich nach Hause, wo ich Schutz bei Curr suchte. Dort versteckte ich mich, bis ich mich imstande fühlte, meinen Eltern eine harmlose Fassung dessen aufzutischen, was geschehen war. Ich wollte sie nicht schocken und außerdem war mir die ganze Geschichte unangenehm. In gewisser Weise schämte ich mich sogar dafür und tue es heute noch, dass ich diesem Mann einmal mein Herz geschenkt habe, der es dann doch nur mit Füßen getreten hat. Curr ist der einzige, dem ich je alles erzählt habe. Er wollte damals sogar nach Edinburgh fahren und ihn fertigmachen. Nur auf mein Bitten ließ er es sein. Ich hatte keine Kraft mehr, mich nochmal damit zu befassen und wollte mich nicht auf das gleiche gewalttätige Niveau begeben. Ich wollte einfach nur vergessen, was mir bis heute nicht gelungen ist."

Ihre Tränen tropften auf seine Arme, die sich unter ihrer Geschichte den Weg ins freie gebahnt hatten. Dave war fassungslos. Wie konnte ein Mann einer Frau so etwas antun. Was für ein Feigling musste dieser Kerl sein, um sich an einer schwachen Frau zu vergreifen und sie grün und blau zu schlagen, nur, weil sie nicht bereit war seinem abgedrehten Fetisch nachzukommen. Die Vorstellung, wie dieser Kerl auf Evanna einschlug, brachte ihn schier um den Verstand. Unbändige Wut wuchs in ihm heran, auf einen Mann, dessen Namen er nicht einmal kannte, weil sie ihn gekonnt verschwieg. Nur sein Gesicht, dass er auf dem Bild in ihrem Haus gesehen hatte, würde er niemals vergessen. Nur für den Fall, dass er ihm irgendwann begegnen sollte und er die Chance bekäme sie zu rächen. Der nordische Gott Odin höchstpersönlich müsste ihm beistehen, damit er diesen Bastard nicht mit seinen eigenen Händen umbringen würde, für das was er Evanna angetan hatte.

Sanft gab er ihr einen Kuss auf die Schläfe und trocknete ihre Tränen, indem er sie mit dem Daumen wegwischte. Es tat ihm im Herzen weh sie so verletzt zu sehen und er schwor sich ein weiteres Mal sie glücklich zu machen. Er würde ihr gebrochenes Herz und ihre Seele, die von emotionalen Wunden übersät war, heilen und für sich gewinnen. Nie wieder sollte sie, unter dem was sie ertragen hatte, leiden müssen. Er würde dafür sorgen, dass kein Mensch ihr jemals wieder körperliche oder seelische Schmerzen zufügen würde und ihr zusätzlich beweisen, wie schön das Leben sein konnte. Und zwar mit allem was dazugehörte.

Dave hielt sie weiter in den Armen und flüsterte: „Er hatte dich nicht eine Sekunde lang verdient und es war niemals deine Schuld. Ein Mann der wahrhaftig und von ganzem Herzen liebt, würde seiner Partnerin so etwas niemals antun. Mag sein, dass es so abgedrehten Fetisch gibt, den gewisse Leute toll finden, aber dann sollen sie bei ihresgleichen bleiben und nicht anderen ihre abartigen Neigungen aufzwingen. Wäre er ein ehrenhafter Mann gewesen, hätte er dir von Anfang an die Karten offen auf den Tisch gelegt, um dir selbst die Wahl zu lassen, ob du so eine Beziehung möchtest oder nicht. Doch er hat dich bezirzt, belogen und versucht dich zu seinem Eigentum zu machen, um dich dann zu etwas zu zwingen, was du nicht wolltest. Es war die richtige Entscheidung sich dagegen zu wehren und ihn zu verlassen. Du musst dich auch nicht dafür schämen. Du wurdest unter falschen Voraussetzungen in diese Beziehung gelockt. Du hast etwas Besseres verdient, als so einen verlogenen Bastard, der unschuldige Frauen schlägt."

„Das schlimme daran ist, dass ich diesen Bastard einmal geliebt habe und es heute nicht mehr nachvollziehen kann. Ich hätte ihn schon viel früher verlassen müssen, doch ich habe immer an das Gute in ihm geglaubt und gehofft, er würde sich aus Liebe zu mir ändern. Ich habe mir eingeredet, dass es nur eine Krise sei, die wir überstehen würden. Nur leider lag ich falsch. Seine widerwärtigen Sexspielchen waren ihm zu jedem Zeitpunkt wichtiger. Von der körperlichen Gewalt, die er mir angetan hat, ganz zu schweigen. Vielleicht verstehst du jetzt mein Verhalten."

Ich war froh, dass ich mir alles von der Seele geredet hatte. Mein Herz fühlte sich ein wenig leichter an und zudem wusste Dave jetzt Bescheid. Seine tröstenden Worte und Gesten taten mir gut und spendeten mir Kraft. Wie es mit uns weitergehen würde stand zwar in den Sternen und ob es eine Zukunft mit uns beiden geben würde wusste ich ebenfalls nicht, doch zumindest hatte ich das schlechte Omen, welches mein Leben seit Edinburgh bestimmte, offengelegt. Dave könnte nun selbst entscheiden, ob er mit mir und meinen Ängsten umgehen konnte und wollte, oder nicht.

KAPITEL 7

Wir saßen noch eine ganze Weile gemeinsam am Wasser. Dave hielt mich mit seinen Armen umschlungen, während ich mich an ihn lehnte, als sei er mein Fels in der Brandung. Wir waren beide in tiefes Schweigen verfallen. Jeder ging seinen eigenen Gedanken nach und um ehrlich zu sein, war ich ganz froh darüber für einen Augenblick nicht reden zu müssen. Ich nutzte diesen ruhigen Moment, um mich wieder zu sammeln. Es war mir nicht leicht gefallen Dave meine Geschichte zu erzählen. Mich wieder an all diese schrecklichen Momente zurückzuerinnern, die mich ohnehin ständig verfolgten und denen ich zu entkommen versuchte. Doch die Erleichterung die ich darüber empfand war es wert gewesen.

Ich schrak auf, als eine kleine Gruppe Touristen an den Wasserfall kam, und sah auf meine Armbanduhr. Verflixt, wir hatten die Zeit völlig vergessen. Es war schon vier und wir hatten noch den kompletten Rückweg vor uns.

„Wir müssen zurück, sonst komme ich zu spät zur Arbeit", sagte ich zu Dave und löste mich aus seinen Armen. Ich hätte noch ewig hierbleiben können. Schon lange hatte ich nicht mehr so eine tiefe, innere Ruhe empfunden wie jetzt an diesem wunderschönen Ort. Doch die Pflicht rief.

„Ich schätze Curr nicht als einen Chef ein, der dir gleich den Kopf abreißt, nur weil du fünf Minuten zu spät kommst", meinte Dave.

„Nein, das natürlich nicht. Aber ich bin selbst von Natur aus sehr zuverlässig und pünktlich. Ich kann Unpünktlichkeit und Menschen auf die man sich nicht verlassen kann nicht leiden. Sowas macht man einfach nicht", erwiderte ich, zog meine Schuhe an und rappelte mich auf.

Dave tat es mir gleich, schüttelte die Deckte aus und faltete sie sorgfältig zusammen, bevor er sie im Korb verstaute.

„Gut zu wissen", meinte er grinsend. „Dann werde ich versuchen immer pünktlich und zuverlässig zu sein", fügte er hinzu, trat vor mich und legte seine Arme um meine Taille. „Schließlich will ich es mir mit dir nicht verscherzen."

Er senkte seinen Kopf und küsste mich zärtlich. Ganz sanft liebkoste er meine Lippen ohne sich mir aufzudrängen. Seine Hand lag ruhig auf meinem Rücken und gab mir Halt, während die andere den Weg zu meinem Hals fand. Er strich behutsam mit dem Daumen über die Konturen meines Kiefers und legte sie dann in meinen Nacken. Ich atmete seinen Duft ein und hörte auf das Rauschen des Wassers. Überall wo wir uns berührten schien meine Haut in Flammen aufzugehen. Ein lustvoller Schauer durchflutete meinen Körper. Zögerlich legte ich meine Arme um ihn und öffnete meine Lippen. Liebevoll tastete er sich vor und begann meinen Mund zu erkunden. Er schmeckte nach süßen Erdbeeren und ich konnte nichts anderes tun als zu reagieren. Ich neigte meinen Kopf leicht zur Seite, während unsere Zungen in einen sinnlichen Tanz verfielen. Es war so anders. So voller Gefühl. Ich glaubte den Boden unter den Füßen zu verlieren und ins Endlose zu stürzen, aus dem es kein Entkommen mehr gab.

Selbstverständlich war Dave nicht der erste Mann den ich küsste, doch im Vergleich zu seinen Vorgängern war es so... anders... besser...einfach unbeschreiblich schön. Meinen ersten Freund hatte ich in der Schule. Es war ein Junge aus dem Nachbarort und ich war gerade sechzehn geworden. Wir hatten damals nur geknutscht und gefummelt. Alles ging noch so unbeholfen vonstatten. Später kam ich mit einem Mann aus Achiltibuie zusammen. Mit ihm hatte ich auch meinen ersten Sex, doch auch das war nicht die Erfüllung meiner Träume. Wir trennten uns nach einigen Monaten. Heute lebt er mit seiner Frau und ihrem gemeinsamen Kind in Ullapool. Und dann kam Fearghas, der von Anfang an fordernd und ungehemmt war. Von der schrecklichen Entwicklung unserer Beziehung ganz zu schweigen. Dave hingegen war einfühlsam, zärtlich und so rücksichtsvoll. Es schien so, als wolle er sich, bei jedem Schritt den er tat, ganz sicher sein, dass es mir nicht zu viel wurde.

Schwer atmend löste er sich von mir und sah mir in die Augen.

„Vielleicht sollten wir jetzt wirklich besser aufbrechen", schlug er vor, ließ seine Arme sinken und nahm meine Hand.

Ich nickte zustimmend, weil ich mich mal wieder nicht im Stande fühlte etwas zu sagen, da ich immer noch damit beschäftigt war, meinen Knien, die sich wie Watte anfühlten, zu befehlen nicht einzuknicken. Was machte dieser Mann nur mit mir?

♥♥♥

Gerade noch rechtzeitig erreichten wir das Pub. Curr war wohl schon mit den Vorbereitungen des heutigen Tagesessens fertig, denn es lag ein köstlicher Duft in der Luft und dazu war er hinter dem Tresen zu Gange und nicht in der Küche, wie sonst so oft um diese Zeit.

„Hallo, da seid ihr ja wieder", begrüßte er uns.

„Ja, deine Angestellte wollte um nichts in der Welt zu spät kommen", piesackte Dave mich. „Doch da ich selbst Angestellte habe, kann ich das nur gutheißen", fügte er schnell hinzu, als ich ihm einen erbosten Blick zuwarf.

„Mir hält sie immer Vorträge, ich würde mich zu wenig um mich und zu viel um das Pub kümmern, aber selbst arbeitet sie bereits seit zehn Monaten ohne Pause. Nicht einen Tag hat sie freigenommen. Vermutlich müsste ich sie zu Hause festketten und wahrscheinlich würde sie dann noch versuchen die Ketten durchzunagen", plapperte Curr drauf los.

„Hey, ihr redet von mir. Auch, wenn es euch anscheinend nicht aufgefallen ist, ich bin anwesend", ermahnte ich die beiden.

„Wie könnte man dich übersehen", raunte Dave mir zu, sodass nur ich es hören konnte.

Ich lächelte ihn schüchtern an und machte mich an die Arbeit. Er selbst verschwand in seinem Zimmer und kam kurze Zeit später mit seinem Laptop zurück.

Ich spülte gerade ein paar Gläser, als er zu mir trat und meinte: „Ich gehe auch noch ein wenig arbeiten."

„Okay, mach das", bestätigte ich sein Vorhaben.

„Wir sehen uns nachher", ergänzte er noch, lächelte

mich liebevoll an und verließ dann das Pub.

Regungslos stand ich da und sah ihm nach. Meine Hände verweilten immer noch im Spülwasser, während ich mich fragte, was das zwischen mir und Dave nun eigentlich war. Zweimal hatte er mich nun schon geküsst und mit jedem Mal schien ich in seinen Händen noch mehr dahinzuschmelzen. Dazu kamen meine körperlichen Reaktionen auf ihn. Von dem Gefühlschaos, das er verursachte, mal ganz abgesehen. Immer öfter musste ich mir eingestehen, dass ich mich in seiner Nähe wohl fühlte. Er brachte mich zum Lachen und es gelang ihm mich alles andere vergessen zu lassen. Es gab Momente, da fühlte es sich fast so an, als würde ich ihn schon eine Ewigkeit kennen. Wie konnte das nur möglich sein? Warum war er mir nur so vertraut? War ich dabei mich in die nächste Katastrophe zu bugsieren?

Ich schreckte zusammen und Wasser spritzte, als Curr mir auf die Schulter tippte.

„Wenn du deine Hände noch länger im Spülwasser lässt und auf die Eingangstür starrst, wachsen dir mit Sicherheit Schwimmhäute", warnte er mich mit einem neckischen Grinsen.

„Mein Gott! Warum muss mich eigentlich ständig irgendwer erschrecken", fluchte ich und wischte mir Arme und Hände trocken.

„Wärst du nicht so weggetreten gewesen, hättest du vermutlich gemerkt, dass ich dich zweimal beim Namen nannte, bevor ich dich angestupst habe. Darf ich vermuten, dass ihr euch nähergekommen seid und er dir doch nicht mehr so egal ist?"

Ich seufzte, wandte mich Curr zu und lehnte mich an

die Arbeitsplatte. „Vielleicht! Er ist sehr nett, ich mag ihn und er hat mich geküsst", gab ich zu.

Curr lächelte erfreut. „Na also! Aber vielleicht solltest du ihm dann bald erzählen, warum du so zurückhaltend bist, damit er das nicht falsch versteht", schlug er mir vor.

„Das habe ich heute getan", erwiderte ich.

Curr sah so überrascht aus, dass ich beinahe lachen musste.

„Schau nicht so, als hättest du eben den Weihnachtsmann gesehen. Ich habe auch nicht damit gerechnet, aber es war so magisch und entspannend am Wasserfall, dass es von ganz allein passiert ist", fügte ich deshalb erklärend hinzu.

„Da muss ich dir Recht geben. Dieser Ort hat etwas Befreiendes an sich", stimmte er mir zu. „Ich finde es gut, dass du es ihm erzählt hast. Schließlich sollte er den Grund für dein Verhalten kennen, um richtig damit umgehen zu können."

„Das schon, aber was jetzt? Schließlich wird er in ein paar Tagen wieder zurück nach Inverness fahren. Du weißt ganz genau, dass ich Achiltibuie nicht nochmal für einen Mann verlassen würde. Ich liebe das Land und die Leute hier. Das ist mein Zuhause und ich mache nicht nochmal den gleichen Fehler."

„Jetzt mal langsam, Süße! Sieh doch nicht gleich alles so schwarz. Außerdem ist Inverness nicht aus der Welt. In der Not könnt ihr erst einmal eine Fernbeziehung führen und es langsam angehen. Warte doch einfach mal ab, wie sich alles entwickelt. Ich halte ihn für einen sehr netten, jungen Mann, der was im Kopf hat und weiß was er will. Zudem, für jedes Problem gibt es eine

Lösung. Du wirst schon sehen."

„Das mag schon sein, aber ich weiß nicht einmal was er über das was da zwischen uns ist denkt. Er hat zwar gesagt, dass er mich mag, aber was heißt das schon. Zudem habe ich Angst und doch fällt es mir schwer mich von ihm fernzuhalten. Ich wollte es nie wieder so weit kommen lassen. Und doch kann ich mich nicht dagegen wehren. Gott, er ist wie ein verdammter Magnet der mich anzieht."

„Dann tu es auch nicht. Wehre dich nicht. Lass es einfach zu. Er tut dir eindeutig gut. Und egal ob das mit euch von Dauer ist oder nicht, genieße es. Wer nichts im Leben wagt, kann auch nichts erreichen", riet mir Curr.

„Ja schon, aber was wenn...", begann ich und wurde rüde von Curr unterbrochen.

„Du und dein aber. Verdammt, Evanna! Was ist, wenn du morgen von einem Auto überfahren wirst und danach Querschnittsgelähmt bist? Oder in einer Woche plötzlich tot umfällst? Dann hattest du nichts vom Leben. Und warum? Weil du an deiner Vergangenheit festhältst. Das was du durchmachen musstest war schrecklich, aber jetzt lass los und lebe endlich wieder. Ganz vergessen wirst du es mit Sicherheit nie, aber steck es in eine Kiste und lass es endlich ruhen. Du bist eine junge, hübsche, selbstbewusste Frau, die noch alles vor sich hat. Also, mach was daraus!"

Ich seufzte schwer.

„Hey, Evanna. Ist das Ale alle oder warum bedient hier niemand mehr?" rief Alan vom Tisch herüber, wo er mit ein paar anderen am Kartenspielen war.

„Bin schon auf dem Weg, Alan", rief ich zurück und

setzte mich in Bewegung. Wahrscheinlich hatte Curr mal wieder recht, mit dem was er mir an den Kopf geworfen hatte, und ich machte mir einfach viel zu viele Gedanken. Deshalb ließ ich es auch fürs Erste so auf sich beruhen. Es hatte sowieso keinen Sinn sich weiter den Kopf zu zerbrechen. Um mich davon abzulenken machte ich meinen Job und sorgte für Getränkenachschub, als plötzlich die Tür aufgestoßen wurde und Dave hereinstürmte. Er sah verärgert und gehetzt aus, als er auf mich zukam. Im Affekt wich ich einen Schritt zurück. Sofort versuchte er sich unter Kontrolle zu bringen und lächelte mich entschuldigend an.

„Tut mir leid, Prinzessin, ich wollte dich nicht erschrecken und meine Aufruhr galt auch in keinster Weise dir", beschwichtigte er mich, nahm meine Hand und zog mich zur Theke, wo wir ungestört waren. „Ich muss sofort zurück nach Inverness. Ich habe eine Mail erhalten, die ich eben erst gesehen habe, als ich im Haus von Mrs. McIntosh mein Laptop hochgefahren habe. Zudem ist der Empfang hier so schlecht, dass ich nur sporadisch Daten reinbekomme. In meinen Laden wurde letzte Nacht eingebrochen und etliches gestohlen. Ich werde dort gebraucht und muss mich um alles kümmern."

Völlig überfordert von der Situation stammelte ich: „Das tut mir leid!"

„Ich hole schnell meine Sachen. Kannst du Curr bitten meine Rechnung fertig zu machen?"

Mit einem Nicken bestätigte ich seine Bitte und sah zu wie er davonstürmte. Ich ging zu Curr und bat ihn, sich um Daves Rechnung zu kümmern.

„Warum das denn?", wollte Curr wissen.

In wenigen Worten erklärte ich ihm, was in Inverness vorgefallen war.

„Ach her je! Manche Menschen machen wirklich vor gar nichts halt", bemerkte er beiläufig und lief ins Büro.

Immer noch fassungslos über die Tatsache, dass Dave jetzt zurückfahren würde, stand ich hinter dem Tresen. Es war wie ein Schlag auf den man nicht vorbereitet war. Eben erst hatten wir begonnen uns einander zu nähern und im nächsten Augenblick musste er mich schon verlassen. Ich fühlte mich schrecklich und mein Inneres zog sich schmerzlich zusammen. Schlagartig wurde mir bewusst, dass ich nicht wollte, dass er geht. Dass er mir fehlen würde. Doch natürlich verstand ich auch seinen plötzlichen Aufbruch. Nur, was würde jetzt aus uns werden?

Ich sah zu wie Dave wieder nach unten kam, seinen Koffer in der Hand hielt und bei Curr, der gerade aus dem Büro trat, seine Rechnung bezahlte.

Erst als Dave auf mich zukam und mich ansprach, löste ich mich aus meiner Versteinerung.

„Kommst du bitte noch mit zum Wagen? Ich würde gerne noch kurz mit dir unter vier Augen sprechen."

Wieder nickte ich nur und lief hinter ihm her. Sein Wagen stand nur wenige Meter vom Pub entfernt. Er öffnete die hintere Schiebetür, verstaute seinen Koffer und schloss sie wieder. Da es bereits dunkel war und ein kühler Wind wehte, schlang ich die Arme um meinen Oberkörper.

„Mir ist durchaus bewusst, was dir jetzt durch den Kopf geht. Aber dem ist nicht so. Ich verschwinde nicht von hier und somit aus deinem Leben, sondern ich muss mich um die Probleme in Inverness kümmern. Nur deshalb gehe ich. Meine Arbeit hier vor Ort ist noch nicht beendet und das zwischen uns genau so wenig. Ich bin dir sehr dankbar dafür, dass du mir heute so viel Vertrauen entgegengebracht hast und mir von deinem schlimmen Erlebnis erzählt hast. Das hilft mir dich zu verstehen. Zudem möchte ich diese bezaubernde Frau noch besser kennenlernen, denn damit bin ich bei weitem noch nicht fertig."

Er reichte mir eine Visitenkarte.

„Auf der Karte steht die Telefonnummer meines Ladens sowie meine Handynummer. Außerdem habe ich dir auf die Rückseite meine private Festnetznummer geschrieben. Ich möchte, dass du mich morgen anrufst. Bis dahin weiß ich auch wie es vor Ort aussieht. Okay?"

Ich nahm sie entgegen, warf einen Blick darauf und ließ sie in meine Hosentasche wandern.

„Okay!", bestätigte ich immer noch etwas geknickt, war aber froh, dass es kein Abschied für immer war.

„Schau nicht so traurig, sonst werfe ich dich über meine Schulter und nehme dich mit", drohte er mir spielerisch und zog mich in seine Arme.

Dave hielt sie fest und sah ihr in die Augen. Sie war so bezaubernd und ihm fiel es schrecklich schwer jetzt zu gehen. Doch er konnte nicht anders. Sein Vater hatte ihm geschrieben, weil er ihn telefonisch nicht erreichen konnte. Das mit dem Handynetz war hier in den Highlands so eine Sache. Je nach Lage, war es besser oder schlechter. Und wo nichts war hatte man auch kein Netz. Wenigstens war die Mail von seinem Vater angekommen. Ein Glück, dass seine Eltern zum Tatzeitpunkt gerade nicht auf Reisen gewesen waren. Somit hatte Jamie, sein Mitarbeiter, sich an seinen Vater gewandt, nachdem er selbst nicht erreichbar gewesen war. Dessen Nummer war allen Mitarbeitern, als zusätzliche Notfallnummer, bekannt. Dieser würde sich auch um alles kümmern, bis Dave wieder in Inverness wäre, um was ihn sein Vater schnellstmöglich bat.

Langsam senkte er seinen Kopf und küsste Evanna zum Abschied.

Seine Lippen erweckten mich aus meiner Starre. Ich hielt mich an seinen Schultern fest und erwiderte seinen Kuss. Plötzlich verspürte ich den Wunsch ihm einen Grund zu geben, so schnell wie möglich zu mir zurückzukommen. Deshalb legte ich alles in diesen Kuss. Ich öffnete meine Lippen und hieß ihn willkommen. Erkundete ihn, schmeckte ihn und genoss ihn. Ein Stöhnen entfuhr mir, als er mich noch fester an sich drückte. Mein Körper ging plötzlich lichterloh in Flammen auf und ich hatte das Gefühl zu verbrennen. Die Kälte, die mich bis eben umfangen hatte, wich einer unglaublichen Hitze. Im Taumel unserer Gefühle, schob mich Dave gegen die Seitenwand des Wagens, dessen Metall sich kühl gegen meinen Rücken presste. Doch auch das störte mich nicht. Ich knabberte an seiner Unterlippe, während sich seine Hand auf meine Taille legte. Er küsste meinen Mundwinkel und zog dann weiter eine Spur aus Küssen bis zu meinem Ohr, an dem er zärtlich knabberte. Seine unregelmäßigen Atemzüge schienen sich den meinen angepasst zu haben, die ebenso stockend und stöhnend meinen Mund verließen. Begierde erfüllte mich und das erste Mal seit meiner schrecklichen Erfahrung mit einem ganz bestimmten Mann, verspürte ich den Wunsch nach Sex. Ich konnte es selbst kaum fassen, aber mich erfüllte das dringliche Bedürfnis ihn auf jede erdenkliche Art zu spüren.

Dave löste sich von mir und lehnte seine Stirn gegen die meine.

„Ich will nicht, aber ich muss jetzt gehen. Danke, für diesen unvergesslichen Kuss. So habe ich etwas, an das ich denken kann, bis wir uns wiedersehen", raunte er mir zu und löste sich gänzlich von mir.

„Fahr vorsichtig!", bat ich ihn und versuchte meinen Puls unter Kontrolle zu bringen.

„Das werde ich. Und du rufst mich morgen auf jeden Fall an!", erinnerte er mich.

„Das mache ich", versprach ich ihm.

Somit gab er mir einen letzten, schnellen Kuss, ging um seinen Wagen, stieg ein und fuhr Sekunden später mit einem letzten Winken davon. Ich blieb noch so lange stehen und sah ihm nach, bis seine Rücklichter in der Dunkelheit nicht mehr auszumachen waren.

KAPITEL 8

Schlaflos wälzte ich mich von rechts nach links, doch egal wie ich mich in meine Decke einrollte oder mein Kissen zurechtschüttelte, ich kam nicht zur Ruhe. In meinem Kopf herrschte blankes Chaos und auch meine Gefühle waren in reinster Aufruhr.

Genervt stand ich auf, schnappte mir meine Decke und lief wieder nach unten. Ich entschloss noch einen Kräutertee zu trinken. Vielleicht würde der mich etwas beruhigen, damit ich Schlaf finden konnte. Deshalb kochte ich mir in der Küche Wasser auf, gab einen Teebeutel in eine Tasse und goss das dampfende und blubbernde Wasser darüber. Zurück im Wohnzimmer, stellte ich die Tasse auf dem kleinen Mahagonitischchen neben meinem Sofa ab und entzündete noch schnell ein Feuer in dem steinernen Kamin.

Eingehüllt in meine Decke starrte ich in die knisternden Flammen und nippte an meinem Tee. Im Haus war es mucksmäuschenstill, doch meine Gedanken dröhnten. Mein Kopf machte mich wahnsinnig und meine Emotionen brachten mich schier um. Ich konnte nicht aufhören an Dave zu denken. An die letzten Tage und all die schönen Momente mit ihm. Ständig sah ich sein Gesicht vor meinem inneren Auge und hatte selbst jetzt noch das Gefühl seine Lippen auf meinen zu spüren, trotz dass schon Stunden seit unserem Abschiedskuss vergangen waren. Wo waren sie hin, meine guten Vorsätze? Ich hatte mir geschworen, nie wieder einen Mann an mich heranzulassen, um nicht nochmal verletzt zu werden. Doch bei Dave schien ich nicht die geringste Chance zu haben, meinen klugen Menschenverstand in den Vordergrund zu rücken und meine Gefühle im Zaum zu halten. Ich fühlte mich so sehr zu ihm hingezogen, dass ich es selbst kaum glauben konnte. Nicht einmal bei Fearghas waren zu Beginn unserer Beziehung meine Gefühle so in Aufruhr gewesen wie im Moment bei Dave. So sehr hatte ich die letzten Tage mit ihm genossen, das mir erst jetzt, wo er weg war, richtig bewusst wurde, was für ein Sturm da in mir tobte. Ich war definitiv auf dem direkten Weg mich in ihn zu verlieben. Oder hatte ich das schon? Und was nun? Sollte ich lieber einen Rückzieher machen und mich morgen einfach nicht bei ihm melden oder sollte ich meinen Empfindungen freien Lauf lassen. Angestrengt versuchte ich geistig alles in Pro und Kontra aufzugliedern. Vielleicht würde mir das Klarheit verschaffen.

Auf die Liste für Pro kam:
1.Dass er unheimlich nett und rücksichtvoll war.
2.Sein gutes Aussehen.
3.Er hatte mich nie zu etwas gedrängt.
4.Er verstand mich und mein Problem
5.Dave schien ernsthaftes Interesse an mir zu haben.
6.Die Gefühle die ich für ihn empfand. Gefühle, die völlig anders waren wie alles was ich bisher gekannt hatte.

Die Kontraliste beinhaltete:

...,

...,

...,

...,

Okay, das war etwas schwieriger. Ich denke, das einzige, was ich auf diese Liste schreiben konnte war, dass er in Inverness lebte und ich trotz all dem Guten noch Angst hatte verletzt und enttäuscht zu werden.

Super, somit saß ich wohl in einer Zwickmühle, denn nicht er war das Problem - zumindest bis jetzt nicht - sondern alleine ich und meine Angst.

Ich seufzte über diese Erkenntnis. Warum machte ich es mir selbst nur so schwer? Mein Psycho-Ex hatte mich in dieses schwarze Loch aus Furcht und Misstrauen gestürzt. Doch wollte ich deshalb wirklich mein ganzes Leben allein bleiben und mich zum Schutz in meinem Schneckenhaus verkriechen? Wäre das wirklich das Beste für mich? Nein, wurde mir bewusst. Curr hatte recht, als er sagte, ich würde Fearghas dann immer noch Macht über mich geben, obwohl ich ihn verlassen hatte. Dazu kamen die starken Emotionen, die mich völlig aufwühlten. Jetzt wo Dave nicht mehr hier in Achiltibuie war, fühlte sich alles plötzlich so leer an. Sonst konnte ich mich die letzten Abende immer auf den nächsten Tag freuen, weil ich wusste, ich würde ihn wiedersehen. Jetzt war dem nicht mehr so. Wie hieß es so schön: Man weiß erst was man hat, wenn es weg ist. Das stimmte durchaus, denn ich vermisste ihn jetzt schon und das nach so kurzer Zeit. Vermutlich war jetzt der richtige Moment gekommen, einen neuen Weg einzuschlagen. Currs Idee mit der Fernbeziehung erschien mir plötzlich gar nicht mehr so abwegig. Es wäre zumindest eine Möglichkeit. Wir müssten nichts überstürzen, könnten uns am Wochenende sehen und Zeit miteinander verbringen.

Aber was wäre unter der Woche? Und da war es wieder, dieses miese, fiese, hässliche Monster, das mir einredete, dass ich nicht wüsste, was er unter der Woche tun würde, wenn wir uns nicht sahen. Schließlich könnte er mich genauso betrügen wie Fearghas es getan hatte.

Ich drückte die Hände auf meine Schläfen und schüttelte den Kopf, um die Stimme darin zu vertreiben. Dave war nicht wie er. Dave war anders. Behutsamer. Liebevoll. Verständnisvoll. Schon alleine sein Kuss sprach für sich. Dieser war so sinnlich gewesen. Angefüllt von Emotionen, Zärtlichkeiten und dem Wunsch nach mehr. Ja, mehr! Das wollte ich. Mehr davon, mehr von Dave. Ihn und seine Vorlieben kennenlernen. Genauso wie seine Macken und Abneigungen. Den Rest würde die Zeit mit sich bringen. Wir würden abwarten, wie sich alles entwickelt und dann einfach weitersehen.

Das Feuer im Kamin war heruntergebrannt. Nur noch etwas Glut glimmte vor sich hin. Entschlossen und etwas ruhiger stand ich auf, brachte meine leere Teetasse in die Küche, machte das Licht aus und tapste dann zurück nach oben in mein Bett, um endlich etwas Schlaf zu finden.

♥♥♥

Nervös saß ich am nächsten Tag in meiner Küche, hielt den Telefonhörer in der Hand und lauschte dem Klingeln in der Leitung. Es war vier Uhr und ich hatte den ganzen Tag damit zugebracht meine Besitztümer aus den letzten Umzugskartons auszuräumen. Alles war nun endlich an seinem Platz und das Haus wirkte dadurch wohnlich und gemütlich. Zudem war die Zeit so schneller vorrübergegangen. Natürlich hätte ich Dave schon früher am Tag anrufen können, doch ich war der Meinung, dass es besser wäre bis zum Nachmittag zu warten, damit er sich um seine Angelegenheiten kümmern konnte. Ich hatte seine private Nummer gewählt, doch es nahm niemand ab. Nach dem zehnten Klingeln sah ich ein, dass er wohl nicht zu Hause war und legte wieder auf. Ich versuchte mein Glück mit der Festnetznummer seines Ladens, doch auch dort rührte sich nichts. Vermutlich, weil Sonntag war. Selbst wenn er wegen dem Einbruch dort wäre, würde er wahrscheinlich nicht an das normale Telefon gehen. Somit blieb nur noch seine Handynummer. Schon mächtig verunsichert, weil ich ihn bei den ersten beiden Versuchen nicht erreicht hatte, wählte ich erneut und wartete. Mein Herz machte einen Freudensprung, als ich ein Klicken in der Leitung hörte und seine Stimme vernahm.

„Dave Campbell, hallo!"

„Hallo, ich bin es, Evanna", meldete ich mich.

„Prinzessin, nah endlich. Du hast mich ganz schön hingehalten", begrüßte er mich. „Ich warte schon den ganzen Tag sehnsüchtig auf deinen Anruf. Wie geht es dir?"

Ich schmunzelte und freute mich über seine Worte.

„Ganz okay! Und dir? Was ist mit dem Einbruch? Ist der Schaden groß?", wollte ich wissen.

Dave seufzte.

„Mir geht es den Umständen entsprechend. Ich habe den ganzen Tag damit zugebracht, die gestohlenen Gegenstände für die Versicherung aufzulisten. Die Spurensicherung war gestern schon da und meinte, sie würden ihr Bestes geben. Nur leider ist auf den Kameraaufzeichnungen zum Tatzeitpunkt nichts zu sehen. Die Einbrecher waren maskiert und daher haben wir keine Gesichter. Der Alarm ging zwar los, doch bis die Polizei vor Ort war, hatten die bereits den halben Laden leergeräumt und waren verschwunden. Die Polizei vermutet, dass sie schon vorher im Laden waren, um die besten und teuersten Stücke auszumachen. Das würde zumindest erklären, wie sie so schnell und gezielt vorgehen konnten. Sie werten jetzt das Videomaterial der Überwachungskamera von den letzten Wochen aus. Vielleicht ist ja was Auffälliges darauf zu entdecken. Der Schaden liegt bei fast fünfzigtausend Pfund", erzählte er mir.

„Du lieber Himmel! Das ist ja heftig. Oh Dave, das tut mir echt leid."

„Naja, wir sind zum Glück gut versichert, aber der ganze Ärger jetzt nervt gewaltig. Dazu die schönen Dinge, die vermutlich irgendwo auf dem Antiquitätenschwarzmarkt landen, das ärgert mich am meisten. Aber lass uns von etwas Erfreulicherem reden. Was hast du heute schönes gemacht?", wechselte er das Thema.

„Ich habe die letzten Kartons ausgepackt. Nun bin ich

endlich mit allem fertig. Zumindest was die Renovierung angeht. Als nächstes werde ich wohl auf einen neuen Boiler sparen müssen."

„Warum? Ist er kaputt", hakte er nach.

„Noch nicht endgültig", erwiderte ich. „Die Heizflamme fällt ständig aus und dann habe ich kein heißes Wasser. Bis jetzt habe ich ihn immer wieder zum Laufen gebracht, aber da er schon ein gewisses Alter hat, weiß ich nicht, wie lange das noch der Fall sein wird."

„Wenn du möchtest, schau ich ihn mir mal an. Ich bin zwar kein Fachmann, aber ich habe einen Onkel, der sich damit auskennt. Ich werde ihn mal fragen woran das liegen könnte und dann schau ich so schnell wie möglich danach. Okay?", bot er mir an.

„Das ist lieb von dir, aber ich möchte dir wirklich keine Umstände machen. Du hast selbst genügend um die Ohren."

„Ach Evanna, du machst mir doch keine Umstände. Ich tue das gern für dich. Außerdem habe ich so noch einen Grund mehr so schnell wie möglich wieder nach Achiltibuie zu kommen. Auch wenn ein ganz bestimmter Grund mir durchaus genügt", gestand er mir.

Ich lächelte, da ich wusste, dass er mich damit meinte.

„Na, wenn das so ist, nehme ich natürlich dankend an."

„Geht doch", freute sich Dave.

„Weißt du denn schon, wie lange du in Inverness brauchen wirst?", fragte ich nach.

„Nein, leider noch nicht. Vermisst du mich denn schon?"

„Das wird nicht verraten und bleibt mein kleines Geheimnis", gab ich kess zurück.

Dave lachte.

„Folter mich ruhig, aber nur damit du es weißt, ich vermisse dich seit ich Achiltibuie verlassen habe", gestand er mir.

Bei diesen Worten wurde mir augenblicklich warm ums Herz.

„Aus diesem Grund habe ich auch die ganze Zeit über etwas nachgedacht und wollte dir einen Vorschlag machen", fuhr er fort. „Wie wäre es, wenn du mir für zwei, drei Tage einen Besuch abstattest. Ich würde dir gern mein Leben offenlegen und das könnte ich so am besten. Zudem würden wir uns dann einmal mehr sehen können, bevor ich wieder nach Achiltibuie komme. Wie klingt das?"

Nachdenklich kaute ich auf meiner Unterlippe. Dave wollte, dass ich zu ihm komme. Für einen kurzen Moment überkam mich ein Gefühl von Panik, das ich aber sofort wieder abschüttelte. Er wollte schließlich nur, dass ich ihn besuche. Nicht, dass ich bei ihm einzog. Ich atmete tief durch und versuchte gelassen zu bleiben.

„Ich müsste erst mit Curr reden, denn dann müsste er solange ohne mich auskommen", entgegnete ich.

„Curr wird sicherlich nichts dagegen haben. Aber rede ruhig erst mit ihm und sag mir morgen Bescheid. Ich würde mich auf jeden Fall sehr freuen, wenn du mich besuchen würdest."

„Das mache ich", gab ich bestätigend zurück. „Es ist sowieso an der Zeit, dass ich mich auf den Weg ins Pub mache."

„Schade, ich könnte noch Stunden deiner süßen Stimme lauschen", säuselte er.

Plötzlich vernahm ich eine Stimme im Hintergrund.

„Da wird ja das Huhn in der Pfanne verrückt! Kevensa, Liebling, ich glaube unser Sohn hat eine Frau gefunden."

„Dad!", fluchte Dave. „Bin ich nicht etwas zu alt dafür, dass du meine Telefonate belauschen musst."

„Hey, ich lausche nicht. Ich bin nur zufällig am Esszimmer vorbeigelaufen und die Tür stand offen", erwiderte die männliche Stimme, in der ein Lachen mitklang.

„Natürlich, Dad!", gab Dave sarkastisch zurück. „Und jetzt würde ich gerne weiter telefonieren. Alleine!"

„Klar, bin schon weg", ertönte es in Verbindung mit einem herzlichen Lachen, welches immer leiser wurde und schlussendlich verstummte.

„Na ganz toll, ich schätze mal du hast alles gehört", murrte Dave.

„Ja!", kicherte ich.

„Das war mein alberner Vater. Ich bin gerade bei meinen Eltern zu Hause, weil wir noch ein paar Sachen zu besprechen hatten. Nur jetzt befürchte ich gleich ein Verhör", stöhnte er genervt.

„Ach, ich finde er klang ganz nett", gab ich mit einem Lachen zurück. „Nur leider muss ich dich jetzt wirklich deinem Schicksal überlassen, sonst komme ich zu spät zur Arbeit."

„Schon gut, ich habe auch kein Mitleid erwartet, wenn ich zur Schlachtbank muss", grummelte er.

Jetzt kamen mir vor lauter Lachen die Tränen.

„Du scheinst das wirklich sehr amüsant zu finden", erkannte er und seine Stimme klang nun auch belustigt.

„Ja, durchaus. Und ehrlich gesagt, wäre ich lieber

dabei, um das Spektakel mitzuerleben, als jetzt arbeiten zu gehen. Doch daraus wird wohl nichts", gestand ich.

„Also gut, dann lasse ich dich jetzt gehen und beuge mich meinem Schicksal. Aber wir hören uns morgen wieder und pass auf dich auf, Prinzessin."

„Das mache ich. Bis morgen."

Damit legten wir auf.

Dave hielt noch einen Moment inne. Wie sehr hatte er den ganzen Tag auf diesen Anruf gewartet und sich darauf gefreut. Jedes Mal, wenn eines seiner Telefone geklingelt hatte, hoffte er Evanna am Hörer zu haben. Mit jeder Stunde die verstrich war er unruhiger geworden, weil er sich wunderte, dass sie nicht anrief. Doch nun hatte er endlich ihre Nummer auf dem Display stehen und die Anspannung in seinem Inneren löste sich in Luft auf. Durch ein paar schnelle Bewegungen mit seinem Daumen, der über sein Smartphone tippte, hatte er ihre Telefonnummer unter ihrem Namen gespeichert. Zufrieden steckte er sein Telefon in seine Hosentasche und ging zurück ins Wohnzimmer, wo seine Eltern auf ihn warteten. Oder vielleicht eher in die Höhle des Löwen, denn das würde jetzt bestimmt anstrengend werden. Seine Eltern lagen ihm schon lange in den Ohren, dass er doch mit seinen neunundzwanzig Jahren allmählich mal eine Frau finden und ans Heiraten denken sollte. Schließlich wollten sie noch erleben wie er Kinder in die Welt setzt, war ihr ständiges Argument. Da sie jetzt den Braten gerochen hatten, würden sie ihn mit Sicherheit nicht aus dem Haus lassen, bevor sie nicht wussten, wer diejenige war, die sein Herz zum Stolpern brachte.

Es duftete nach Kaffee und Kuchen, als er das antik eingerichtete Wohnzimmer betrat. Auch seine Eltern liebten alte Möbel und hatten sich über die vielen Jahre, die sie bereits verheiratet waren, dieses imposante Stadthaus das direkt am Fluss Ness lag, in liebevoller Kleinarbeit eingerichtet. Immer dann, wenn sein Vater bei seiner Arbeit als Antiquitätenhändler über ein besonders schönes Stück gestolpert war, hatte es einen Platz in den eigenen vier Wänden gefunden. Dave erinnerte sich noch gut daran, wie leer das Haus am Anfang gewesen war. Er selbst war noch ein kleiner Junge gewesen, als seine Eltern beschlossen dieses Haus zu kaufen und hier einzuziehen. Das lag jedoch schon über zwanzig Jahre zurück und inzwischen gab es kaum noch eine freie Stelle in diesem Haus, wo nicht eine Antiquität die Räumlichkeiten zierte.

Seine Mutter hingegen war eine Künstlerin. Sie verbrachte die meiste Zeit vor Leinwänden, die sie gekonnt bemalte. Schon in jungen Jahren hatte sie ihre künstlerische Ader entdeckt und ihr Hobby zum Beruf gemacht. Ihre Bilder wurden in Galerien ausgestellt und erreichten schnell großes Ansehen. Zwischenzeitlich brachte ein echter Campbell bis zu zehntausend Pfund ein und natürlich zierten einige davon auch die heimischen vier Wände.

„Setz dich Dave", bat ihn seine Mom, als er auf das Sofa zulief. „Dein Vater sagte, du hättest eine Freundin?"

Und schon geht es los, dachte Dave.

„Ja, vielleicht", erwiderte er.

„Was heißt denn da vielleicht?", murrte sein Vater. „Entweder man hat eine oder man hat keine. Den Worten von eben nach zu urteilen, hast du eine."

„Harry, jetzt lass den Jungen doch erst einmal erzählen", ermahnte seine Mutter ihren Mann und reichte ihm ein Stück Apfelkuchen.

„Naja, da gibt es nicht viel zu erzählen. Ich bin ihr in Achiltibuie begegnet. Sie lebt und arbeitet dort. Sie ist toll und sehr hübsch. Wir sind uns nähergekommen, doch die ganze Sache ist etwas komplizierter. Evanna hat eine schreckliche Beziehung hinter sich und ist sehr vorsichtig geworden. Um es auf den Punkt zu bringen, wird es mich einiges an Überzeugungsarbeit kosten diesen Schaden in ihrem Herzen und ihrer Seele wieder in Ordnung zu bringen. Doch dazu bin ich bereit", erzählte er seinen Eltern.

„Evanna", wiederholte seine Mom ihren Namen. „Das ist ein sehr schöner Name. Du scheinst sehr entschlossen zu sein. Magst du sie uns nicht mal vorstellen? Wie wäre es bei einem Abendessen?"

„Mal sehen, Mom. Vielleicht ergibt sich ja mal was."

„Sie kommt dich doch besuchen. Das wäre doch passend", mischte sich sein Vater mit einem breiten Grinsen ein und fuhr sich dabei über den dichten braunen Vollbart.

„Dad, ich denke du hast nicht gelauscht?!", ärgerte sich Dave.

„Hab ich auch nicht", gab er spöttisch zurück.

„Schluss ihr zwei!", ging seine Mutter dazwischen. „Dave, wenn sie tatsächlich hierher kommen sollte, würde ich es sehr zu schätzen wissen, wenn du sie uns vorstellst."

„Ja, Mom!", antwortete er, weil er wusste, dass sie keinen Widerspruch duldete und nahm einen großen Schluck Kaffee, um seinen Frust hinunter zu spülen. Nicht, dass er Evanna seiner Familie vorenthalten wollte, doch zwischen ihnen war alles noch so frisch. Dave wollte sie für den Anfang nicht zu sehr überfordern. Er wusste nicht, ob ein Essen bei seinen Eltern für den ersten Besuch bei ihm nicht zu viel war. Gestresst fuhr er sich durch die blonden Haare und wünschte sich für einen Moment nach Achiltibuie zurück. Dort könnte er jetzt Evanna in seinen Armen halten, ihren Duft nach wilder Jasmin einatmen und ihre Nähe genießen. Das wäre jetzt genau das Richtige. Und um ehrlich zu sein auch das Einzige, was er sich in diesem Augenblick wünschte. Er vermisste sie mehr, als er es selbst je für möglich gehalten hätte. Was ihn aber umso zielstrebiger machte, seine Mission erfolgreich umzusetzen.

KAPITEL 9

Geschafft vom heutigen Abend wischte ich die letzten Tische ab, von denen Curr soeben das schmutzige Geschirr beseitigt hatte. Da heute ein Cricket-Spiel im Fernsehen übertragen worden war, hatten wir die vergangenen Stunden alle Hände voll zu tun. Jetzt wo die Tage wieder wärmer wurden, begann auch wieder die Cricket-Saison. Diese ging in der Regel bis September und bedeutete noch öfter ein volles Pub zu haben. Solche Abende waren zwar anstrengend und lang, aber machten auch Spaß. Es war immer so, als würde eine riesige Familie zusammen vor dem Fernseher sitzen und sich gemeinsam das Spiel ansehen. Alle fieberten mit oder buhten im Chor den Schiedsrichter aus. Die Stimmung war immer unglaublich ausgelassen und mit nichts anderem zu vergleichen. Nur leider war ich bei der Arbeit und dem Tumult noch nicht dazu gekommen mit Curr über mein Vorhaben zu sprechen, nach Inverness zu fahren. Darum nutzte ich die Gunst der Stunde.

„Curr, weißt du zufällig, ob am Wochenende Spiele sind?", erkundigte ich mich und sah ihn kurz an.

„Ja, am Sonntag spielen meines Wissens nach Bangladesch gegen die Niederlande. Warum fragst du?", wollte Curr wissen.

„Naja, ich habe heute mit Dave telefoniert und er hängt fürs erste in Inverness fest. Aus diesem Grund hat er mich gefragt, ob ich ihn besuchen komme. Nur für ein Wochenende."

Curr war inzwischen hinter dem Tresen zu Gange und kümmerte sich um die schmutzigen Gläser, als er mich überrascht ansah. Dann machte sich ein zufriedenes Grinsen auf seinem Gesicht breit.

„Das ist eine super Idee! Es ist an der Zeit, dass du mal wieder unter Leute kommst und dich mal etwas entspannst. Du hast dir die letzten zehn Monate keinen freien Tag gegönnt, was schon längst überfällig ist", predigte er mir vor.

„Wenn ich dir so zuhöre, könnte man meinen, du willst mich loswerden", erwiderte ich, während ich den letzten Tisch trocken rieb und dann in seine Richtung lief.

Curr trocknete sich die Hände an einem Geschirrtuch ab und fing mich ab, als ich gerade an ihm vorbeiging, um die schmutzigen Teller in die Küche zu tragen. Er nahm sie mir aus der Hand, stellte sie klappernd auf der Arbeitsfläche ab, schnappte mich an den Schultern und sah mir mit ernster Miene ins Gesicht.

„Wie kannst du so etwas sagen?! Mehr als jeder andere, habe ich dich vermisst, als du nach Edinburgh gegangen bist. Du bist für mich wie die kleine Schwester, die ich nie hatte. Trotzdem sollst du dein Leben genießen und tun auf was immer du Lust hast. Dave tut dir eindeutig gut. Das merkt und sieht man dir an. Zudem werde ich das Gefühl nicht los, dass er der Richtige für dich sein könnte. Du weißt schon, dieser eine ganz bestimmte Mann, mit dem man sein ganzes Leben verbringt."

„Na toll, warne mich bitte vor, wenn du anfängst unsere Hochzeit zu planen", nörgelte ich. „Du weißt genau, dass ich noch lange nicht soweit bin. Ich mag ihn, das gebe ich zu. Meine Gefühle für ihn kann ich auch nicht mehr leugnen. Doch ich kämpfe immer noch gegen meine Begleiter Zweifel, Angst und Vorurteil an. Die letzten Tage mit Dave waren unglaublich schön und ich werde versuchen mich weiter vorzuwagen, aber alles andere braucht Zeit."

Curr lachte.

„Süße, mehr verlange ich doch auch gar nicht. Natürlich braucht es Zeit. Es ist aber schon mal ein Anfang, sich seiner Angst zu stellen und wieder etwas im Leben zu wagen. Mach dir ein schönes Wochenende mit Dave und genieße es." Für einen Moment zog er mich in seine Arme und fügte hinzu: „Du hast es verdient!" Somit entließ er mich aus seiner Umarmung und trat einen Schritt zurück.

„Danke, Curr, ich gebe mein Bestes. Versprochen!", versicherte ich ihm und schenkte ihm ein Lächeln. „Ich würde am Freitagmorgen fahren und bin am Sonntagnachmittag zurück. Dann kann ich um fünf Uhr hier sein und dir helfen, damit du die Meute nicht alleine bewirtschaften musst", schlug ich vor, schnappte mir erneut die Teller und schlenderte in die Küche, um sie in die Spülmaschine zu räumen. Die Küche war nicht besonders groß, allerdings mit einer modernen Kücheneinrichtung ausgestattet, die das Herz eines jeden Kochs hätte höherschlagen lassen. Alles war aus Edelstahl und glänzte vor Sauberkeit. Selbst die Kacheln an der Wand und der gefliese Boden waren vor einigen Jahren erneuert worden und strahlten in perfektem Weiß. In Currs Küche hatte man das Gefühl vom Boden essen zu können, so sauber war sie - was jetzt nicht heißen soll, dass ich das tun würde.

„Wie du möchtest", rief er mir durch die Schwingtür hinterher. „Ich komme auch ohne dich zurecht, falls du länger bleiben möchtest. In der Not frage ich Blaire, ob sie sich mal wieder ihr Taschengeld aufbessern möchte. Also mach dir keinen Kopf."

Blaire war ein Mädchen aus dem Ort, die mit ihren siebzehn Jahren noch bei ihren Eltern lebte. Während der Zeit die ich in Edinburgh verbracht hatte, half sie Curr immer stundenweise aus, womit beiden geholfen war. Sie konnte sich ein paar Pfund dazuverdienen und Curr war etwas entlastet gewesen.

Mit einem klicken schloss ich die Spülmaschine und ging zurück zu Curr.

„Das ist lieb von dir, aber es ist mit Sicherheit besser mit kleinen Schritten zu beginnen und zu sehen was daraus wird. Damit fühle ich mich sicherer und wohler", gestand ich und begann die gespülten Gläser abzutrocknen.

„Entscheide so, wie du es für richtig hältst. Falls du kurzfristig doch noch ein oder zwei Tage dranhängen willst, kannst du mich ja einfach anrufen. Ansonsten freue ich mich jederzeit über deine Unterstützung genauso wie über deine Gesellschaft", meinte er und zog den Stöpsel mit einem gedämpften *Plopp* aus dem Spülbecken, um das Wasser abzulassen.

„Mal sehen", gab ich lächelnd zurück und stellte das letzte Glas auf seinen Platz im Regal.

Als ich am nächsten Tag Dave erzählte, dass ich ihn besuchen würde, war er außer sich vor Freude.

„Wirklich, am Freitag?"

„Ja, am Freitag!", bestätigte ich noch einmal, weil er es wohl nicht so richtig glauben konnte.

„Du versüßt mir gerade meinen Tag, ist dir das klar?", meinte Dave überschwänglich. „Allerdings muss ich dir noch etwas gestehen", gestand er bedrückt und ich hatte schon die schlimmsten Vermutungen. „Wir müssen mit meinen Eltern zu Abend essen. Meine Mutter besteht darauf. Ausreden sind zwecklos und werden nicht geduldet. Es tut mir leid. Ich hätte dir das gerne noch etwas erspart. Natürlich wollte ich, dass du meine Familie kennenlernst, aber ich will dich auch nicht gleich zu Anfang überfordern."

Mir entschlüpfte ein Lachen. Alles Mögliche war mir im ersten Moment in den Sinn gekommen. Eine Frau, die er mir verheimlicht hatte. Oder ein Kind von dem ich nichts wusste. An ein Essen mit seinen Eltern hatte ich dabei am wenigsten gedacht. Ich war eindeutig ein Schwarzseher und befürchtete immer gleich das Schlimmste, wurde mir schlagartig klar. Zudem spürte ich Erleichterung, denn ein Essen mit seinen Eltern war nun wirklich kein Problem. Dass er mich ihnen nicht vorenthielt, war eher ein positives Zeichen für mich.

Fearghas war nie mit mir zu seinen Eltern gefahren. Nicht ein einziges Mal hatte ich sie zu Gesicht bekommen, geschweige denn überhaupt kennengelernt. Eine eindeutige Geste, die mir gezeigt hatte, dass ich nicht dazugehörte. Auch das war mir erst im Nachhinein klar geworden. Doch da war das Kind sowieso schon in den Brunnen gefallen, wie man so schön sagt.

„Uns zum Essen einzuladen ist sehr nett von deinen

Eltern. Ich habe auch in keinster Weise ein Problem damit. Du machst dir eindeutig zu viele Gedanken. Aber das ist süß. Wenn ich ehrlich bin, gefällt es mir sogar", gab ich zu.

„Du hast ja keine Ahnung wie viele Gedanken ich mir den ganzen Tag um dich mache. Schon wenn ich am Morgen die Augen aufschlage, gilt mein erster Gedanke dir. Ich kenne dich erst wenige Tage und doch vermisse ich deine Anwesenheit, als ob du schon immer da gewesen wärst."

Seine Worte stimmten mich glücklich und berührten mich in tiefster Seele. Mir ging es mit ihm nicht anders. Nur, dass ich noch nicht bereit war ihm dies zu offenbaren. Soweit war ich noch nicht. Ich wollte es langsam angehen, auch wenn er schon einen Gang zugelegt hatte.

„Dann sehen wir uns am Freitag", sagte ich deshalb und umging somit ein Kommentar auf sein Gesagtes. „Ich denke, dass ich gegen Mittag in Inverness bin. Ich würde in deinen Laden kommen, denn auf deiner Karte steht nur diese Adresse. Wäre das für dich in Ordnung?", hakte ich nach.

„Ja, ich werde dort sein. Die Spuren der Einbrecher müssen noch beseitigt werden. Damit werde ich mich die nächsten Tage beschäftigen, damit ich dir, wenn du hier bist, auch einen anständigen Ausstellungsraum und ein paar schöne Antiquitäten zeigen kann", erwiderte er.

„Das klingt toll. Ich freue mich schon, alles zu sehen", gestand ich. „Dann hören wir uns morgen wieder", verabschiedete ich mich.

„Ja, das tun wir, Prinzessin."

„Dann bis morgen, Dave."

„Bis Morgen, Evanna", gab er zurück und wir legten auf.

♥♥♥

Dave war etwas verwirrt und strich sich mit der Hand durch die Haare. Warum hatte sie auf sein Geständnis nicht reagiert, als er ihr sagte, dass er sie vermissen würde? Fiel es ihr so schwer ihm das zu glauben? War sie ihm gegenüber immer noch so kritisch, dass sie hinter dem Gesagten Lügen vermutete?

Nachdenklich lehnte er sich auf seinem schlichten, braunen Polstersofa zurück, für das er noch keinen schönen, antiken Ersatz gefunden hatte. Seine Mietwohnung war klein, weil er als Single nicht viel Platz benötigte. Alle Dinge, die er besaß waren eine Mischung aus Alt und Neu. Auch er wollte sein eigenes Zuhause mit Möbeln und Gegenständen füllen die antik waren und eine Vergangenheit hatten. Doch er wählte die Stücke für seine eigenen vier Wände mit bedacht und Herz. Nur, wenn er sich ganz sicher war, in einer Antiquität die Seele spüren zu können, kaufte er sie für sich selbst. Bis dahin standen zum Teil noch Möbel von einer großen Möbelkette dazwischen, die nach und nach echten Schmuckstücken weichen mussten.

Was würde das Wochenende mit Evanna für ihn bereithalten, überlegte er. Würde sie sich ihm weiter nähern oder wieder vor ihm zurückschrecken? Würde sie mit ihm das Bett teilen oder müsste er die Nächte alleine auf dem Sofa verbringen? Fragen über Fragen auf die er die Antworten nicht kannte. Doch er nahm sich vor, ihr ein unvergessliches Wochenende zu bereiten, damit sie ihm endlich etwas mehr Vertrauen entgegenbrachte. Dave hatte so lange auf die richtige Frau gewartet, was machte es da schon aus sich in Geduld zu üben, bis sie von ihm überzeugt war. Und er würde alles in seiner Macht stehende tun, um sie zu überzeugen. Er würde sie erobern und ihr beweisen, dass sie füreinander bestimmt waren. Irgendwie musste auch ihr Panzer, den sie sich zugelegt hatte, zu knacken sein. Wenn er das geschafft hatte, stand einer glücklichen Zukunft zu zweit nichts mehr im Weg.

Mit diesem Gedanken erhob er sich und machte sich für seinen Termin mit Mr. McIntosh fertig. Er würde sich am Abend noch kurz mit ihm treffen, um ihm zumindest den Teil seiner Arbeit vorzulegen, den er bereits fertig hatte. Den Rest würde er schnellst möglich vervollständigen, sobald er wieder nach Achiltibuie fahren konnte. Doch so wäre zumindest ein Anfang gemacht und er hätte wieder einen Kunden zufrieden gestellt.

KAPITEL 10

Noch nie zuvor war ich beim Koffer packen so aufgeregt gewesen. Ich stand in meinem beigefarbenen Bad und warf meine Kosmetikartikel in einen durchsichtigen Plastikbeutel. Eine Kosmetiktasche besaß ich nicht, da ich noch nie lange auf Reisen gegangen war. Es zog mich nichts weg aus den Highlands und sowas wie Fernweh kannte ich nicht. Warum auch? Ich liebte das Land und die Leute, weshalb ich mich hier pudelwohl fühlte. Nur Heimweh hatte ich schon empfunden, als ich in Edinburgh gewesen war. Doch das würde ich nie wieder zulassen, weil ich nie wieder hier wegziehen würde.

Die letzten Tage waren nur im Schneckentempo vorbeigegangen, obwohl ich mich so viel wie möglich beschäftigt hatte. Ich nutzte die Zeit zum Bespiel dafür, meinen Eltern einen Besuch abzustatten. Sie freuten sich sehr über mein unangekündigtes Erscheinen und waren völlig überrascht, aber dennoch erfreut, als ich ihnen von meinem geplanten Wochenendtrip erzählte. Dave ließ ich dabei noch außen vor, denn ich wusste wie euphorisch sie darauf reagieren würden und ich wollte ihnen keine Hoffnungen machen, solange ich selbst noch so verunsichert war. Wenn es das Wetter zuließ, pflegte ich meinen Garten. Ich hatte den Rasen gemäht, das Unkraut gejätet und noch ein paar Sommerblumen ausgesät. Bei Regen kümmerte ich mich um das Cottage. Putzte, wusch meine Wäsche oder saß einfach vor dem Kamin und trank in aller Ruhe einen Kaffee. Nur allzu oft hatte ich bei all diesen Dingen an Dave gedacht. Jeden Tag telefonierten wir, erzählten uns, was wir den Tag über getan hatten oder noch tun würden. Doch trotz, dass ich ihn mit jedem Tag mehr vermisste, brachte ich es nicht über mich ihm das zu sagen. Vermutlich rührte meine Nervosität daher. Zum einen, weil ich mich freute ihn wiederzusehen und zum anderen, weil ich keine Ahnung hatte, wie ich mich ihm gegenüber verhalten sollte. Wäre es richtig zur Begrüßung meinen Gefühlen zu folgen, ihm um den Hals zu fallen und ihn zu küssen? Oder wäre es besser einfach nichts zu tun und ihm die Führung zu überlassen?

Seufzend sah ich auf und schaute in den Spiegel. Das Gesicht, das mir entgegenblickte, hatte nichts mehr mit dem Gesicht zu tun, das ich vor circa zwei Jahren im Spiegel gesehen hatte. Meine schönen Züge und mein makelloser Teint waren zwar noch die gleichen, doch das Selbstbewusstsein und die Lebensfreude waren vor langer Zeit daraus gewichen. Ich fuhr mir mit der Hand durch die Haare und strich sie nach hinten.

„Hör auf damit!", sprach ich zu meinem Spiegelbild. „Lass endlich los und lebe wieder. Wenn du das Glück nicht zulässt, kann es dich auch nicht finden. Du wirst zwar vermutlich nie ganz vergessen können, doch du kannst es beiseiteschieben. Verstau deine Vergangenheit in einer Schublade und schließe sie ab. Sei wieder die lebensfrohe, humorvolle Frau von einst. Mach nach was dir der Sinn steht und lass dich nicht von deinen Zweifeln ausbremsen. Du bist hingefallen, ja, aber jetzt ist es an der Zeit wieder aufzustehen und weiterzumachen. Wenn du Dave um den Hals fallen willst, dann tu es.

Wenn du ihn küssen willst, dann küsse ihn. Verdammt, mach einfach nach was dir der Sinn steht und hör auf darüber nachzudenken."

Mit einem entschlossenen Nicken, bestätigte ich mich selbst und nahm meine Tätigkeit wieder auf. Ich schnappte meine Bürste, die auf der gefliesten Ablage lag und lief zurück ins Schlafzimmer. Der kleine schwarze Koffer, den ich mir von meinen Eltern geborgt hatte, lag auf meinem Doppelbett aus weißem Metall, dessen Streben sich wie Ranken ineinander verwoben und zusätzlich von kleinen, gleichfarbigen Rosenblättern und Blütenköpfen geziert wurden. Das Bett war ein Geschenk meiner Eltern gewesen, als ich in das Cottage einzog. Ich besaß zu dem Zeitpunkt kein Bett und das alte Bett meiner Großmutter war nicht mehr zu gebrauchen gewesen. Ich hatte mich riesig über das tolle Geschenk gefreut und mein Schlafzimmer so gestaltet, dass man sich ein wenig so vorkam, als sei man bei Dornröschen gelandet. Die Tapete an der Wand war weiß und von kleinen Buschrosen übersät. Ein rosa Läufer bedeckte einen Teil des aufgearbeiteten Dielenbodens. An der Wand stand der schwere, massive Kleiderschrank meiner Großmutter, der durch seine verspielten Schnitzereien perfekt dazu passte.

Nachdem alles in meinem Koffer verstaut war, was ich für das Wochenende benötigte, zog ich den Reisverschluss zu und lief damit nach unten. Es war gerade neun Uhr. Wenn ich jetzt losfuhr wäre ich problemlos zur Mittagszeit bei Dave. Erfüllt von Vorfreude schlüpfte ich in meine weißen Sneakers, klemmte mir zur Sicherheit noch eine dünne Jacke unter den Arm und verließ mein Haus.

♥♥♥

Daves Laden war recht gut zu finden. Er lag direkt an einer Hauptstraße, wenn man von der Logman Road fuhr. Ich hatte Glück, denn ich bekam direkt davor einen Parkplatz. Nachdem ich den Motor abgestellt hatte, versuchte ich noch einmal meine Nervosität zu zügeln, indem ich tief durchatmete. So sehr ich mich auch bemühte ruhig zu bleiben, es funktionierte einfach nicht. Mein Bauch wurde von Schmetterlingen heimgesucht und mein Puls nahm immer weiter an Tempo zu. Ich stieg aus, schloss meinen Wagen ab und sah mich um. In dieser Ecke von Inverness war ich noch nie gewesen, doch es war ganz nett hier. Ältere Gebäude reihten sich aneinander und wurden zwischendurch von neueren ersetzt. Hier und da gab es Grünflächen, die von mächtigen Bäumen beschattet wurden. Überall wuselten geschäftige Menschen durch die Straßen, woran man gleich wieder spürte, dass die Zeit in den Großstädten anders tickte. Langsam ging ich auf Daves Laden zu, über dessen Tür ein Metallschild hing, auf dem in großen Buchstaben *Campbell & Sohn* stand. Ich drückte den bronzefarbenen Türgriff nach unten und schob die Tür auf. Ein kleines, antikes Windspiel, das über der Tür baumelte, kündigte durch seine sanften Klänge mein Kommen an. Die Tür fiel mit einem leisen klicken hinter mir ins Schloss und ich sah mich um. Da stand er, neben einer Kommode, die er gerade mit einem anderen jungen Mann zurechtrückte. Als er mich entdeckte, ließ er sie abrupt los und starrte mich wie gebannt an. Er sagte etwas zu dem anderen Mann, ohne ihn dabei anzusehen, der mit einem Schulterzucken den Ausstellungsraum verließ. Einen Moment zögerte ich noch, doch dann gab ich mir selbst einen Ruck, lief auf Dave zu und fiel ihm um den Hals.

„Prinzessin", flüsterte er und schloss mich fest in seine Arme. „Ich habe dich so sehr vermisst."

Ich atmete seinen unwiderstehlichen Duft nach Bergamotte und Seife ein und antwortete: „Ich habe dich auch vermisst!"

Für einen Augenblick drückte Dave mich noch fester an sich, als würde er sich über meine Worte freuen und löste sich dann leicht von mir, um mir ins Gesicht sehen zu können. Sein Blick glitt über meine Züge und verharrte dann auf meinen Lippen. Er legte seine Hand auf meine Wange und strich sanft die Kontur meiner Unterlippe nach, bevor er sich zu mir herabbeugte und mich küsste. Erst noch zärtlich und sanft, dann leidenschaftlich und gierig. Ich konnte nichts anderes tun, als seinen Kuss zu erwidern. Ich hungerte danach ihn endlich wieder zu schmecken. Unsere Zungen trafen sich zu einem wilden Duell. Meine Hände krallten sich an ihm fest, während seine über meinen Rücken fuhren, bis sie meine Hüften erreicht hatten. Er griff zu, hob mich an und setzte mich auf der Kommode ab, neben der wir immer noch standen, sodass sich unserer Gesichter auf gleicher Höhe befanden. Meine Beine umschlungen ihn wie von selbst und ich vergaß alles um mich herum. Es gab nur noch Dave und mich und diese unbändige Sehnsucht zwischen uns. Mein Herz schlug mir bis zum Hals und ich hätte vermutlich ewig so weitermachen können, wäre nicht plötzlich die Tür aufgegangen und

Kundschaft hereingekommen. Wir schreckten auf und Dave fluchte leise. Zum einem, weil wir gestört wurden und zum anderen, weil ihm erst jetzt bewusst wurde, dass er mich auf eine fünftausend Pfund teure Kommode gesetzt hatte. Ich traute mich nicht, mich nur einen Millimeter zu bewegen, aus Angst etwas daran kaputt zu machen und ließ mich deshalb vorsichtig von ihm herunterheben.

„Beweg dich nicht vom Fleck", bat er mich und lief auf den älteren Herrn zu, der mit Hut und Spazierstock wartend an der Tür stehen geblieben war.

Dave konnte sein Glück kaum fassen. Obwohl die Telefonate mit Evanna in den letzten paar Tagen eher verhalten und oberflächlich gewesen waren und er sich schon ernsthaft Sorgen gemacht hatte, ob sie sich wieder von ihm distanzierte, hatte sie sich eben an ihn geklammert wie eine Hungernde an einen Laib Brot. Als Dave sie erblickt hatte, fühlte er sofort wieder diese immense Anziehungskraft und konnte sich, ab dem Moment wo sie ihm um den Hals gefallen war, selbst nicht mehr bremsen. Es tat so unglaublich gut sie endlich wieder in den Armen zu halten. Sie riechen und schmecken zu können. Ihren kleinen Körper, der sich so perfekt an seinen schmiegte, wieder zu spüren. Wäre nicht ein Kunde in den Laden gekommen, wäre er außerstande gewesen sich von ihr zu lösen. Nur das plötzliche Aufschrecken und die Anwesenheit eines Fremden hatte ihn dazu veranlasst.

„Einen schönen guten Tag. Was kann ich für Sie tun?", erkundigte sich Dave höflich bei dem Herrn mit grauen Haaren und Schnauzbart.

„Guten Tag! Ich bin auf der Suche nach einem Hochzeitsgeschenk für meine Tochter. Dabei dachte ich an eine schöne alte Wäschetruhe. Wissen Sie, so eine wie sie in der Zeit nach dem sechzehnten Jahrhundert der Braut nach der Hochzeit mitgegeben wurde. Man hat sie für ihre Aussteuer benutzt. Haben Sie so etwas?"

„Ja, ich habe noch zwei Stück hier, die Sie sich gerne ansehen können. Eine ist aus dem achtzehnten und die andere aus dem neunzehnten Jahrhundert. Sie stehen dort hinten an der Wand." Dave zeigte in die entsprechende Richtung. „Gehen Sie doch schon mal vor. Ich schicke Ihnen gleich einen meiner Angestellten, da ich selbst gerade etwas beschäftigt bin", schlug er vor.

„Das habe ich gesehen", erwiderte der Herr mit einem breiten Grinsen, öffnete die Knöpfe seines Trenchcoats und schlenderte in die besagte Richtung davon.

Dave fühlte sich wie ein ertappter Schuljunge und rieb sich verlegen den Nacken, bevor er sich umwandte und nach hinten ging, um Jamie zu holen.

Ich sah zu wie Dave sich mit dem Kunden unterhielt und nutzte die Zeit, um meinen Blick schweifen zu lassen. Daves Laden war unglaublich. Die Bereiche waren in unterschiedliche Stile und Epochen aufgeteilt. Passend dazu waren die Wände unterschiedlich tapeziert worden. Wo in der barrocken Ecke eine königliche blau-goldene

Tapete das Bild von Prunk und Reichtum vervollständigte, unterstrich die gestreifte, cremefarbene Seidentapete den Teil in dem die Möbel im Kolonialstil und aus der Biedermeierzeit standen. Der Boden war mit hellem Marmor ausgelegt und selbst die Deckenbeleuchtung war den jeweiligen Stilen angepasst. So sah ich edle Kronleuchter in weiß und gold, von denen Kristalle herabhingen und im Licht der kerzenförmigen Glühbirnen bunt schillerten. Ebenso hingen schlicht schwarze Lampen von der Decke, über deren Glühbirnen dunkelrote Lampenschirmchen gestülpt waren. Überall standen zusätzlich Tisch- oder Stehlampen und Wohnaccessoires, die das Gesamtbild ergänzten. Es war einfach traumhaft und ich fühlte mich um Jahrhunderte in der Zeit versetzt.

Dave verschwand durch einen Durchgang und kam nur Sekunden später mit dem jungen Mann wieder, mit dem er zuvor die Kommode verrückt hatte. Dieser lächelte mir kurz zu und schlug dann den Weg zu dem älteren Herrn ein, während Dave zu mir zurückkam.

„Genauso wie ich dich zurückgelassen habe. Nur, dass du große Augen bekommen hast", stellte er fest und legte den Arm um mich. „Gefällt es dir?"

„Es ist wunderschön!", gestand ich. „Wie in einer anderen Zeit. Und von dem Einbruch ist auch nichts mehr zu erkennen."

„Zum Glück! Wir hatten noch ein paar Möbel eingelagert, die hier keinen Platz gefunden hatten. Damit konnten wir die Lücken füllen. Die Einbruchschäden an der Hintertür wurden auch behoben und somit alles wieder ins rechte Licht gerückt. Jetzt heißt es abwarten, bis die Versicherung den Schaden bezahlt und ob die Polizei einen Schuldigen findet. Aber mal zu etwas Erfreulicherem. Was hältst du davon, wenn wir uns verdrücken. Ich habe Jamie aufgetragen heute und morgen die Stellung zu halten. Das heißt, wir können machen was immer du willst. Nur morgen am späteren Nachmittag muss ich dich für eine Stunde alleine lassen, weil ich einen Termin mit einem Kunden habe. Leider war dieser nicht gewillt sich auf einen anderen Tag vertrösten zu lassen", gestand er mir und ich hörte eine Spur von Frustration in seiner Stimme.

„Das macht nichts", versicherte ich ihm.

„Dann bin ich beruhigt. Auch wenn ich gestehen muss, dass es mich nervt. Ich lasse dich wirklich nur ungern allein."

„Mach dir keinen Kopf. Ich werde es überleben", erwiderte ich, reckte mich zu ihm empor und hauchte ihm einen Kuss auf die Lippen.

„Okay, du hast mich überzeugt", gab er mit einem Lächeln zurück. „Hast du bestimmte Wünsche, was du heute tun möchtest?"

„Ehrlich gesagt, bräuchte ich unbedingt ein paar neue Jeans und ich befürchte, mein Kleiderschrank hatte nichts Passendes für das Abendessen bei deinen Eltern zu bieten. Ich habe gehofft, wir könnten einen Abstecher in ein Shoppingcenter machen. Ansonsten lasse ich mich gerne von dir überraschen."

„Das Eastgate Shoppingcenter ist nicht allzu weit von hier entfernt. Wir könnten das mit einem Spaziergang durch die Stadt verbinden, wenn das für dich in Ordnung ist?", hakte er nach.

„Perfekt!", bestätigte ich und ließ mich von ihm nach draußen führen.

Der Sommer stand in den Startlöchern und erfreute uns bei unserem Spaziergang mit Wärme und Sonnenschein. Nur ein milder Wind wehte durch die Straßen. Dave legte den Arm um mich und führte mich durch die Stadt. Er erzählte mir die verschiedensten Dinge über Inverness und dessen Gebäude, sodass ich mir vorkam, als hätte ich einen professionellen Fremdenführer neben mir.

„Nur wenige Kilometer östlich von hier, liegt das Schlachtfeld von Culloden, wo im Jahre 1746 die letzte Schlacht gegen die britischen Regierungstruppen stattfand und mit einer verheerenden Niederlage der Jakobiten endete."

„Wow, das ist wirklich beeindruckend. Man merkt das du hier geboren und aufgewachsen bist. Ich muss zugeben, so viel habe ich nicht einmal zu Schulzeiten im Geschichtsunterricht in einer Woche gelernt wie in der letzten viertel Stunde von dir."

„Tja, ich bin nun mal der geborene Lehrer", prahlte er scherzhaft, was mich zum Lachen brachte. „Schau, da vorn ist schon das Shoppingcenter."

Er zeigte auf ein modernes, großes Gebäude, dessen Eingangsfront aus Glas war. Auf dem Dach erhob sich eine Glaskuppel.

Durch eine automatische Schiebetür gelangten wir in das Innere des Gebäudes. Unmengen an Geschäften reihten sich aneinander. Durch das Glasdach fiel Licht ins Innere. Pflanzenarrangementes standen überall in der Shoppingmeile und wo man auch hinsah tummelten sich unzählige Menschen. Es war beeindruckend, keine Frage, aber ich wusste sofort wieder, warum ich die Stadt nicht mochte. Hier herrschte eine Hektik die kaum zu ertragen war. Jeder hatte es eilig und war ungeduldig. Man musste ständig aufpassen nicht angerempelt zu werden. Jeder zweite starrte auf sein Handy und alle schienen mit sich selbst beschäftigt zu sein. Diese friedliche Atmosphäre und Gelassenheit wie in Achiltibuie gab es hier nicht. Hier war Zeit Geld und das war hier niemand bereit zu verschwenden. Sofort war mir wieder bewusst, warum ich nie wieder in einer Stadt wie dieser leben wollte.

Wir liefen an einigen Geschäften vorbei, als ich eins entdeckte, das meiner Vorstellung entsprach. Ich zog Dave mit mir und ging hinein. Da ich noch nie jemand gewesen war der stundenlang in Modeboutiquen herumstöberte, bat ich eine nette Verkäuferin mir zu helfen. Ich nannte ihr meine Hosengröße, den gewünschten Schnitt und Farbvorstellung. Nur wenig später stand ich in einer Umkleidekabine und probierte einige Hosen an, während Dave auf einem Stuhl vor der Kabine saß. Die Entscheidung war schnell gefällt, denn nur zwei passten wie angegossen. Jetzt brauchte ich nur noch etwas für das Abendessen bei Daves Eltern.

„Wann findet das Essen eigentlich statt?", fragte ich Dave, während ich einige Kleiderständer durchsah.

„Morgen Abend!", antwortete er. „Ich hatte für morgen noch einen Ausflug geplant, danach meinen Termin und im Anschluss das Essen, wenn das für dich in Ordnung geht?"

„Natürlich! Ich habe nur ehrlich gesagt keine Ahnung was ich morgen Abend anziehen soll", gab ich zu und seufzte frustriert.

„Ich finde zwar, dass du immer toll aussiehst, aber wenn dir das so wichtig ist, wie wäre es dann hiermit?

Ich bin mir sicher, dass du darin umwerfend aussiehst."

Dave zog ein Oberteil aus einem Kleiderständer, das komplett aus schwarzer Spitze war. Die Ärmel waren lang und durchsichtig. Der Schnitt war eng und so, dass die Schultern frei lagen. Nur ein Stück eingenähter elastischer Stoff verdeckte Bauch und Brust. Der Rücken wäre durch die Spitze ebenfalls zu sehen. Es war sehr hübsch, allerdings auch etwas gewagt.

„Du hast Geschmack, das muss ich dir lassen. Aber meinst du nicht es ist zu freizügig für ein Essen bei deinen Eltern?", wollte ich wissen.

Dave lachte.

„Du machst dir wirklich über alles Gedanken. Gefällt es dir oder nicht?", hakte er nach.

„Ja schon, aber..."

„Gut, dann schenke ich es dir und du wirst es morgen Abend tragen", unterbrach er mich. „Ich weiß zwar, dass du meine Eltern selbst in einem Jogginganzug begeistern würdest, aber um ehrlich zu sein, bin ich selbst gespannt dich darin zu sehen. Also denk nicht so viel über morgen nach. Meine Mutter ist eine moderne Frau und mein Dad liebt diese moderne Frau. Sie werden beide mit Sicherheit keinen Herzinfarkt bekommen, nur weil ein bisschen Haut zu sehen ist", erklärte er mir und brauste dann in Richtung Kasse davon, bevor ich Protest einlegen konnte.

Schmunzelnd folgte ich ihm und erreichte ihn als er gerade bezahlte.

„Du bist unmöglich. Das musst du doch nicht. Ich kann meine Kleidung selbst bezahlen", nörgelte ich und reichte meine beiden Hosen der Kassiererin, nachdem sie Dave die Tüte mit meinem Oberteil gegeben hatte.

„Daran habe ich auch nie gezweifelt. Doch ich habe dir dieses Abendessen eingebrockt und will es damit wiedergutmachen", gestand er mit einem endschuldigenden Gesichtsausdruck.

„So ein Blödsinn! Du musst überhaupt nichts wiedergutmachen. Du tust ja gerade so, als wäre es eine Strafe für mich mit dir und deinen Eltern zu Abend zu essen. Das ist es aber nicht. Davon abgesehen, dass ich etwas aufgeregt bin, freue ich mich durchaus sie kennenzulernen."

„Ich bin froh, dass du das so gelassen siehst, werde es dir aber trotzdem schenken", beharrte er.

Ich bezahlte meine Hosen und nahm meine Tüte in Empfang. Dann wandte ich mich Dave zu, stellte mich auf Zehenspitzen und hauchte ihm einen Kuss auf die Lippen.

„Danke!", flüsterte ich und ließ wieder von ihm ab.

Lächelnd erwiderte er: „Gern geschehen!", und legte den Arm um mich. Gemeinsam verließen wir das Geschäft und kurz darauf auch das Shoppingcenter. Mir war es hier einfach zu voll.

KAPITEL 11

Auf dem Rückweg zu Daves Antiquitätengeschäft, machten wir an einem asiatischen Restaurant halt, um uns etwas zum Abendessen mitzunehmen. Ich hatte schon ewig kein Asiatisch mehr gegessen und war daher von der Idee mehr als begeistert. Bepackt mit zwei Tüten voller fernöstlicher Köstlichkeiten, kamen wir an meinem Wagen an.

„Ich habe mein Auto im Hinterhof stehen. Ich fahre voraus. Fahr mir einfach hinterher", wies Dave mich an.

„Mach ich", erwiderte ich.

Er gab mir einen schnellen Kuss und verschwand in der Einfahrt neben seinem Geschäft.

Ich öffnete meinen Wagen, setzte mich hinters Steuer, platzierte die Einkaufstüte mit meinen neuen Klamotten auf dem Beifahrersitz und startete gerade den Motor, als Dave schon auf die Straße fuhr. Ich setzte den Blinker, fädelte mich ebenfalls in den Verkehr ein und heftete mich an seine Fersen. Nur wenige Male war ich in Inverness gewesen, daher war es mir sehr recht, dass er mich durch die Stadt lotste. Vermutlich hätte ich mich sonst verfahren, denn ein Navi besaß ich nicht und seinen Laden hatte ich nur gefunden, weil ich mir vorab mit Hilfe einer Karte den Weg aufgeschrieben hatte.

Nach etwa fünf Minuten erreichten wir ein Wohnhaus, dessen Fassade aus rotem Sandstein bestand. Die weißen Sprossenfenster harmonierten gut dazu und ließen das Haus freundlich und einladend wirken.

Ich parkte auf einem davorliegenden Parkplatz, direkt hinter Dave. Noch bevor ich selbst die Chance hatte meinen Koffer zu tragen, war dieser mit dem Essen in der einen Hand herbeigeilt und nahm ihn in die andere, während mir nur noch die Einkaufstüten blieben.

„Warte, du kannst doch nicht alles tragen. Gib mir wenigstens das Essen", protestierte ich.

„Und wie ich das kann", gab er lächelnd zurück und hob zum Beweis beide Arme in die Höhe, sodass der Koffer auf der einen und das Essen auf der anderen Seite frei in der Luft baumelten. „Ich bin groß und stark. Du hingegen bist eine zierliche Frau, die nicht so schwer tragen sollte", neckte er mich.

Ich lachte.

„Natürlich, vermutlich breche ich unter der Last zweier Essenstüten zusammen."

Kopfschüttelnd ließ ich ihn gewähren. Gemeinsam schlenderten wir auf die dunkelblaue Eingangstür zu, in deren oberen Mitte ein kleines Fenster in Form eines Bullauges eingebracht war. Dave öffnete die Tür und lief über die neue Granittreppe nach oben. Das Haus schien erst vor Kurzem saniert worden zu sein, denn auch die Wände waren mit neuem, weiß gestrichenem, Scheibenputz versehen. Im zweiten Stock angelangt, schloss Dave eine ebenfalls weiße Wohnungstür auf und bat mich einzutreten.

„Willkommen in meinem bescheidenen Heim. Fühl dich wie zu Hause", verkündete er, stellte meinen Koffer ab und verschwand mit dem Essen im nächsten Zimmer, sodass ich alleine in dem kleinen Flur zurückblieb, der nur einen Spiegel, mehrere Garderobenhaken aus Messing und ein Schuhregal aus dunklem Holz beherbergte. Etwas unsicher stellte ich meine Einkaufstüte neben meinen Koffer, zog meine Schuhe aus und ging in dieselbe Richtung, in die Dave verschwunden war. Ich kam in ein kleines, gemütliches Wohnzimmer mit integrierter Küche, dessen Einrichtung ein Mix aus alt und neu war. Auf dem Boden lag dunkler Laminat und die Wände waren wie schon im Flur in einem zarten Vanilleton gestrichen. Dave war damit beschäftigt den Sofatisch für das Essen einzudecken und hastete durchs Zimmer.

„Kann ich dir helfen?", wollte ich wissen, als er mit Tellern und Besteck in der Hand an mir vorbeiflitzte.

„Ja, du kannst Platz nehmen und es dir bequem machen", forderte er mich mit einem Lächeln auf, stellte Teller und Besteck ab und ging zurück zum Kühlschrank. „Was magst du trinken? Ich hätte Wasser, Saft, Ale und Rotwein."

„Saft wäre toll", antwortete ich und kam seiner Aufforderung nach, indem ich mich setzte.

Mit Gläsern und einer Saftflasche bewaffnet, gesellte sich Dave zu mir.

„Na dann, lass uns essen. Ich bin am verhungern", meinte er und griff nach einer Frühlingsrolle.

„Das bin ich auch, aber ich glaube wir haben es trotzdem mit unserer Bestellung etwas übertrieben", gab ich mit einem Lachen in der Stimme zurück, denn vor uns standen zwei Vorspeisen, drei Hauptgerichte und gebackene Früchte als Dessert.

„Eine Prinzessin braucht ein angemessenes Mal", erwiderte er mit einem Zwinkern und verspeiste gierig das letzte Stück seiner Frühlingsrolle.

„Wie kommst du überhaupt darauf mich Prinzessin zu nennen", wollte ich wissen und begann meine Currysuppe zu löffeln.

„Das wüsstest du wohl gern", antwortete er mit einem spitzbübischen Grinsen.

„Wenn du mich so fragst, ja."

„Ich verspreche dir etwas. Wenn die Zeit reif ist, werde ich es dir verraten. Heute allerdings noch nicht."

Mit zusammengezogenen Augenbrauen sah ich ihn verwirrt an.

„Du machst es aber spannend", stellte ich fest. „Aber gut, wenn es der edle Herr so wünscht", piesackte ich ihn.

Dave musste über meine Antwort lachen und hätte sich beinahe an seinem Reis verschluckt. Er nahm einen Schluck von seinem Saft, um nachzuspülen.

„Edler Herr! Na, ganz toll. So hat mich auch noch niemand genannt."

„Tja, wie du mir, so ich dir."

„Soll das etwa heißen, dass du mich von nun an immer so nennen willst?", fragte er entsetzt.

Ich überlegte einen Moment und musterte dabei eindringlich das panierte Hühnchen, welches auf meiner Gabel steckte.

„Ich bin mir noch nicht ganz schlüssig, welchen Spitznamen ich dir verpasse. Aber ich lasse es dich wissen, wenn ich mich endschieden habe", versicherte ich ihm.

Dave lachte erneut auf.

„Na toll, dann bin ich ja mal gespannt", erwiderte er und aß unbeirrt weiter.

Erst als mein Bauch so voll war, dass ich glaubte beim nächsten Bissen platzen zu müssen, lehnte ich mich auf dem Sofa zurück und seufzte zufrieden.

„Satt?", erkundigte sich Dave, als er die leeren Aluschalen zusammenstellte. Wir hatten bis auf etwas Reis tatsächlich alles aufgegessen.

„Und wie!" gab ich zurück. „Ich habe schon lange nicht mehr so ausgiebig gegessen. Curr füttert mich zwar ab und an mit seinen Köstlichkeiten, doch so ein Menü wie dieses hier, hatte ich schon ewig nicht mehr. Ich danke dir."

„Nichts zu danken! Warte mal ab bis wir morgen Abend bei meinen Eltern sind. Meine Mutter kocht für ihr Leben gern und wie ich sie kenne, wird sie den morgigen Anlass dazu nutzen, um uns zu mästen", warnte er mich vor.

„Gut, dass du mich warnst. Dann werde ich wohl bis dahin fasten, damit wieder etwas reinpasst", meinte ich lachend.

Ich stand auf und schnappte mir die schmutzigen Teller, um sie in die Küche zu tragen.

„Hey, was tust du da?", wollte Dave empört wissen und stand ebenfalls auf.

„Ich räume den Tisch ab", gab ich erklärend zurück.

„Das sehe ich, aber das sollst du nicht. Du bist mein Gast und nicht bei der Arbeit", schimpfte er.

Ich tat es mit einem Lachen ab und schlenderte in die Küche. Gerade als ich die Teller in das Spülbecken stellte umfassten mich von hinten zwei starke Arme, hoben mich an und trugen mich zurück zum Sofa. Unter Protest und Gekicher versuchte ich ihm zu entkommen, ohne Erfolg. Er setzte mich ab und drückte mich sanft in die Kissen.

„Du hast ein freies Wochenende und wenn ich mich richtig erinnere, ist es das erste seit zehn Monaten. Ich will, dass du dich entspannst", tadelte er mich mit erhobenem Zeigefinger, ließ von mir ab, nahm das leere Verpackungsmaterial und trug es in die Küche, um es wegzuwerfen. „Hast du einen warmen Pullover oder eine Jacke dabei?", fragte er, während er das Geschirr in die Spülmaschine stellte.

„Im Auto liegt meine Jacke", erwiderte ich.

„Dann bekommst du von mir einen Pullover", entschied er, klappte die Spülmaschine zu und kam auf mich zu.

„Warum?", fragte ich verwundert. „Was hast du vor?"

„Das zeige ich dir gleich. Warte bitte einen Augenblick hier."

Er verschwand im Flur und ich hörte ihn zwar, konnte aber die Geräusche die er verursachte nicht zuordnen. Als er wiederkam und mir einen viel zu großen, grauen Strickpullover reichte sagte er: „Zieh den an, dann zeige ich dir was." Er selbst hatte auch einen dicken Pullover übergezogen und sah mich abwartend an. Ich zog mir die weiche Wolle über den Kopf. Dabei entging mir nicht, wie gut dieser Pulli nach Dave roch. Ohne darüber nachzudenken, atmete ich tief ein, um seinen Duft in mir aufzunehmen. Wie befürchtet versank ich in diesem Pullover. Er reichte bis kurz vor meine Knie und die Ärmel musste ich zweimal umschlagen. Trotzdem fühlte ich mich sichtlich wohl darin, denn Dave lächelte mich zufrieden an und meinte: „Du kannst ihn so lange tragen wie du möchtest."

Für Dave war es ein seltsam befriedigendes Gefühl Evanna in seiner Kleidung zu sehen. Er genoss den Anblick. Auf eine ganz bestimmte Art, kam es ihm so vor, als hätte er sie dadurch als die Seine markiert. So konnte jeder andere sehen, dass sie die Kleidung eines Mannes trug und somit vergeben war. Das gefiel ihm und er wünschte sich, sie würde nur noch in seinen Sachen herumspazieren. Ein verwirrender Gedanke und doch sexy. Für einen Augenblick stellte er sie sich vor, wie sie mit nichts anderem am Leib, außer diesem Pullover, vor ihm stand. Sofort beschleunigte sich sein Herzschlag und er musste sich zwingen, an was anderes zu denken, um die sichtbaren körperlichen Reaktionen zu unterdrücken. Doch mit was lenkte man sich ab, wenn man so ein bezauberndes Wesen vor sich stehen hatte? Sie raffte ihre Haare zusammen und zog sie aus dem Ausschnitt des Pullovers. Gott, sie ist so schön, dachte Dave, und doch so zart und zerbrechlich. Er ging auf sie zu und nahm ihre Hand.

„Komm mit und mach deine Augen zu, bis ich sage, dass du sie wieder öffnen darfst", wies er sie an und führte sie aus dem Wohnzimmer, über den Flur ins Schlafzimmer und von dort aus auf seinen Balkon. „Jetzt darfst du sie öffnen", verkündete er, nachdem er sie vor sich platziert hatte.

Ich staunte nicht schlecht, als ich die Augen aufschlug. Dave hatte mich auf seinen Balkon geführt, der auf der Rückseite des Hauses lag und somit zum Innenhof zeigte.

Am Geländer hingen bunt bepflanzte Blumenkästen, deren Blütenduft in der Luft lag. Überall standen kleine Windlichter, die die Umgebung in schummriges Kerzenlicht hüllten. Selbst eine Hängematte und ein kleiner Gartentisch hatten auf den wenigen Quadratmetern einen Platz gefunden. Auf dem Tisch standen Gläser und eine Flasche Rotwein. Es war bereits dunkel geworden und der Mond stand zusammen mit einigen Sternen hell am Himmel. In einigen Fenstern der gegenüberliegenden Häuser brannte Licht. Hinter anderen war es finstere Nacht. Man hörte das leise Rauschen des Straßenverkehrs. Irgendwo bellte ein Hund. Es waren nicht die Highlands, aber es hatte durchaus einen romantischen Flair.

„Wirklich schön hast du es hier", gestand ich.

„Danke! Das ist mein Rückzugsort, wenn ich nachdenken muss. Hier kann ich abschalten und meinen Kopf freibekommen", erklärte er mir. „Komm, setz dich", forderte er mich auf und zeigte auf die Hängematte. „Du wirst sehen, wie unglaublich gemütlich sie ist."

Vorsichtig ließ ich mich in das weiß-blau gestreifte und schaukelnde Stück Stoff sinken, um nicht hintenüberzukippen. Dave öffnete den Wein, füllte die Gläser und reichte mir eins davon. Gekonnt ließ er sich neben mich sinken und legte seinen Arm um mich. Auffordernd hob er mir sein Glas entgegen und sagte mit leiser Stimme: „Auf uns und den Anfang von etwas Wunderbarem!" Mit einem Lächeln erwiderte ich seine Geste, stieß mit ihm an und nippte an dem Wein. Zufrieden und glücklich lehnte ich mich an ihn und sah in die Sterne. War es das wirklich? Der Anfang von etwas Wunderbaren, etwas Neuem? Ich hoffte es inständig, denn ich hatte mich schon lange nicht mehr so wohl und geborgen gefühlt. Daves Nähe war wohltuend und hinterließ in mir eine so tiefe Ruhe und Ausgeglichenheit, dass ich es selbst kaum glauben konnte. Zwischen uns herrschte schon so eine Vertrautheit, wie ich es nach so kurzer Zeit nie für möglich gehalten hätte.

„Erzähle mir mehr von dir", bat mich Dave.

„Was willst du denn wissen?", hakte ich nach.

„Alles, was ich noch nicht von dir weiß."

„Hm, eigentlich gibt es da nicht viel zu erzählen. Das meiste weißt du schon" erwiderte ich.

„Du hast doch sicher Hobbys oder Vorlieben?"

„Ich bin eigentlich eher der gemütliche Typ. Ich mag Spaziergänge am Strand oder ruhige Abende vor dem Kamin." Ich überlegte kurz. „Ach, und ich liebe gutes Essen, bin aber zu meiner Schande selbst nicht die größte Köchin."

„Das klingt doch schon mal ganz gut. Gegen romantische Abende vor einem knisternden Kaminfeuer, haben ich genau so wenig einzuwenden wie gegen Spaziergänge. Naja, und verhungern werden wir mit Sicherheit auch nicht. Ein paar Eier mit Speck bekomme ich gerade noch hin und wie eine Konserve aufgeht oder man Pizza in den Backofen schiebt weiß ich auch. Hiermit wäre für unser Überleben gesorgt."

Ich musste herzlich lachen.

„Und du? Hast du Hobbys?", wollte ich ebenfalls wissen.

„Da ich viel unterwegs bin, habe ich nicht die Zeit für ein Hobby. Früher bin ich jeden Tag joggen gegangen, aber das ist schon eine ganze Weile her. Jetzt bin ich froh, wenn ich mich am Abend mal in die Hängematte legen kann. Ich bin allerdings gerade dabei mir ein neues Hobby zuzulegen."

„Und das wäre?"

„Du!", sagte er knapp, beugte sich zu mir und küsste mich liebevoll.

Er schmeckte nach Wein und seine Nähe und diese romantische Stimmung, machten mich nervös. Jedoch auf eine angenehme Weise. Das erste Mal seit langem ließ ich es zu, dass sich mir ein Mann auf diese intime Weise wieder nähern durfte und stellte dabei fest, dass in mir Begehren wuchs. Dazu war es nicht mehr zu leugnen, dass zwischen uns noch etwas anderes war. Eine Anziehungskraft, die meine Sehnsucht nach ihm wachsen ließ. Ich konnte die Lust kaum im Zaum halten, die mich drohte mitzureißen und trotz alledem empfand ich immer noch eine Spur von Angst. Angst vor Enttäuschung und Schmerz. Ich versuchte dieses Gefühl zu ignorieren und erkundete seine Lippen. Hieß ihn willkommen und gab mich diesem wunderbaren Moment hin.

So verbrachten wir den restlichen Abend in der Hängematte, küssten uns bis uns der Atem ausging, sprachen über unsere Familien, die Arbeit, Wünsche und Träume oder schwiegen einfach und genossen gemeinsam die Ruhe und Zweisamkeit. Erst ein erschöpftes Gähnen meinerseits veranlasste Dave sich zu erheben.

„Komm, Prinzessin, ich bringe dich ins Bett. Es ist spät und der Tag war lang."

Ich hasste es, diese wunderschöne Stimmung zu unterbrechen, doch er hatte recht. Ich war wirklich hundemüde und konnte kaum noch die Augen offenhalten.

„Kann ich noch dein Bad benutzen?", fragte ich, während ich erneut gähnen musste.

Dave lachte, hielt mir die Hand hin, um mir aufzuhelfen und meinte: „Klar! Das Bad ist gleich hier neben dem Schlafzimmer. Deinen Koffer habe ich bereits davorgestellt."

Ich ging hinein und fand mich in seinem Schlafzimmer wieder. Neugierig sah mich um. Es bestand nur aus einem Bett und einem Schrank, jedoch handelte es sich hierbei um Antiquitäten, wie ich es eigentlich bei ihm in der ganzen Wohnung erwartet hätte. Es war ein altes, aber sehr gut erhaltenes Massivholzbett inklusive Betthimmel, der mit feinem, weißem, durchscheinenden Organzastoff geschmückt war. Der Schrank passte perfekt dazu, als wäre er dafür gemacht worden. Verzaubert von diesem Anblick, der mich an Tausendundeine Nacht erinnerte, blieb ich stehen und konnte meinen Blick nicht von dem Bett abwenden. Bilder schossen mir in den Kopf, auf denen Dave mich auszog und mich bei Kerzenschein darauf bettete, um mich überall zu küssen. Ich konnte nichts dagegen tun. Mein Geist schien sich selbstständig zu machen. Ich sah, wie der Stoff vom Wind bewegt wurde und durch das Kerzenlicht Schatten warf. Sich unsere Körper, feucht von der Hitze der Nacht, auf den Laken rekelten. Ich wurde unruhig. Nicht, dass ich die Vorstellung nicht schön fand, doch ich war verunsichert. In diesem Bett würde ich heute Nacht schlafen. Und zwar nicht alleine, dachte ich erneut. Es wäre das erste Mal seit Fearghas, dass ich wieder ein Bett mit einem Mann teilen würde. Dave kam herein, schloss die Balkontür und trat zu mir.

„Gefällt es dir?", wollte er wissen.

Ich nickte stumm, weil ich mich unfähig fühlte zu sprechen.

Er schien meine Anspannung zu bemerken, zog mich an sich, strich mir zärtlich die Haare aus dem Gesicht und sah mir in die Augen.

„Hör mir zu, Prinzessin. Ich kann zwar keine Gedanken lesen, aber ich spüre wie verunsichert du plötzlich bist. Ich schwöre dir, dass ich dich nicht anrühren werde. Du solltest inzwischen wissen, dass ich mich dir nicht aufdränge. Doch wenn es dir lieber ist, schlafe ich auch auf dem Sofa und überlasse dir das Bett", schlug er vor und strich mir zärtlich über die Wange.

„Ich weiß", flüsterte ich. „Es wird schon gehen, es ist nur ..." Ich brach ab. Nein es ist nichts, redete ich mir ein und dachte an mein Spiegelgespräch von heute Morgen. Alles war gut und es gab keinen Grund sich Gedanken zu machen oder Angst zu haben. Dave war nicht wie er und es würde nichts geschehen, was ich nicht auch wollte.

Ich atmete tief durch und sagte entschlossen: „Ich will nicht, dass du auf dem Sofa schläfst. Es ist alles in Ordnung." Das Ganze unterstrich ich mit einem liebevollen Lächeln. „Ich geh mich dann mal umziehen", fügte ich hinzu, löste mich von ihm und verschwand mitsamt meinem Koffer in seinem Bad. Diese Zeit nutzte ich, um mich wieder zu sammeln und auf alles vorzubereiten, was heute Nacht geschehen könnte. Als ich die Tür öffnete und in meiner schwarzen Pyjamahose und dem weißen Top das Schlafzimmer betrat, saß Dave in einer blau-weiß gestreiften Pyjamahose auf der Bettkannte.

Sein Oberkörper war nackt und zeigte mir nun ganz offen was sich seither unter seiner Kleidung verborgen hatte und nur zu vermuten gewesen war. Sein Körper war schlank und sportlich. Seine Oberarme muskulös, der Bauch flach. Auf der Brust entdeckte ich einen leichte Ansammlung von Brustbehaarung, was ihn noch männlicher wirken ließ. Jeder glitt mit seinem Blick über den Körper des anderen und keiner war in der Lage ein Wort zu sagen. Erst als er sich erhob und auf mich zukam, versuchte ich mich ebenfalls aus meiner Starre zu lösen. Er legte die Hand auf meine Wange und hauchte mir einen Kuss auf die Stirn.

„Ich komme gleich. Such dir schon mal einen Platz im Bett aus", raunte er mir zu und verschwand im Bad.

Somit kroch ich unter die Decke und nahm den Platz, der dem Fenster am nächsten war, in Beschlag, sowie ich es zu Hause auch tat. Sein Bett war weich und die Laken mit flauschig, warmer, beigefarbener Bettwäsche bezogen. Genüsslich ließ ich mich hineinsinken und lauschte dem Rauschen des Wassers, das aus dem Bad zu hören war.

Dave stand über seinem Waschbecken und versuchte ruhiger zu werden. Er hatte gespürt, wie unruhig Evanna gewesen war. In ihrem Blick hatte er Unsicherheit und Angst gelesen. Ihm war klar, warum das so war. Doch er selbst war ebenso nervös. Nicht, dass es ihm an Erfahrung mangelte. Evanna jedoch war so besonders und einzigartig, dass er keine Fehler machen wollte.

Er griff nach seiner Zahnbürste, gab Zahnpasta darauf und begann sich die Zähne zu putzen.

Auch für ihn würde diese Nacht schwer werden. Sie so nah bei sich zu haben. Ihren verführerischen Körper neben sich zu spüren. Die ganze Nacht ihren süßen Duft von wilder Jasmin in der Nase zu haben. Doch er würde sich zusammenreißen. Er wollte Evanna nicht erschrecken und er würde sich ihr erst dann weiter nähern, wenn er das Gefühl hätte, dass sie sich entspannte und es auch wollte.

Rasch spülte er sich den Mund aus, löschte das Licht und ging zurück ins Schlafzimmer. Da lag seine Schönheit. Umgeben von einem Fächer aus schwarzblauem Haar, das sich über ihr Kissen ergoss. Eingekuschelt in der Decke und bereits ins Land der Träume gesunken. Vor lauter Müdigkeit war sie eingeschlafen und atmete ruhig und gleichmäßig. Was für ein wunderbarer Anblick, dachte Dave, während er auf das Bett zuging. Lächelnd legte er sich neben sie, hauchte ihr noch einen Kuss auf die Wange und versuchte dann ebenfalls zu schlafen. Auch wenn sich seine Gedanken noch eine ganze Weile mit der Frau beschäftigten, die neben ihm lag.

KAPITEL 12

Dave wurde mitten in der Nacht wach. Verschlafen setzte er sich auf, rieb sich die Augen und hörte in die Dunkelheit hinein. Schlagartig wurde ihm klar, was ihn geweckt hatte. Er tastete nach dem Lichtschalter seiner Nachttischlampe und knipste sie an. Er brauchte einen Augenblick, bis seine Augen sich an das Licht gewöhnt hatten und sah zu Evanna. Ihre Wangen waren feucht von den Tränen, die sie im Schlaf weinte. Ihr Kopf rollte unruhig hin und her. Die kleinen Fäuste klammerten sich ängstlich an die Bettdecke. Sie stöhnte und wimmerte, als würde sie schreckliche Qualen durchleiden. Dave beugte sich zu ihr und versuchte sie durch leichtes Rütteln wach zu bekommen.

„Prinzessin, wach auf. Es ist alles gut. Du bist in Sicherheit", redete er auf sie ein und strich ihr über die Wange, doch nichts geschah. Im Gegenteil, es schien sie noch mehr zu beunruhigen, denn ihr Wimmern wurde zu einem Schluchzen. Da er ihren Zustand nicht verschlimmern wollte und ihm nichts anderes einfiel, tat er das einzige was ihm in diesem Moment als hilfreich erschien. Er zog Evanna in seine Arme, streichelte ihr sanft über das Haar und küsste sie zärtlich auf ihre Lippen. Zwischen den einzelnen Küssen flüsterte er ihr immer wieder liebevolle und beruhigende Worte zu, in der Hoffnung sie damit erreichen zu können.

♥♥♥

Es war wie immer. Fearghas stand vor mir und schlug unaufhörlich zu. Ich spürte die Wucht seiner Hand, die beim Auftreffen auf mein Gesicht meine Lippe zum Platzen brachte. Das Brennen, das er durch seine Schläge auf meiner Haut verursachte. Der Schmerz, der in meinem Kopf explodierte, als wolle er durch die Schädeldecke brechen. Er schrie mich an und stieß mich so fest, dass ich mit Wucht rücklings gegen die Wand prallte. Die Luft wich aus meinen Lungen. Ich weinte und wimmerte. Versuchte mich zu schützen. Doch wenn ich mein Gesicht schützend hinter meinen Armen verbarg, schlug er auf meinen Oberkörper ein, schützte ich meinen Oberkörper, traf seine Hand mein Gesicht. Ich ließ mich zu Boden sinken und kauerte mich zu einer Kugel zusammen. Aber auch das half nichts. Er packte mich an meinen Haaren und zog mich daran hoch. Ich sah in sein zorniges Gesicht und roch das billige Parfum von den Frauen mit denen er heute Abend zusammen gewesen war. „Bitte hör auf", flehte ich, während er zum nächsten Schlag ansetzte. Just in diesem Augenblick veränderte sich plötzlich etwas. Fearghas fing an zu verschwimmen. Löste sich förmlich vor meinen Augen auf. Wärme fing an mich einzuhüllen und etwas Weiches streifte meine Lippen. Ich erwiderte die Berührung, denn sie nahm mir den schrecklichen Schmerz, den ich bis eben empfunden hatte. Und dann schlug ich die Augen auf. Dave hielt mich in seinen Armen und küsste mich ganz sacht. Als er merkte, dass ich wach war löste er seine Lippen von mir.

„Prinzessin, endlich. Ich hatte schon Angst dich gar nicht mehr wach zu bekommen", flüsterte er und strich mir die Tränen aus dem Gesicht. Erleichterung war aus seiner Stimme zu hören. „Du hattest einen Albtraum. Von ihm?", wollte er wissen und sah mich aufmerksam an.

Ich nickte und weitere Tränen bahnten sich ihren Weg.

„Weine nicht. Das ist er nicht wert. Er kann dir nichts mehr tun. Ich bin bei dir und passe auf dich auf", versprach er und zog mich noch fester an sich.

An ihn geschmiegt, versuchte ich mich zu beruhigen und genoss die tröstende Geste, die Wärme die er ausstrahlte und seinen betörenden Duft.

„Passiert das öfter?", fragte er, als meine Tränen versiegt waren.

„Nicht jede Nacht, aber ab und zu kommt es noch vor. Diese Träume lassen mich einfach nicht los", gestand ich mit zittriger Stimme. „Jedes Mal, wenn ich hoffe es endlich überstanden zu haben, sucht mich wieder einer heim."

„Es wird aufhören. Das verspreche ich dir. So etwas braucht Zeit, aber es vergeht. Und ich werde dir dabei helfen."

Dave löschte das Licht. An seiner nackten Brust ruhend und meine Beine mit seinen verwoben, küsste er mich sanft auf die Stirn.

„Versuch noch etwas zu schlafen, Prinzessin. Ich halte dich fest und gebe auf dich Acht.

„Es tut mir leid, dass du das alles mitbekommst. Das wollte ich nicht", sprach ich leise in die Dunkelheit.

„Dir muss überhaupt nichts leidtun. Ich bin froh zu wissen was dich bedrückt und ich werde dir helfen damit fertig zu werden. Alles wird wieder gut. Nie wieder wird dir jemand Schmerzen zufügen."

„Danke! Ich bin froh, dass du mich verstehst", flüsterte ich und legte meine Hand auf seine Brust, genau auf die Stelle wo ich seinen beruhigenden Herzschlag spüren konnte.

„Da gibt es nichts zu danken. Du kannst nichts für deinen Zustand, deine Träume oder Reaktionen. Es ist eine Schlussfolgerung aus den Dingen die du erlebt hast. Manche Frauen hätten nicht einmal die Kraft und den Mut dazu besessen, sich aus so einer gewalttätigen und kranken Beziehung zu lösen. Doch du hast es geschafft. Und den Rest bewältigen wir gemeinsam." Zärtlich strich er mir über den Arm und hinterließ ein Kribbeln auf meiner Haut.

Ich schwieg. Dave hatte recht. Ich hatte, wenn auch etwas spät, den Absprung geschafft. Manchen Frauen gelang das ihr ganzes Leben lang nicht. Immer wieder hatte ich mir selbst Vorwürfe gemacht, weil ich nicht früher gegangen war. Aber je länger ich darüber nachdachte, desto mehr ergaben seine Worte einen Sinn. Auch wenn die Einsicht darüber, dass die Beziehung mit Fearghas nicht mehr zu retten gewesen war, erst nach einem knappen Jahr kam, hatte ich trotzdem noch so viel Selbsterhaltungstrieb besessen, um meine Sachen zu packen und ihn zu verlassen. Diese Erkenntnis milderte die Schwere meiner Selbstverachtung darüber, dass ich überhaupt jemals so ein Monster hatte lieben können. Ich hatte mit der Beziehung zu Fearghas einen verheerenden Fehler begangen. Aber Rückgrat bewiesen, als es darauf ankam.

Als ich dieses Mal die Augen schloss und einschlief, fiel ich in einen tiefen, traumlosen Schlaf.

Kaffeeduft lag in der Luft und etwas strich mir sanft über meine Stirn. Ich öffnete meine Augen und blickte in die wunderschönen blauen Augen von Dave, die mich liebevoll ansahen. Ein leichter Bartschatten lag auf seinem Gesicht und seine Haare standen wirr vom Kopf ab. Es gefiel mir ihn so ungehemmt und natürlich zu sehen.

„Guten Morgen! Ich habe dir Frühstück gemacht", verkündete er und hauchte mir einen Kuss auf die Lippen. „Ich wusste nicht, was du magst. Daher gibt es etwas Süßes und etwas Deftiges."

Genüsslich reckte und streckte ich mich und setzte mich auf. Dave hob ein Tablett auf das Bett. Darauf standen zwei Tassen Kaffee, ein großer Teller mit Rührei und Speck und dazu Toast mit Orangenkonfitüre.

„Das ist wirklich lieb von dir. Aber du solltest mich nicht zu sehr verwöhnen, sonst gewöhne ich mich noch daran", warnte ich ihn.

„Vielleicht will ich genau das", erwiderte er mit einem Lächeln. „Ehrlich gesagt, mag ich es, dich zu verwöhnen und glücklich zu machen. Es gibt nichts was ich lieber tue", raunte er mir zu und strich mir eine Strähne aus dem Gesicht.

Das alles war so neu für mich, dass ich kaum wusste wie mir geschah. Dave machte mich tatsächlich glücklich. Er nahm mich so an wie ich war. Störte sich nicht an meinen Problemen, sondern versuchte mir zu helfen diese zu bewältigen. Sollte es tatsächlich möglich sein, dass Dave mein Märchenprinz war? Mein Ritter in glänzender Rüstung, der alles Böse von mir fernhielt? Ich musste schmunzeln. Er nannte mich Prinzessin. Tat er das deshalb? Weil er mein Prinz sein wollte? Die Vorstellung gefiel mir. Sie war zwar etwas altmodisch, aber auch märchenhaft schön.

„Alles in Ordnung?", erkundigte sich Dave und riss mich aus meinen Gedanken. „Du siehst so nachdenklich aus."

„Ja, alles bestens", versicherte ich und griff nach dem Kaffee. Noch war es zu früh, um sich darauf festzulegen. Aber eins war sicher. Ich war dabei mein Herz an ihn zu verlieren. Immer mehr der dicken Mauer, die ich um mein Herz gezogen hatte, bröckelte dahin. Wenn es so weiterging, wäre ich ihm bald schutzlos ausgeliefert. Und das vermutlich schneller als ich es je für möglich gehalten hätte.

Nachdem wir gefrühstückt und uns für den Tag frisch gemacht hatten, fuhr Dave mit mir aus der Stadt. Er wolle einen Ausflug mit mir machen, doch wohin es ging, wollte er mir nicht verraten.

„Jetzt mach es nicht so spannend", jammerte ich, als wir im Wagen saßen. „Sag schon, wohin fahren wir."

„Du wirst es schon gleich sehen. Wir sind fast da." Mit diesen Worten steuerte er einen Parkplatz an und stellte, nachdem er geparkt hatte, den Motor ab.

Wir stiegen aus und ich entdeckte ein Informationsschild mit der Überschrift *Urquhart Castle*.

„Eine Burg!", rief ich erfreut.

„Naja, eher das was davon übrig ist" gab er zu. „Allerdings liegt Urquhart Castle direkt am Loch Ness. Ich dachte, wir schauen mal, ob wir Nessi sehen", meinte er mit einem Zwinkern. Mit einem Lachen ließ ich es zu, dass er den Arm um mich legte und mich zum Eingang führte.

Die Anlage von Urquhart Castle war wirklich beeindruckend. Die Ruine der einstmaligen Felsenburg ließ erahnen, wie imposant dieses Gemäuer einmal gewesen sein musste. Dazu das wunderschöne Panorama des Loch Ness, das malerisch im Hintergrund lag und dieses perfekte Bild vervollständigte. Einfach überwältigend! Ich stellte mir vor, was für gewaltige Schlachten hier geschlagen worden waren. Die stattlichen Feste, die sie damals feierten. Wie die Menschen zu jener Zeit ausgesehen hatten. In ihrer altertümlichen aber doch sehr edlen Kleidung.

Dave führte mich überall herum und zeigte mir jeden Stein. Erklärte mir wo der Festsaal gewesen war und half mir mit seinem ausführlichen Vortrag das Bild in meinem Kopf zu perfektionieren.

„Damals hätte ich dich zum Tanz aufgefordert, um dich zu beeindrucken", meinte Dave, als wir durch die Überreste des verfallenen Festsaals liefen. Er fasste mich an der Hand, drehte mich im Kreis, fing mich mit seinen Armen wieder ein und wiegte sich dann leicht mit mir. „Danach hätte ich dich auf meine Arme genommen, auf mein stattliches Ross gehoben und wäre mit dir an den See geritten, um dich dort unter den Sternen zu verführen." Das Ganze unterstrich er mit einem leidenschaftlichen Kuss. Zwei Kinder rannten kichernd vorbei, weshalb wir uns voneinander lösen. „Leider ist mein stattliches Ross zu einem Lieferwagen mutiert, das Fest hat ohne uns stattgefunden und ist schon lange vorbei und um dich hier zu verführen sind eindeutig zu viele Zuschauer anwesend", vervollständigte er mit einem schiefen Grinsen, was mich zum Lachen brachte.

„Allein der Gedanke zählt", erwiderte ich, als wir weiter schlenderten. „Wobei mir der Gedanke gefällt. Du als edler Prinz der um mich wirbt, klingt wirklich interessant."

Er blieb einen Moment stehen, verbeugte sich mit einer ausladenden Handbewegung und meinte: „My Lady, ich bin steht's zu ihren Diensten."

Ich musste erneut lachen und zog ihn mit den Worten: „Vielleicht komme ich darauf zurück", weiter.

Schlussendlich spazierten wir noch ein Stück am Ufer des Loch Ness entlang. Leider versteckte sich die Sonne heute hinter einer dichten Wolkendecke, doch das hielt uns nicht davon ab, eine Weile auf einer Bank am Ufer Platz zu nehmen und auf das Wasser hinauszublicken. Der See lag wie ein dunkler, glänzender Teppich ruhig vor uns. Nur die Wellen schwappten ganz seicht und mit einem leisen Rauschen an das Ufer.

„Es ist wirklich sehr schön hier", meinte ich und lehnte mich an Dave, der mich im Arm hielt.

„Ja, das ist es wirklich. Doch das schönste ist, dass du bei mir bist", gestand er. „Ohne dich in meinem Arm wäre es nicht einmal annähernd so schön."

„Ich bin auch froh darüber bei dir zu sein", erwiderte ich. „Lange habe ich geglaubt, dass ein Mann in meinem Leben keinen Platz mehr hat, doch du beweist mir Stück für Stück, dass ich damit falsch lag. Dafür bin ich dir sehr dankbar", gab ich zu.

„Ich werde dir noch viel mehr beweisen, wenn du mich lässt." Er drehte sich leicht und sah mir in die Augen. „Prinzessin, ich will, dass du weißt, dass ich mich in dich verliebt habe. Es ist schneller passiert als ich es je für möglich gehalten habe und du musst jetzt auch nichts darauf erwidern. Mir ist durchaus bewusst, wie kurz wir uns erst kennen und dass du noch immer Zweifel mit dir herumträgst. Doch schon als ich dich das erste Mal bei dir zu Hause gesehen habe, hast du in mir etwas entfacht. Ein Feuer das mit jeder Sekunde die du bei mir bist heißer brennt."

Unsicher blickte ich auf den See. Ich wusste tatsächlich nicht was ich sagen sollte. Dave legte seine Hand auf meine Wange und zwang mich ihn anzusehen. Langsam senkte er seine Lippen auf die meinen. Küsste mich so liebevoll und zärtlich, als würde alles von diesem einem Kuss abhängen. Mein Herz schlug vor Aufregung so heftig in meiner Brust, dass es vermutlich sogar Dave hören konnte. Ich musste das Gehörte zusammen mit dem was in diesem Augenblick geschah für einen Moment verarbeiten. Alles fühlte sich so richtig an. Das was Dave mir gab, in mir auslöste und mir vermittelte. Dazu kam jetzt das Wissen, was er für mich empfand. Dass er mich liebte. Alles schien so perfekt, wie in einem Märchen. War es wirklich an der Zeit, dass mein eigenes Märchen geschrieben wurde? Ehrlich gesagt, war es das, was ich mir am meisten wünschte. Ich wollte endlich glücklich sein. Und zwar nicht alleine, sondern mit dem Mann meiner Träume an meiner Seite. Dave schien tatsächlich dieser Mann zu sein, der mich aus meinem Tief holte, mich nicht verändern wollte und in mir Gefühle auslöste, die ich in dieser Intensität noch nie empfunden hatte. Als Antwort auf seinen Kuss und die bedeutsamen Worte, schlang ich meine Arme um seinen Hals, legte meine Beine über seinen Schoss und ließ mich einfach in dem Meer aus Empfindungen treiben. Zu mehr war ich zu diesem Zeitpunkt nicht in der Lage.

Als uns die ersten dicken Regentropfen trafen schreckten wir auf und lösten uns voneinander.

„Verflixt, ich glaube wir werden gleich ganz schön nass", prophezeite Dave, schob meine Beine von seinem Schoß, stand auf und zog mich hoch.

Er behielt recht, denn schon Sekunden später prasselten so viele Tropfen vom Himmel, dass ich kaum noch was sah, weil mir ständig Wasser in die Augen lief. Schwarze Wolken hatten sich aufgetürmt und ein Grollen hallte über uns hinweg, gefolgt von einem gewaltigen Blitz. Gemeinsam rannten wir zurück, in die Richtung wo sein Auto parkte. Dave drückte mir den Schlüssel seines Wagens mit den Worten: „Geh schon mal ins Auto. Ich komme gleich nach", in die Hand. Verwirrt sah ich ihm nach, als er in Richtung Eingang rannte. Da ich nur noch ins Trockene wollte, tat ich dies. Zitternd und völlig durchnässt, setzte ich mich auf den Beifahrersitz. Dave folgte mir einen kurzen Moment später und hielt eine Tüte in der Hand, die mit den Werbeaufdruck von Urquhart Castle versehen war. Auch er war bis auf die

Haut nass. Sein graues Shirt klebte an seinem Oberkörper, während das Wasser aus seinen Haaren tropfte.

„Hier für dich", meinte Dave und hielt mir die Tüte hin. „Jetzt kannst du wenigstens behaupten, du hättest mit Nessi gekuschelt. Du musst ja niemandem verraten, dass es die Miniaturausführung war", scherzte er.

Ich öffnete die Tüte und zog eine fünfzig Zentimeter große Nessi Plüschfigur aus der Tüte, die mich freundlich angrinste.

Mit einem Lachen entgegnete ich: „Tausend Dank! Ich werde Nessi einen Ehrenplatz in meinem Bett verschaffen."

„Na toll, jetzt werde ich noch eifersüchtig auf ein Plüschtier", grummelte er, was mich erneut zum Lachen brachte.

Zwischenzeitlich fror ich so heftig, dass ich am ganzen Körper bebte und meine Zähne klappernd aufeinanderschlugen.

„Am besten, wir fahren jetzt nach Hause und legen uns trocken, bevor sich noch einer von uns erkältet", schlug Dave vor und ließ den Motor an. Die Heizung drehte er bis zum Anschlag hoch, was mir sehr entgegen kam.

In seiner Wohnung angekommen, bugsierte er mich sofort ins Bad.

„Du nimmst jetzt schön brav eine heiße Dusche. Ich ziehe mir schnell was Trockenes an und mach mich dann auf den Weg zu meinem Termin. Wenn ich zurück bin, gehen wir zu meinen Eltern", wies er mich an und reichte mir zwei frische Handtücher.

„Keine Sorge, das tue ich mit Freuden. Dann mache ich mich auch gleich vorzeigetauglich", versicherte ich ihm.

„Als ob du das nötig hättest", antwortete er mit einem Lachen. „Du bist selbst so durchnässt bezaubernd. Glaub mir, wenn ich mich nicht im Zaum halten müsste, würde ich dich jetzt aus deinen nassen Sachen schälen und mit dir gemeinsam in die Dusche gehen, um dir zu zeigen, wie umwerfend du bist. Doch der Gentleman in mir verbietet das und zwingt mich dich jetzt alleine zu lassen."

Mit diesen Worten hauchte er mir noch einen Kuss auf die Lippen, wandte sich ab und ließ mich sprachlos alleine im Bad zurück.

Na ganz toll, jetzt habe ich ein sehr lebhaftes Kopfkino für meinen Aufenthalt unter der Dusche, dachte ich. Nicht, dass allein seine Worte schon ein Kribbeln in mir ausgelöst hatten. Nein, jetzt hatte ich auch noch sehr detailgetreue Bilder vor meinem inneren Auge, was mich in helle Aufruhr versetzte. Ich schlüpfte aus meinen nassen Sachen, stellte das Wasser an, holte Duschgel und Shampoo aus dem Koffer und stieg in die Dusche. Das warme Wasser hüllte meinen ausgekühlten Körper ein und ich hieß die Wärme auf meiner kalten Haut willkommen. So sehr ich mich bemühte, die Bilder von Dave und mir aus meinem Kopf zu bekommen, es wollte mir nicht gelingen. Geistesabwesend nahm ich den Schwamm von der Duschablage, um mich abzuseifen und erschauderte lustvoll unter meiner eigenen Berührung. Mein ganzer Körper stand völlig unter Strom. Alles in mir schrie förmlich danach, sich von Dave berühren zu lassen und sich ihm hinzugeben. Doch war ich wirklich schon so weit? Wären mein Herz und mein Verstand fähig wieder Liebe in jeglicher Form zuzulassen? War tatsächlich der Zeitpunkt gekommen, mich einem Mann wieder hingeben zu können? Ich hatte Angst davor, doch was war stärker? Angst oder Lust? Fragen über Fragen auf die ich die Antworten nicht wusste. Wahrscheinlich wäre es das Beste einfach abzuwarten und spontan zu entscheiden. Ja, spontan klang gut, entschloss ich und machte mich daran meine Haare zu waschen. Schließlich wollte ich heute Abend hübsch aussehen. Und das nicht nur für Daves Eltern.

Dave lief die Treppe nach oben, um zu seiner Wohnung zu gelangen. Der Termin mit einem Kunden, der ein paar Antiquitäten loswerden wollte, war hervorragend gelaufen. Es war ein junger Mann gewesen, der von solchen Dingen nichts verstand und noch weniger einen Sinn dafür hatte. Er hatte die Möbel, Bilder und ein paar kleinere Gegenstände aus der Wohnung seines verstorbenen Großvaters geholt und selbst keinerlei Interesse daran. Er wollte sie schnellst möglichst und mit dem geringsten Aufwand loswerden und zu Geld machen. Daher machte Dave ein echtes Schnäppchen und kaufte alles was er mitgebracht hatte zu einem Spotpreis. Sobald alles aufgearbeitet sein würde und in neuem Glanz erstrahlte, könnte er die Sachen zu einem angemessenen Preis weiterverkaufen. Somit war beiden geholfen. Er hatte ein gutes Geschäft gemacht und der junge Mann war die ganzen Gegenstände auf einen Schlag losgeworden.

Schon vor der Wohnungstür hörte Dave leise Musik aus seiner Wohnung schallen. Er schloss auf, ging hinein und ließ die Tür mit einem leisen Klicken in das Schloss fallen. Der Duft von wilder Jasmin lag in der Luft. Evannas Duft. Er atmete tief ein und musste feststellen, dass er zum ersten Mal, seitdem er in dieser Wohnung lebte, das Gefühl hatte nach Hause zu kommen. Noch nie zuvor hatte jemand hier auf ihn gewartet. Es fühlte sich unglaublich gut an zu wissen, dass Evanna hier war, bei ihm. Daran könnte er sich durchaus gewöhnen, schoss es ihm durch den Kopf, während er seinen Schlüssel in seiner Jackentasche verstaute.

Er hörte ein leises Summen und folgte dem Klang ihrer klaren Stimme. Sie stand im Schlafzimmer und zupfte ihre Kleidung zurecht. Als sie ihn bemerkte sah sie lächelnd auf.

„Da bist du ja wieder", trällerte sie fröhlich und ausgelassen. „Ich bin eben erst fertig geworden."

Dave verschlug es bei ihrem Anblick die Sprache. Sie trug das schwarze Spitzenoberteil, das er ihr am Vortag geschenkt hatte. Dieses passte wie angegossen und schmiegte sich wie eine zweite Haut um ihren schlanken Oberkörper. Ihre Schultern lagen frei und nur ihr blauschwarzes Haar fiel wie ein seidener Vorhang darüber. Die Beine wurden von einer engen Jeans verhüllt, die so tief saß, dass ein schmaler Streifen ihres flachen Bauches zu sehen war. An den Füßen trug sie schwarze Pumps, die sie etwas größer machten, als sie von Natur aus war. Sie sah wunderschön aus. Nicht, dass sie das nicht immer tat, doch in jenem Moment zeigte sie sich in ihrer ganzen Pracht. Wie eine Rose, wenn sie in voller Blüte stand.

„Alles in Ordnung?", fragte sie und biss sich verunsichert auf die Unterlippe. „Hab ich irgendwo etwas übersehen? Stehen meine Haare ab und ich weiß nichts davon", wollte sie wissen und strich sich suchend über das seidige Haar.

„Nein! Ich... Du... Wow", stammelte er und ging auf sie zu.

Da stand sie, wie ein kostbarer Schatz, den er sich kaum zu berühren traute. Langsam hob er die Hand, strich ihre Haare nach hinten und ließ seine Finger über die samtweiche Haut ihrer Schulter gleiten. Ein Beben durchfuhr sie. Er konnte nicht anders und zog sie an sich.

„Du siehst wunderschön aus", flüsterte er und küsste sie zärtlich. Erst auf die Lippen, dann am Hals hinab, bis hin zu ihren verführerischen Schultern. Evanna entfuhr ein leises Stöhnen und auch Dave blieb nicht ungerührt. Er wusste, dass er mit dem, womit er gerade anfing, aufhören musste. Sonst würde er sich in der Lust und der Sehnsucht nach ihr verlieren. Doch das fiel ihm schrecklich schwer. Sie war wie sündige Schokolade, die nur darauf wartete vernascht zu werden. Wie eine süße Frucht, die einem das Wasser im Mund zusammenlaufen ließ. Trotzdem sammelte er das letzte Quäntchen Selbstbeherrschung, löste sich von ihr und trat schwer atmend einen Schritt zurück.

„Wir sollten jetzt besser gehen, damit wir nicht zu spät kommen", meinte er, schaltete die Musik vom Radiowecker aus, nahm sie bei der Hand und zog sie Richtung Wohnungstür.

♥♥♥

Es dauerte die komplette Fahrt über, bis sich der Sturm in meinem Inneren wieder gelegt hatte. Zu sehr hatte mein Körper auf Daves zärtliche Berührungen reagiert. All meine Nerven waren zu neuem Leben erwacht. Süchtig danach sich weiter reizen zu lassen. Hätte er den Kontakt zu mir nicht unterbrochen, wüsste ich nicht was passiert wäre. Doch nun hieß es Contenance zu bewahren. Ich wollte vor seinen Eltern einen guten Eindruck machen. Daher würde mein Gefühlschaos inklusive körperlicher Begierde nach Dave fürs Erste hintenanstehen müssen.

Dave drückte auf den goldfarbenen Klingelknopf und zog mich an seine Seite. Ich war etwas nervös, versuchte es aber zu verbergen. Die schneeweiße Haustür des riesigen Stadthauses wurde von einer wunderschönen, gertenschlanken Frau geöffnet. Ihr blondes Haar war elegant hochgesteckt und nur einige Strähnen umspielten ihr hübsches Gesicht. Sie trug eine rote Seidenbluse und enge Jeans. Nun wurde mir auch klar, von wem Dave sein gutes Aussehen hatte.

„Hallo, mein Schatz, da seid ihr ja", begrüßte sie uns, ließ uns eintreten und drückte Dave einen Kuss auf die Wange.

„Hallo Mom, darf ich dir Evanna Stewart vorstellen. Evanna, das ist meine Mutter Kevensa Campbell", stellte Dave uns einander vor.

„Schön dich kennenzulernen", meinte Mrs. Campbell und schenkte mir ein herzliches Lächeln.

„Guten Abend, ich freue mich ebenfalls. Danke für

die Einladung, Mrs. Campbell", entgegnete ich und reichte ihr zur Begrüßung die Hand.

Dave half mir aus der Jacke und verstaute alles in einem großen Schrank, der hinter ihm stand. Ungläubig sah ich mich um. Der Eingang dieses Hauses war beeindruckend. Der große offene Eingangsbereich war mit dunklem Holz vertäfelt, die Decke mit Stuck verziert und ein gewaltiger Kronleuchter hing von der Mitte herab. Eine wunderschöne, im Bogen verlaufende, dunkle Holztreppe führte in die oberen Stockwerke. Auf dem Boden lag ein edler Orientteppich, unter dem hochwertiges Parkett hervor lugte. Ich entdeckte einige Ölgemälde, die von goldenen, pompösen Rahmen umschlossen waren.

„Nenn mich einfach Kevensa", bot sie mir an und fügte an Dave gerichtet hinzu: „Geht doch einfach ins Wohnzimmer. Dein Vater wartet schon auf euch. Essen ist fast fertig. Ich rufe euch dann."

Damit verschwand sie und Dave zog mich zu einer großen Flügeltür, hinter der das Wohnzimmer zum Vorschein kam. Ein freundlich dreinschauender Mann mit braunen, kurzen Haaren und Vollbart saß in einem braunen Ledersessel vor dem Kamin und zog an einer Zigarre.

„Dave, Junge, wird aber auch langsam Zeit. Ich bekomm von der Warterei noch graue Haare", rief er mit gespielter Empörung und erhob sich, um uns zu begrüßen. „Das ist also die junge Dame, die meinem Sohn in so kurzer Zeit das Herz gestohlen hat", meinte er gelassen.

„Guten Abend Mr. Campbell."

„Nenn mich Harry, schließlich gehörst du jetzt zur Familie", meinte er lächelnd.

Verunsichert sah ich zwischen ihm und Dave hin und her. Ich wusste nicht was ich darauf antworten sollte. Es war natürlich nett mich so herzlich zu begrüßen und mich in gewisser Weise in der Familie willkommen zu heißen. Aber gehörte ich denn wirklich schon dazu? Ich war verwirrt. Ich war eben erst durch diese Tür gekommen. Was zum Teufel hatte Dave seinen Eltern erzählt?

„Dad!", ermahnte ihn Dave.

„Was denn?", murrte dieser.

„Kann ich dich bitte mal unter vier Augen sprechen", bat Dave und zog ihn in die hinterste Ecke des Raums.

„Warum, bringe ich dich in Verlegenheit?", scherzte Harry und zwinkerte mir zu, während er sich von seinem Sohn davonzerren ließ.

Dave schlug sich die Hand vor den Kopf und flüsterte auf seinen Vater ein. Die Situation war irgendwie seltsam und andererseits auch lustig. Mich verwirrte das Verhalten seines Vaters. Sowas war ich nicht gewöhnt. Jedoch Dave zuzusehen, wie er am liebsten im Erdboden versinken würde, ließ mich innerlich kichern. Um nicht so verloren im Raum herumzustehen, sah ich mich etwas um. Auch das Wohnzimmer war sehr edel eingerichtet. Bücherregale reihten sich an zwei Wänden aneinander. Vor dem großen offenen Kamin stand eine braune Chesterfield Couchgarnitur. Die wandhohen Fenster auf der gegenüberliegenden Seite wurden von schweren, cremefarbenen Vorhängen gesäumt. Eine antike Mahagonikommode trug den großen Fernseher. Auch hier war die Decke mit Stuck versehen. Teure Teppiche und edle Lampen machten den Raum perfekt.

Zusätzlich entdeckte ich auch hier an den Wänden einige Ölgemälde. Ich lief darauf zu, um sie mir näher zu betrachten. Sie waren wunderschön. Das Spiel aus Licht und Schatten war beeindruckend. Ich stand vor einem Bild, das einen blühenden Garten zeigte, der von Sonnenstrahlen durchflutet wurde. Mir war es schleierhaft, wie man aus etwas Farbe und einem Pinsel ein solch detailgetreues Kunstwerk erschaffen konnte. Fasziniert besah ich mir auch die anderen Bilder.

Die Herren der Schöpfung waren immer noch wild am Diskutieren, als Kevensa neben mich trat. Ich schreckte zusammen, weil ich sie überhaupt nicht hatte kommen hören.

„Sag mir nicht, dass die beiden schon wieder am Streiten sind", wollte sie von mir mit einem entschuldigenden Gesichtsausdruck wissen.

„Ich schätze schon. Dave war über die direkte Art seines Vaters nicht sehr angetan", erwiderte ich lächelnd.

Kevensa lachte.

„Das ewige Problem der beiden. Mein Mann liebt es Dave auf die Palme zu bringen, meint es aber nicht böse." Sie wandte sich von den beiden ab und blickte auf das Bild vor dem ich gerade stand. Es war ein Stillleben dessen Früchte so lebendig wirkten, dass man am liebsten zugegriffen hätte. „Gefällt es dir?", fragte Kevensa.

„Die sind alle wunderschön. Ich kann mich kaum sattsehen."

Sie lächelte zufrieden und meinte: „Komm wir gehen schon mal ins Esszimmer, bis die beiden Gockel ihren Hahnenkampf beendet haben."

Sie hob mir den Arm hin und ich hakte mich unter.

Sie führte mich in das Esszimmer, wo ein reichgedeckter Tisch auf uns wartete.

„Du darfst meinen Mann nicht so ernst nehmen. Er ist manchmal etwas sehr direkt und ein Witzbold dazu. Dave eckt deshalb schon sein ganzes Leben mit ihm an, was Harry noch mehr anheizt ihn damit zu ärgern. Ab und zu habe ich das Gefühl zwei kleine Kinder hier zu haben und nicht zwei erwachsene Männer", seufzte sie. „Schönes Oberteil trägst du da", wechselte sie rasant das Thema.

„Danke! Dave hat es mir geschenkt."

„Mein Sohn hat Geschmack und das in jeglicher Hinsicht", entgegnete sie mit einem Lächeln, das ich erwiderte. „Nimm doch bitte Platz", bot sie mir an.

Ich nahm Platz und sah auf all die Köstlichkeiten, die vor mir auf dem Tisch standen.

„Das Essen sieht wirklich toll aus!"

„Danke! Kochen ist neben dem Malen eine Leidenschaft von mir."

„Malen?", fragte ich verwirrt. „Hast du die alle gemalt?", hakte ich nach und zeigte an die Wand, denn auch hier hingen überall Bilder.

„Ja!"

Fassungslos starrte ich die Bilder an.

„Wow! Ich bin schwer beeindruckt und sogar fast etwas neidisch. So malen zu können ist nicht gerade alltäglich."

„Danke, das ist sehr lieb von dir."

Da entdeckte ich ein Landschaftsbild das mir bekannt vorkam. Ich stand wieder auf und sah es mir genauer an.

„Das sind die Summer Inseln. Sie liegen an unserer Küste", stellte ich fest.

„Ja, richtig. Harry und ich haben unseren ersten gemeinsamen Urlaub dort oben verbracht. Wir sind damals die Küste entlanggefahren und haben in Achiltibuie Halt gemacht, um uns die Brochs of Coigach anzusehen. Ich konnte es mir nicht nehmen lassen dieses Bild zu malen. Ich fand den Anblick einfach zu schön. Aber das ist schon sehr viele Jahre her. Damals waren noch nicht einmal unsere Kinder auf der Welt. Du lebst dort, hat Dave erzählt."

„Genau!", bestätigte ich und nahm wieder am Tisch Platz.

Zum gleichen Zeitpunkt gesellten sich Dave und sein Vater zu uns. Dave trat hinter den Stuhl auf den ich mich gesetzt hatte, legte die Hände auf meine Schultern und meinte: „Entschuldige, aber ich musste kurz etwas mit meinem Vater klären. Ich hoffe du hast dich nicht gelangweilt."

„Keineswegs! Deine Mutter hat sich gut um mich gekümmert", versicherte ich lächelnd und musste schon wieder das lodernde Feuer in meinem Inneren bändigen, das durch seine Berührung aufs Neue entfacht wurde.

„Danke Mom!", meinte er an sie gewandt und nahm neben mir Platz.

Kevensa nahm unser Gespräch wieder auf, während sie mir Cullen Skink - eine schottische Fischsuppe - in den weißen Porzellanteller mit Goldrand schöpfte.

„Wir hatten gerade von unserem ersten Urlaub gesprochen. Erinnerst du dich, Liebling. Es war so schön dort oben im Norden."

„Ich hatte weniger Augen für die Landschaft als für eine gewisse Frau", säuselte Harry und sah Kevensa mit einem verliebten Funkeln in den Augen an, woraufhin diese ihn eher entsetzt ansah.

„Harry, wir haben einen Gast", ermahnte sie ihn.

„Ja und? Ich darf doch wohl äußern, dass ich meine Frau durchaus attraktiv finde. Zudem weiß das Mädchen mit Sicherheit schon, dass die Geschichten vom Klapperstorch gelogen sind." Mit diesen Worten nahm er gegenüber von Dave Platz und grinste diesen breit an. Dave funkelte ihn wütend an und ich konnte nicht anders als loszulachen.

„Lass gut sein Dave. Es gibt Dinge mit denen ich durchaus umzugehen weiß und schräger Humor gehört dazu", beschwichtigte ich ihn, wofür ich von Kevensa ein anerkennendes Lächeln erhielt. Harry meinte: „Das Mädchen gefällt mir!" Und Dave stieß erleichtert die Luft aus.

Der restliche Abend verlief recht angenehm. Ich fühlte mich bald richtig wohl im Hause Campbell. Das Essen war skandalös lecker und bald lachten wir alle ausgelassen über alte Geschichten aus Daves bisherigem Leben, die Harry erzählte. Angefangen von der Ostereierstory, die ich schon kannte, bis zu seiner ersten und einzigen Alkoholeskapade, als seine Eltern ihn am nächsten Morgen ohne Schuhe und mit einem mächtigen Kater vor der Haustür fanden.

„Und wo sind deine Schuhe abgeblieben?", wollte ich kichernd wissen.

„Ich habe keine Ahnung. Ich konnte mich nicht mehr daran erinnern und auch mein bester Freund Marc hatte Blackouts. Daher war er mir damals auch keine große Hilfe", meinte Dave.

„Dave hatte zwei Tage lang Kopfschmerzen. Er tat mir richtig leid", gestand Kevensa.

„Von wegen leidtun. Wer meint saufen zu müssen, muss auch einen Kater aushalten können", rief Harry grinsend dazwischen.

„Danke Dad, für dein Mitgefühl. Außerdem habe ich seitdem nie wieder so viel getrunken." Er wandte sich mir zu. „Der Kater war wirklich schrecklich. Von der Übelkeit und den sonstigen Nachwirkungen mal ganz abgesehen. Diese Aktion hat mich fürs ganze Leben geheilt", gab er zu.

„Tja, die lieben Jugendsünden", lachte ich. „Zumindest hast du aus deinem Fehler gelernt."

Erst spät am Abend standen wir alle versammelt an der Haustür, um uns voneinander zu verabschieden.

„Es war wirklich sehr schön hier. Vielen Dank für das tolle Essen!"

„Gern geschehen. Kommt uns bald mal wieder besuchen", bat Kevensa und schloss mich für einen Moment in ihre Arme. „Es wäre wirklich schön dich öfter hier zu haben."

Auch Harry ließ es sich nicht nehmen und zog mich an sich.

„Pass auf dich auf, Evanna, und bis zum nächsten Mal", sagte er und gab mich wieder frei.

Es war seltsam, aber sie hatten es tatsächlich geschafft, dass ich mich schon nach diesem einen Abend fühlte, als würde ich tatsächlich dazu gehören. Das war sehr ungewohnt, da ich so eine Erfahrung bis jetzt noch nicht gemacht hatte, aber dennoch angenehm. Kevensa und Harry waren so herzlich und freundlich gewesen, dass ich sogar etwas traurig war, dass der Abend schon vorüber war.

KAPITEL 13

„Meine Eltern mögen dich!"

„Meinst du?"

„Allerdings! Glaube mir, ich kenne sie schon mein ganzes Leben", meinte Dave und lächelte mich von der Seite an, bevor er wieder auf die Straße sah. Zärtlich griff er nach meiner Hand und verwob seine Finger mit den meinen. „Aber wer könnte dich auch nicht mögen, so bezaubernd wie du bist."

„Ich mag sie auch", gestand ich. „Sie sind wirklich sehr nett. Es war ein sehr schöner Abend."

„Das freut mich zu hören. Ich möchte schließlich nicht, dass du dich unwohl oder nicht willkommen fühlst. Vor allem, nachdem mein Vater sich so aufgeführt hat mit seiner direkten und unmöglichen Art ", erwiderte er und drückte leicht meine Hand.

„Keine Sorge, das tue ich nicht. Deine Eltern sind so herzlich, dass man sich bei ihnen einfach wohlfühlen muss. Und selbst dein Vater ist ein toller Mensch. Mag sein, dass ich im ersten Moment etwas überfordert mit ihm war, aber so schlimm finde ich ihn gar nicht. Er ist auf seine ganz eigene Weise sogar richtig lustig."

„Dann bin ich beruhigt."

Die restlichen paar Minuten, bis wir wieder in Daves Wohnung waren, verbrachten wir schweigend. Mir ging so viel im Kopf herum, dass ich die Stille im Auto genoss. So viele Dinge waren geschehen und hatten mein Leben auf angenehme Weise durcheinandergebracht.

Vor einigen Monaten hatte ich mir noch geschworen nie wieder einem Mann mein Herz zu schenken. Dennoch saß ich nun hier mit Dave und nahm mit Freude jede Berührung an, die er mir zu geben hatte. Auch wenn es in diesem Augenblick nur das Verschränken unserer Finger war. Schlimmer noch, denn ich hieß den Körperkontakt jedes Mal willkommen und wollte immer noch mehr. Es war verwirrend, wie sich alles entwickelt hatte, und doch war ich über den Punkt hinausgeschossen, an dem ich noch in der Lage gewesen wäre, mich gegen ihn oder seine Anziehungskraft wehren zu können. Mein Widerstand war dahingeschmolzen, meine Begierde nach ihm gewachsen und meine Lust auf diesen Mann brachte mich beinahe um den Verstand. Ich konnte kaum noch an etwas anderes denken und war mehr als froh darüber, dass Dave meine Gedanken nicht lesen oder hören konnte.

In seiner Wohnung angekommen, schlüpfte ich als allererstes aus meinen Schuhen. Ich trug nicht sehr oft Pumps. Daher taten mir, nach einem ganzen Abend darin, die Füße weh. Dave entging mein schmerzerfülltes Stöhnen nicht, als ich auftrat. Ohne Vorwarnung schnappte er mich, nahm mich auf seine starken Arme und trug mich ins Schlafzimmer. Ich reagierte mit einem überraschten Aufschrei und herzhaftem Lachen.

„Da tun wohl jemandem die Füße weh", stellte er fest und ließ sich mit mir aufs Bett sinken, sodass die Matratze unter uns nachfederte.

„Ja, das tun sie tatsächlich", glückste ich und strich mir die Haare aus dem Gesicht.

„Na, dann lass mal sehen, Prinzessin, und den Mann

mit den magischen Händen ran, um den Schmerz zu lindern."

Er setzte sich ans Fußende des Bettes, lächelte mich an und begann meine Füße zu massieren. Nur das Licht das im Flur brannte schien sanft zu uns herüber. Ich stöhnte unter dem angenehmen Druck seiner Hände auf. Genüsslich schloss ich die Augen. Die Massage war so wohltuend, dass ich mich voll und ganz entspannte. Erst als Dave begann seine Hände wandern zu lassen, schlug ich meine Lider wieder auf. Zuerst bewegte er sie über meine Waden - da meine Jeans zu eng war, setzte er seine Reise oberhalb meiner Kleidung fort - und glitt meine Schenkel empor bis zu meinem Bauch. Ich überlegte mir kurz, ob ich ihn aufhalten sollte, doch mein Körper schrie förmlich nach ihm. In der Kürze eines Wimpernschlags stand ich in Flammen und mein Blut erhitzte mein Inneres. Er schlang seinen Arm um meine Taille und zog mich sanft an sich, sodass ich neben ihm lag und seinen warmen Körper spüren konnte. Ich keuchte auf, als seine Hand unter mein Oberteil glitt und er meine Haut berührte. Es war elektrisierend. Mit nichts zu vergleichen, was ich seither kennengelernt hatte. Ich sah ihn an. In seinem Gesicht stand Unsicherheit und Verlangen. Vermutlich überlegte er gerade, wie weit er gehen könnte. In diesem Augenblick wusste ich genau wie weit ich gehen wollte, denn ich verzehrte mich nach ihm. Ich wollte ihn auf meinem ganzen Körper spüren. Und da war sie, meine spontane Entscheidung. Entschlossen zog ich Dave an meine Lippen und begann ihn zu küssen. Hände erforschten und berührten so liebevoll und zärtlich, dass ich es schon bald nicht mehr aushielt. Nach und nach schälten wir uns gegenseitig aus unserer Kleidung. Keiner konnte vom anderen genug bekommen.

„Du bist so wunderschön, Prinzessin", flüsterte er, während er meinen Körper erkundete und ihn hingebungsvoll mit kleinen Küssen überzog. „Ich will dich lieben, Evanna. Dir zeigen wie schön es sein kann. Die alten Bilder in deinem Kopf ausradieren und gegen neue und schöne ersetzen, die dich all deinen Schmerz vergessen lassen."

„Dann tu es", hauchte ich und ließ meine Hände über seine Brust wandern. Langsam legte er sich auf mich. Schon allein das Gefühl seines nackten Körpers, der mich in die Matratze drückte, machte mich wahnsinnig. Wie von selbst schlang ich meine Beine um ihn und zog ihn noch näher zu mir.

Unbändige Lust hüllte uns ein und riss uns mit sich, als mich Dave in dieser Nacht zum ersten Mal liebte. Es war unbeschreiblich schön ihn endlich in mir zu spüren. Ich klammerte mich an ihm fest, als die Welle des Höhepunkts über uns hinwegfegte und schrie auf, da ich glaubte zu zerspringen. Noch nie war es so gewesen. So intensiv. Voller Liebe und Emotionen. Ich wusste nicht wie mir geschah. Zu sehr hatte er meine Welt aus den Angeln gehoben und dann wurde es mir bewusst. Es war geschehen. Ich hatte mich in Dave verliebt. Die Mauer um mein Herz war endgültig eingestürzt und lag in Trümmern. Mein Herz gehörte ihm. Tränen sammelten sich in meinen Augen und rollten still über meine Wangen. Es waren keine Tränen der Traurigkeit, sondern es waren die des Glücks. Das Glück das mich in meinem Inneren erfüllte und endlich die Last von meiner Seele nahm.

Dave löste sich von mir und sah mir erschrocken ins Gesicht.

„Prinzessin, mein Gott, habe ich dir weh getan?", fragte er entsetzt.

Mit einem leisen Lachen erwiderte ich: „Nein, du hast mich glücklich gemacht! Es sind nur Freudentränen."

Er stieß erleichtert die Luft aus und küsste jede einzelne Träne weg. „Ich liebe dich! Hoffentlich, bringe ich dich nicht jedes Mal zum Weinen, wenn ich dich glücklich mache", raunte er mir ins Ohr und sah mir dann in die Augen.

„Ich liebe dich auch", offenbarte ich und lächelte ihn an, während ich meine Finger durch seine Haare gleiten ließ. „Bestimmt nicht. Es ist nur zu einer sehr ungewohnten Empfindung geworden, die ich aber durchaus vermisst habe. Ich wünsche mir, dieses Gefühl so oft wie möglich mit dir zu erleben."

„Das lässt sich einrichten."

Vom Glück überwältigt begannen wir uns erneut zu küssen und schliefen erst in den frühen Morgenstunden erschöpft ein.

Ich öffnete meine Augen und fühlte mich geborgen. Es war wie ein wunderschöner Traum, der zur Realität geworden war. Dave hielt mich in seinen Armen gefangen und atmete tief und ruhig. Er schlief noch und ich nutzte diesen Moment, ihn dabei zu beobachten. Sein schönes

Gesicht zu betrachten und die Wärme zu genießen, die er ausstrahlte und an mich weitergab. Sachte strich ich mit den Fingern über seine Brust. Fuhr die Konturen seiner Muskeln nach und musste daran denken, dass ich die kommende Nacht ohne ihn verbringen und am Morgen ohne ihn aufwachen würde. Bei dem Gedanken schreckte ich hoch. Verflucht, es war bereits Sonntag und ich müsste heute wieder nach Hause, um am Abend Curr im Pub zu helfen. Über Dave hinweg blickte ich zum Radiowecker. So ein Mist, es war schon ein Uhr. Wir hatten den halben Tag verschlafen, da wir die Nacht mit anderen Dingen zugebracht hatten. Bei dem Gedanken huschte ein Lächeln über mein Gesicht. Diese Nacht würde ich nie vergessen, denn es war mit Sicherheit die schönste die ich bisher in meinem Leben erlebt hatte.

Dave regte sich neben mir und zog mich wieder an sich.

„Dave…, nein…, warte…", kicherte ich, während er begann kleine Küsse auf meinen Hals zu platzieren. „Wir haben verschlafen. Ich muss in spätestens einer Stunde losfahren", informierte ich ihm.

Frustriert murrte er: „Sag Curr, du hängst noch einen Tag dran," und übersäte mich weiter mit kleinen Küssen.

„Dave!", schimpfte ich mit gespielter Strenge. „Du weißt, dass ich ein zuverlässiger Mensch bin und Curr nicht einfach mit seiner Arbeit sitzen lasse. Heute Abend läuft ein Cricketspiel im Fernsehen. Dir ist bekannt, wie voll das Pub an solchen Abenden ist. Da lass ich ihn bestimmt nicht hängen."

Seufzend ließ er von mir ab und ich konnte endlich aufspringen. Dabei vergas ich völlig, dass ich immer noch splitterfasernackt war. Schnell suchte ich nach meiner Unterwäsche, die hier irgendwo herumlag, um sie mir anzuziehen.

„Prinzessin", raunte Dave mir zu. „dreh dich mal um, du hast da was."

Verwundert sah ich an mir hinab und wandte mich ihm zu. „Wo denn?", fragte ich verwirrt.

Er setzte sich im Bett auf und winkte mich mit einem Fingerzeig zu sich.

„Komm her, ich zeige es dir", dabei ließ er seinen Blick über mich gleiten.

Da ich immer noch nicht begriffen hatte, was er meinte, lief ich zu ihm und blieb vor ihm stehen. Dave rutschte an die Bettkannte legte seine Hände auf meine Taille und begann meinen Bauch zu küssen. Währenddessen murmelte er: „Hier..., da..., und hier auch..."

Ich musste lachen und gab ihm einen Klapps mit dem BH, den ich bereits in der Hand hielt.

„Lass das jetzt sein. Ich muss mich wirklich fertig machen."

„Ich muss mir das alles doch ganz genau in mein Gedächtnis brennen. Schließlich brauche ich etwas woran ich denken kann, solange du nicht bei mir bist."

Ich küsste ihn noch ein letztes Mal und entzog mich seinen Händen, auch wenn es mir schwerfiel. Bepackt mit meinen Klamotten verschwand ich in seinem Bad, um mich frisch zu machen. Dave hatte sich in der Zwischenzeit seine Pyjamahose angezogen, Kaffee gekocht und hielt mir eine Tasse davon entgegen, als ich ins Wohnzimmer kam. Dankend nahm ich sie in Empfang und ließ mich neben ihm auf dem Sofa nieder.

„Bevor du gehst, würde ich dich gerne noch etwas

fragen", begann er und sah mich von der Seite an. „Du hast jetzt gesehen wie ich lebe, hast einen Teil meiner Familie kennengelernt und wir haben uns einander genähert. Ich liebe dich und würde gerne so viel Zeit wie nur möglich mit dir verbringen. Ich weiß, dass du mir zu dem, was ich dich gleich fragen werde, schon einmal deine Meinung gesagt hast. Aber ich würde sie nach alldem gerne noch einmal hören. Nur für den Fall, dass sie sich geändert haben könnte. Du weißt ich habe hier meinen Laden und daher ist es nicht ganz einfach für mich meine Zelte hier abzubrechen. Daher wollte ich von dir wissen, ob es für dich immer noch ein Ding der Unmöglichkeit ist umzuziehen."

Mein Kaffee schmeckte plötzlich bitter und schien mir im Hals steckenzubleiben. Bitte nicht, war mein erster Gedanke. Ich erlebte ein Déjà-vu. Genauso wie vor fast zwei Jahren Fearghas, fragte mich nun Dave, ob ich zu ihm ziehen würde. Fassungslos starrte ich ihn an und stellte meine Tasse auf dem kleinen Glastisch vor dem Sofa ab.

„Dave, ich kann nicht und du weißt auch warum." Unruhig rieb ich mit meinen Handflächen über meine Jeans, da sie plötzlich feucht wurden. „Ich werde Achiltibuie nicht nochmal für einen Mann verlassen. Ich habe dort meine Familie, Curr, mein Haus, alles Dinge woran mein Herz hängt. Ganz davon abgesehen, dass ich mich auf Dauer in einer Stadt nicht wohlfühlen würde. Es tut mir leid, aber ich kann nicht. Es hat sich rein gar nichts an meiner Einstellung geändert."

„Und an mir hängt dein Herz nicht?", fragte er verwirrt, stellte seine Tasse ebenfalls ab und sah mich an.

„Das habe ich nicht gesagt", berichtigte ich.

„Du hast mich aber auch nicht aufgezählt, in deiner Liste der Dinge die dir am Herzen liegen", konterte er.

„Ja, weil du nicht dort bist", antworte ich etwas lauter als gewollt. „Was aber nicht heißt, dass du mir nicht am Herzen liegst."

„Evanna, ich liebe dich. Ich will dich um mich haben. Was ist so schlimm daran? Wir könnten doch die Wochenenden in Achiltibuie verbringen und unter der Woche hier leben", bot er an.

Ich stand auf und schüttelte traurig den Kopf.

„Tut mir leid, wenn ich dich enttäuschen muss, aber nein. Dazu bin ich nicht bereit. Ich kann einfach nicht und das habe ich dir auch von Anfang an gesagt. Ich muss jetzt los."

Ich drehte mich um und lief zur Wohnungstür, neben der ich meinen Koffer fertig gepackt abgestellt hatte.

„Verdammt, Evanna, lauf nicht schon wieder vor mir davon", fluchte Dave und kam mir nach.

Ich hatte die Türklinke bereits in der Hand, als er mich erreichte.

„Du weißt, ich würde dich nie zu etwas zwingen. Ich dachte nur, es hätte dir hier gefallen und du hättest deine Meinung vielleicht geändert", meinte er und sah auf mich herab.

Da wurde mir schlagartig etwas klar. Mir wurde übel und mein Magen verkrampfte sich. Wie konnte ich nur so dumm und blind sein. Ich hatte nicht eine Sekunde gemerkt, dass er mich das ganze Wochenende versucht hatte zu manipulieren. Es war schrecklich, als mich diese Erkenntnis traf und mir bewusst wurde, dass ich erneut einem Mann auf den Leim gegangen war. Dass dieses Wochenende nur dazu da war, um mich umzustimmen und mich zu ihm zu locken. Und das obwohl ich von Anfang an gesagt hatte, dass ich das nie mehr tun würde. Enttäuschung und Wut machten sich in mir breit. Ich hatte geglaubt, Dave sei anders. Nicht so egoistisch. Ich hatte wirklich gedacht, er hätte mich und mein Problem verstanden. Doch da hatte ich mich wohl gründlich getäuscht.

„Nein, aber du versuchst meine Meinung zu ändern, obwohl du diese vom ersten Moment an kanntest. Du hast versucht mich mit diesem Wochenende bei dir zu beeinflussen und das ist nicht fair. Du wusstest auf was du dich einlässt. Ich war ehrlich zu dir und habe dir die Wahl gelassen damit zu leben oder nicht. Doch du hast die letzten zwei Tage anscheinend nur versucht alles so perfekt wie möglich zu machen, um mich einzulullen, damit du mich umstimmen kannst", schleuderte ich ihm wütend an den Kopf und trat in den Hausflur.

„Das ist völliger Quatsch. Das war nie meine Absicht. Verdammt, Evanna, komm wieder rein und lass uns das klären. Ich will nicht, dass du mich so verlässt."

„Nein, Dave, ich werde jetzt nach Hause gehen. Es ist besser so."

„Ist das alles, was du dazu zu sagen hast. Meinst du nicht, du machst aus einer Fliege einen Elefanten. Ich bin nicht er, verstehst du? Es war nur ein Vorschlag. Ein verdammter Gedankengang. Nicht mehr und nicht weniger. Ich wollte einfach sichergehen, dass dies für dich nicht in Frage kommt", rief er mir nach, als ich die Treppe hinablief. „Ich hätte nie von dir verlangt dein Zuhause komplett aufzugeben. Prinzessin, bitte, ich liebe dich doch."

Als sich die Haustür mit einem lauten Knall schloss, wusste Dave, dass sie weg war. Verzweifelt rieb er sich den Nacken, ging zurück in die Wohnung, schloss seine Tür und ließ sich dagegen sinken. Das konnte alles nicht wahr sein. Wie konnte dieses Gespräch so aus dem Ruder laufen. Ihm war bewusst, dass sie die eine war. Die Frau für ein ganzes Leben. Doch er wollte sie auch um sich haben. Jede freie Minute mit ihr verbringen. Und zwar für immer. War das denn so schlimm? War das wirklich zu viel verlangt? Er fand es in Achiltibuie ja auch sehr schön und konnte sie sogar verstehen. Doch er hatte hier nun mal auch seine Arbeit. Genauso wie seine Familie. Er hatte gehofft einen Mittelweg zu finden. Sie hätten unter der Woche in Inverness leben und arbeiten können und die Wochenenden in Achiltibuie genießen. Doch anscheinend war Evanna nicht einmal dazu bereit. Sie sah in allem sofort das Schlimmste, ohne sich darüber im Klaren zu sein, dass es gar nicht so gemeint war. Erschöpft rieb er sich den Nacken. Mit einem Mal wurde Dave klar wo das Problem lag und was er zu tun hatte. Wenn es keinen anderen Weg gab und Evanna es nicht anders wollte, würde er tun was nötig war. Schließlich ließ sie ihm keine andere Wahl.

Entschlossen stieß er sich von der Tür ab und lief ins Schlafzimmer. Mit ein paar wenigen Handgriffen raffte er ein paar Klamotten zusammen, zog sich an und ging ins Bad, um sich frisch zu machen.

Warum nur, dachte ich und starrte aus der Windschutzscheibe. Alles war so perfekt gewesen. Ich war wirklich dabei zu glauben, dass ich dieses Mal das Richtige tat und nun das. Wahrscheinlich wäre es besser gewesen, nie nach Inverness zu fahren. Doch andererseits war das Wochenende sehr schön gewesen. Zu schön, um ehrlich zu sein. Mein Blick wurde trüb und ich begann zu weinen, während ich über die Landstraße Richtung Norden fuhr. Verfluchte Scheiße! Warum passierte immer mir so ein Mist? Warum war ich nur so gutgläubig, dass ich nie merkte, dass alles nur Show war, damit die Herren der Schöpfung ihren Willen bekamen? Mit zitternden Fingern wischte ich mir die Tränen aus dem Gesicht. Er hatte gesagt, er würde mich lieben und doch hatte er versucht mich umzustimmen. Trotz, dass er wusste, wie unwohl ich mich in einer Stadt wie Inverness fühlen würde. Das zeigte mir nur zu deutlich, dass es wohl doch nicht die Liebe und das Verständnis seinerseits gewesen war, wie ich gehofft hatte. Vermutlich waren wirklich alle Männer gleich und ich wäre besser daran alleine zu bleiben. Wenigstens hatte ich Curr und meine Eltern. Mein schönes Zuhause, das ich mir so mühselig hergerichtet hatte und in dem ich weiterhin leben würde. Alleine. Einsam. Und ohne Dave. Ich fuhr rechts ran, weil ich vor lauter Tränen die Straße nicht mehr sah. Es tat so weh! Ich hatte mich tatsächlich in ihn verliebt. Doch zu welchem Preis? Natürlich könnte ich klein beigeben und ihm seinen Willen lassen, aber was dann? Wäre ich dann glücklich? Dave hatte mir an den Kopf geworfen, dass er nicht Fearghas sei. Damit hatte er durchaus recht. Ich konnte mir auch nicht vorstellen, dass er mir so schreckliche Dinge antun würde wie dieser es getan hatte. Nichtsdestotrotz wollte ich nicht von zu Hause weg. Mein Herz hing an meiner Heimat. Doch es hing auch an Dave.

Ich kramte in meinem Handschuhfach nach einem Taschentuch und versuchte mich zu beruhigen. Manchmal war ein Ende mit Schrecken besser als ein Schrecken ohne Ende. Immerhin hatte ich dieses Mal die Bremse noch früh genug gezogen. Der Herzschmerz würde auch irgendwann vergehen. Was würde eine Beziehung bringen, wenn ich ihn zwar lieben würde, aber dort unglücklich wäre. Und andersrum wäre es wohl nicht viel anders. Was sollte Dave hier anfangen? Seine Existenz hatte er sich dort aufgebaut und ich konnte kaum von ihm verlangen diese aufzugeben und hier Schafbauer zu werden. So war es bestimmt am besten, redete ich mir im Stillen ein. Ich würde dieses Wochenende einfach in schöner Erinnerung behalten. Auch wenn es weh tat. Ich schnäuzte noch ein letztes Mal, straffte die Schultern, setzte den Blinker und fuhr weiter. Das Leben musste weitergehen, ob ich wollte oder nicht, aber das war ja nichts Neues mehr für mich.

KAPITEL 14

„Hey, Süße! Da bist du ja wieder. Und, wie war es?",
begrüßte mich Curr, als ich durch die Tür des Pubs kam.
Dabei lief er auf mich zu und schloss mich in seine Arme.

„Eigentlich sehr schön. Nur leider hatten wir zum
Abschied einen schrecklichen Streit. Das mit uns wird
wohl doch nichts", jammerte ich.

„Wieso das denn?", wollte Curr verblüfft wissen.

Ich erzählte ihm was zwischen Dave und mir vorgefallen war und räumte auch ein, dass ich schlussendlich
davongelaufen war.

„Mach dir keinen Kopf. Das wird sich schon wieder
einrenken. Selbst in den besten Ehen gibt es mal Streit.
Sowas gehört manchmal einfach dazu. Uneinigkeiten und
Missverständnisse sind dazu da, um aus dem Weg geräumt
zu werden. Alles wird wieder gut, du wirst schon sehen."

„Kannst du mir eine ordentliche Portion von deiner
Zuversicht abgeben? Die könnte ich ab und zu wirklich
gut gebrauchen", seufzte ich. „Ich bin mir sicher, dass wir
ab sofort getrennte Wege gehen werden. Es hat einfach
keinen Sinn. Jeder hat sein eigenes Leben und keiner ist
bereit es aufzugeben. Vermutlich ist es so am besten",
erwiderte ich und lief hinter den Tresen, um mir noch
einen schnellen Cappuccino zu gönnen, bevor die ersten
Gäste kamen.

Curr lachte.

„Das ist nicht gerade lustig", wies ich ihn grimmig
zurecht.

„Süße, du musst noch einiges lernen. Du bist noch jung, daher fehlt dir wohl die nötige Erfahrung. Beziehungen laufen nie immer rund. Dazu muss man auch hin und wieder Kompromisse eingehen. Es gehört gelegentlich dazu unterschiedlicher Meinung zu sein und das ist auch gut so. Ohne Ecken und Kanten wären alle Beziehungen und Ehen irgendwann zum Scheitern verurteilt. Nur dadurch, dass man an ihnen feilt und arbeitet, werden sie perfekt. Und allein dieses Schleifen und Feilen macht sie zu etwas Besonderem. Etwas Individuellem."

„Und das sagt mir der Beziehungsexperte Nummer eins, der ständig Beziehungen führt", murrte ich mit sarkastischem Unterton und nahm den fertig aufgebrühten Cappuccino aus der Maschine.

„Hey, ich hatte vermutlich schon ein paar Beziehungen mehr als du. Auch wenn diese schon eine Weile zurückliegen. Ich weiß durchaus, auf was es bei einer Partnerschaft ankommt."

Ich seufzte und nahm einen Schluck aus meiner Tasse.

„Entschuldige! Ich weiß du meinst es nur gut. Aber mir scheint gerade alles so unerreichbar zu sein." Schnell wischte ich eine Träne weg, die sich verirrt hatte, und schluckte die restlichen tapfer hinunter, bevor Curr es auffallen konnte. Die Tür vom Pub wurde geöffnet und die ersten Gäste kamen herein. Deshalb stellte ich meine Tasse zur Seite und fügte hinzu: „Es ist schon okay. Mach dir um mich keine Sorgen. Ich brauch einfach etwas Zeit, um darüber hinweg zu kommen. Ich kümmere mich dann mal um die Gäste. Danke für dein offenes Ohr." Damit ließ ich Curr stehen und sah aus dem Augenwinkel nur noch, wie er verständnislos den Kopf schüttelte.

♥♥♥

Die erste Nacht ohne Dave verging genauso wie der erste Tag ohne ihn. Ich musste pausenlos an ihn denken und vermisste ihn schrecklich. Doch ich redete mir ständig gut zu, dass es so das Beste für uns wäre. Mit einem Besuch bei meinen Eltern versuchte ich mich abzulenken, was aber nicht wirklich half. Im Gegenteil. Sie fragten mich über mein Wochenende aus und es fiel mir schwer ausgelassen darüber zu reden. Auch dieses Mal erzählte ich meinen Eltern nichts von Dave. Warum auch. Es war ja ohnehin vorbei.

Kurz vor fünf ging ich wie üblich zur Arbeit. Auch heute tröstete mich Curr mit Worten und Erklärungen. Doch auch das änderte nichts an meiner Einstellung oder an der schrecklichen Leere, die ich in mir spürte. Dave fehlte mir so sehr, dass es weh tat. Alles erschien mir so trostlos und einsam ohne ihn, aber ich redete mir weiterhin gut zu, dass es mit der Zeit besser und leichter werden würde.

Nach einer weiteren schlaflosen Nacht, brach ein neuer Tag an. Ich vergrub mich in Arbeit so gut ich konnte, um nicht ständig an Dave denken zu müssen, doch egal was ich tat, es war sinnlos. Wenn ich meine Fenster putzte, sah ich sein Gesicht vor meinem inneren Auge. Machte ich mir etwas zum Essen, dachte ich an unser gemeinsames Abendessen, als wir uns die Bäuche mit fernöstlichen Köstlichkeiten vollgeschlagen hatten. Ging ich am Strand spazieren, erinnerte ich mich an sein Liebesgeständnis am Loch Ness. Lag ich im Bett, kam mir die wunderschöne Nacht, die wir gemeinsam verbracht hatten, in den Sinn. War ich im Pub, erwischte ich mich immer wieder dabei, wie ich mir wünschte, die Tür würde aufgehen und Dave darinstehen. Es war zum Verrücktwerden. Doch ich gab nicht auf. Ich würde das durchstehen, dachte ich. Schließlich hatte ich schon schlimmeres überstanden. Deshalb ließ ich einen weiteren Tag ins Land gegen.

Und noch einen...

Und noch einen...

Natürlich wurde überhaupt nichts besser. Im Gegenteil, ich war kurz davor durchzudrehen. Nichts schien noch einen Sinn zu haben und der Schmerz verging nicht, sondern er wurde stärker. Selbst Curr entging mein schlechter werdender Zustand nicht, als ich an diesem Abend im Pub arbeitete. Ich bekam kaum noch etwas mit und spülte gedankenverloren ein paar Aschenbecher, die sich vermutlich demnächst aufgelöst hätten, wenn ich noch länger darin herumgerieben hätte. Doch Curr riss mich aus meinen Gedanken.

„Süße, hör endlich auf dich zu quälen und rede mit ihm. Ruf ihn an und kläre das. Es ist doch Blödsinn sich hier zu verstecken und auf Besserung zu hoffen, obwohl man spürt, dass es so nicht funktioniert. Wenn ihr euch liebt, dann wird es auch eine Lösung geben", versicherte er mir.

Ich hob den Aschenbecher aus dem Wasser griff mir ein Geschirrtuch und begann ihn abzutrocknen.

„Meinst du wirklich? Aber wenn er mich liebt, warum hat er mich dann noch nicht angerufen? Wenn ich ihm so wichtig bin, hätte er ja ebenfalls etwas an der Situation ändern können. Doch das hat er nicht getan", konterte ich.

„Das kannst du nicht mit Sicherheit sagen. Schließlich sitzt du auch nicht ständig neben deinem Telefon. Vielleicht hat er es ja versucht und du warst nicht da. Zudem wird auch er Termine haben und arbeiten müssen und nicht rund um die Uhr am Telefon hängen können, um dich anzurufen."

„Das ist eine armselige Ausrede", gab ich zurück und stellte den Aschenbecher zu den anderen, die sauber aufgestapelt auf ihrem Platz unter dem Tresen standen.

„Evanna, du warst diejenige die davongelaufen ist. Vielleicht will er dir auch nur die Zeit geben, um darüber nachzudenken und wartet sehnsüchtig darauf, dass du dich von dir aus meldest, wenn du bereit dazu bist."

Ich dachte einen Moment über Currs Worte nach. Was wenn er recht hatte? Was wenn das alles für Dave noch gar nicht abgehakt war und er tatsächlich nur darauf wartete, dass ich einen Schritt auf ihn zuging, um das Gespräch mit ihm zu suchen? Ich seufzte schwer. Hatte es denn überhaupt einen Sinn ein Gespräch zu führen, überlegte ich?

„Und was dann?", fragte ich Curr und schleuderte das Geschirrtuch achtlos auf die Arbeitsfläche. „Das würde nichts an unseren Lebenssituationen ändern. Er sitzt in Inverness und ich hier in Achiltibuie."

„Es gibt immer einen Weg, um zueinander zu finden. Aber das solltest du mit Dave klären und nicht mit mir. Geh nach Hause. Heute ist sowieso nichts los. Ruf ihn an und rede mit ihm. Ich sehe später nochmal nach dir. Ich werde heute sicherlich schon früh schließen können", schlug Curr vor, zog mich in eine Umarmung und gab mir einen Kuss auf die Stirn.

„Okay!", willigte ich ein, lächelte dankbar zu ihm auf, löste mich von ihm und machte mich auf den Heimweg.

Je näher ich meinem Cottage kam desto schneller wurde ich. Ich freute mich darauf, gleich Daves Stimme zu hören und konnte es kaum noch erwarten. Ich stürmte in meine Küche, lief an mein Telefon und wählte seine Privatnummer. Es war Freitagabend und er würde vermutlich zu Hause sein. Aufgeregt lauschte ich dem Klingeln in der Leitung und spürte das Kribbeln in meinem Bauch, das sich dort vor lauter Vorfreude ausbreitete. Als ich ein Klicken vernahm, hielt ich vor lauter Anspannung die Luft an. Wie würde er reagieren, wenn er meine Stimme hörte? Würde er sich ebenso freuen wie ich es tat? Hatte er mich genauso sehr vermisst wie ich ihn? Doch die herbe Ernüchterung folgte schon eine Sekunde später.

„Bei Dave Campbell", meldete sich eine weibliche Stimme.

Mir wurde schlagartig schlecht. Mein Magen zog sich zusammen und ich spürte einen schmerzhaften Stich in meinem Herzen. Das konnte nicht wahr sein. Ich war fassungslos. Hatte ich mich so sehr in Dave getäuscht, dass er mich nach nicht einmal einer Woche ersetzte und sich eine Neue ins Bett holte? Das tat schrecklich weh! Das war mehr als ich ertragen konnte. Es war wie ein gewaltiger Tritt in die Magengrube. Das alte Gefühl von Betrug und Verrat, das ich schon zu genüge in meinem Leben empfunden hatte, kam in mir hoch.

„Hallo?", rief die Frau am anderen Ende der Leitung. „Ist da wer?"

„Falsch verbunden", sagte ich nur und legte einfach auf.

Zitternd stand ich vor dem Telefon und spürte wie meine Beine nachgaben. Als würde mir jemand den Boden unter den Füßen wegziehen. Kraftlos ließ ich mich auf den Küchenboden sinken und begann bitterlich zu weinen. Das konnte einfach nicht wahr sein. Warum tat er mir das an? Nur, weil ich auf seine Forderung nicht eingegangen war, ersetzte er mich sofort durch eine andere Frau. Waren denn die Worte *Ich liebe dich* heutzutage gar nichts mehr wert? Waren sie so bedeutungslos geworden? Warum passierte mir nur immer so etwas? Warum verliebte ich mich immer in Männer, die auf irgendeine Art Schweine waren? Und ich dämliche Kuh war am Wochenende auch noch mit ihm ins Bett gestiegen. Bei dem Gedanken, an diese wunderschönen Stunden mit ihm, schluchzte ich noch heftiger. Ich hatte wirklich geglaubt, dass das zwischen uns etwas Besonderes gewesen war. Doch da hatte ich mich wohl genauso getäuscht wie in Dave selbst. Anscheinend war ich für ihn nur ein Sexspielzeug gewesen, das er mit etwas Charme, sowie liebevollen Worten und Gesten ins Bett bekommen wollte. Mit Erfolg. Somit hatte ich nun wenigstens die bittere Gewissheit, dass es zwischen uns aus war. Daran gab es nun keine Zweifel mehr. Es war vorbei und zwar endgültig!

Mein Telefon klingelte und ich schreckte zusammen, doch dran gehen wollte ich nicht. Ich ließ es einfach klingeln. Mir war egal wer versuchte mich zu erreichen. Ich wollte niemanden sprechen, hören oder sehen. Ich

wollte einfach nur alleine sein und mich in Selbstmit-
leid suhlen. Doch der Anrufer war äußerst hartnäckig.
Es klingelte unaufhörlich und wenn ich glaubte, der
Anrufer hätte aufgegeben, begann der Terror von neuem.
Deshalb riss ich kurzerhand den Stecker aus der Wand.
Das Klingeln verstummte und erdrückende Stille senkte
sich über die Küche und hüllte mich wie ein eisiger
Mantel ein. So blieb ich sitzen, weinte vor mich hin
und bemitleidete mich selbst.

Wie lange ich so da saß, wusste ich nicht. Doch als
Curr auf einmal in meiner Küche stand, wäre ich ihm
am liebsten ins Gesicht gesprungen. Er war derjenige der
mich dazu ermutigt hatte, mich auf Dave einzulassen.
Was daraus geworden war, durfte ich nun am eigenen
Leib erfahren. Wieder mal war ich belogen und verletzt
worden.

„Süße, was ist den passiert?", meinte er besorgt und
kniete sich neben mich auf den Boden.

„Lass mich in Ruhe und verschwinde!", fuhr ich ihn
wütend an.

„Hey, was habe ich dir denn getan?", fragte er empört
und sah mich mit gerunzelter Stirn an.

„Eine ganze Menge! Wärst du nicht gewesen, hätte ich
mich vielleicht gar nicht auf Dave eingelassen. Aber du
und deine tollen Ratschläge", warf ich ihm vor. „Hättest
du mich nicht ermutigt, wäre das alles gar nicht passiert.
Dann würde ich nun nicht hier sitzen und mir die Seele
aus dem Leib weinen. Du hast mich dazu angetrieben
und mich in mein nächstes Unglück laufen lassen. Ein
toller Freund bist du."

„Jetzt mal langsam. Erzähl mir erst einmal was geschehen ist, damit ich den Grund für deine Anschuldigung verstehe", bat er.

„Dave hat mich ersetzt. Soviel zum Thema alles wird gut und er wartet bestimmt schon auf deinen Anruf. Der ist viel zu beschäftigt, um auf meinen Anruf zu warten. Und zwar mit einer anderen Frau mit der er vermutlich gerade seine Laken zerwühlt."

Curr lachte auf und legte seine Hand auf meinen Arm.

„Soll das etwa witzig sein? Diene ich neuerdings zu deiner Belustigung und habe es noch nicht mitbekommen?", schrie ich wütend und riss meinen Arm weg.

„So ein Blödsinn. Wie kommst du nur auf so einen Quatsch, dass er dich ersetzt haben könnte?", erkundigte er sich völlig ruhig und mit einem gelassenen Grinsen im Gesicht.

„Weil ich ihn angerufen habe so, wie du es vorgeschlagen hast und eine Frau ans Telefon gegangen ist", schrie ich weiter und erneut bahnten sich Tränen ihren weg.

„Vielleicht war es seine Sekretärin", schlussfolgerte Curr.

„Was hat seine Sekretärin bei ihm zu Hause verloren?"

„Okay, dann seine Putzfrau", schlug er vor.

„Sag mal, hast du sie noch alle? Was soll der Scheiß? Warum verteidigst du ihn. Er ersetzt mich einfach und du suchst immer noch nach Erklärungen. Stehst du unter Medikamenten oder Drogen?", schluchzte ich nun. „Ich dachte, du bist mein Freund, doch im Moment habe ich eher das Gefühl, du stellst dich auf die Seite des Feindes. Wie kannst du nur."

„Ich stelle mich überhaupt nicht auf die Seite des Feindes. Warum willst du nicht verstehen, dass es für manche Dinge ganz einfache Erklärungen gibt."

„Fang nicht schon wieder damit an. Setz endlich deine rosarote Brille ab und schau dir die Realität an. Sie ist scheiße und das Leben besteht anscheinend nur aus Enttäuschungen. Sobald man jemanden darin willkommen heißt, bekommt man von demjenigen mit der Keule der Wahrheit einen Schlag versetzt. Alles was zuerst noch schön schien wird im nächsten Augenblick grau und hässlich, um dann in tausend Scherben zu zerbrechen", bellte ich.

„Verdammt noch mal, Evanna", schimpfte er plötzlich, „warum bist du eigentlich so verbohrt und blind. Du denkst seit Fearghas nur noch an das Schlechteste. Glaubst du wirklich, die komplette männliche Weltbevölkerung besteht nur aus Lügnern und Betrügern? Das ist doch Schwachsinn. Hast du dich mal richtig umgesehen? Es gibt auch glückliche Ehen und Beziehungen. Nimm zum Bespiel deine Eltern oder Mac und Kelli. Sehen die deiner Meinung nach so aus, als wären sie unglücklich?" Er fasste mich am Kinn und zwang mich ihn anzusehen. „Ich bin der festen Überzeugung, dass Dave ein lieber, netter, aufrichtiger und ehrlicher Mann ist, der dir seine Liebe nicht vorgaukelt, sondern dich wirklich will. Und zwar mit allem was dazu gehört. Du wirst schon sehen", meinte Curr völlig von sich selbst überzeugt.

„Hörst du dir eigentlich zu?", fragte ich ihn unter Tränen.

„Allerdings! Und es wird der Zeitpunkt kommen, an dem du an meine Worte zurückdenken wirst", erwiderte er. „So, Süße, nachdem ich dir jetzt meine Meinung gegeigt habe, kommen wir zu dem Teil, wo ich dich tröste und dafür Sorge, dass du ins Bett gehst." Mit den Worten stand er auf, zog mich hoch und in seine Arme. „Weine so viel du willst, wenn es dir dadurch besser geht. Aber du wirst sehen, dass sich alles zum Besten wendet." Tröstend strich er mir über die Haare.

Ich schüttelte nur ungläubig den Kopf und gab es auf noch irgendetwas zu erwidern. Es hatte ja doch keinen Sinn, weshalb ich zuließ, dass Curr mich ins Wohnzimmer führte, die Treppe hinauf bugsierte und mich ins Bett steckte.

„Du legst dich jetzt hin, ruhst dich aus und versuchst dich etwas zu beruhigen. Eine gehörige Portion Schlaf kann dabei nicht schaden. Zudem wirst du dir die nächsten zwei Tage frei nehmen. Ich geh jetzt wieder ins Pub. Wenn du mich brauchst, sag Bescheid. Ist das alles soweit klar?", wollte er im Befehlston wissen.

„Hey, warum soll ich frei nehmen? Ich werde morgen ganz normal zur Arbeit kommen. Das lenkt mich wenigstens von dem ganzen Elend ab", gab ich empört zurück.

„Das habe ich ja heute gesehen, wie toll dich die Arbeit ablenkt. Du erschreckst mir mit deinem deprimierten Gesichtsausdruck höchstens die Gäste. Deshalb wirst du das nicht tun!", meinte Curr streng. „Wenn du es wagst morgen aufzutauchen, schmeiß ich dich eigenhändig raus. Du gönnst dir die Ruhe die du jetzt brauchst und wer weiß, vielleicht klärt sich bis dahin auch alles."

„Du spinnst doch", wetterte ich.

„Dann spinne ich halt. Ist mir auch egal", tat er mit einem Schulterzucken ab. „Aber es ändert nichts an dem was ich gesagt habe. Verstanden?"

Mit diesen Worten deckte er mich zu, drückte mir

220

einen Kuss auf die Stirn und lief zur Treppe.

„Na schön", murrte ich ihm hinterher. „Ich will dich im Moment sowieso nicht sehen. Von daher kommt mir das sehr gelegen."

Curr lachte nur laut und erwiderte: „Schon gut, Süße. Sei nur wütend auf mich. Aber auch das wird sich legen. Ich hab dich lieb! Schlaf gut."

„Schön für dich, dass du immer so überzeugt von dir und deiner Meinung bist", rief ich ihm noch hinterher, während er schon die Treppe hinuntereilte, bekam aber keine Antwort mehr.

Erschöpft kuschelte ich mich in meine Decke und wandte mich dem Fenster zu. Es wurde bereits dunkel und an den Fensterscheiben perlten kleine Wassertropfen nach unten. Konzentriert hörte ich auf das monotone Geräusch des Regens, der aufs Dach prasselte und fragte mich im Stillen, was Dave wohl gerade machte. Augenblicklich wurde ich von einem neuen Weinkrampf geschüttelt. Vielleicht amüsierte er sich mit seiner neuen Errungenschaft, schoss es mir durch den Kopf und ich konnte nicht verhindern mir Bilder mit ihm und der anderen Frau vorzustellen, wer immer sie auch sein mochte. Es war schrecklich und es gelang mir nicht einmal ansatzweise mich zu beruhigen. Ich stützte mich auf meinen Ellenbogen und wandte mich meinem Nachttischchen zu, um mir ein Taschentuch zu holen, als mein Blick auf Nessi fiel. Wütend griff ich danach und wollte das Plüschtier gegen die Wand werfen, hielt aber dann doch inne und sah es durch meinen tränenverschleierten Blick traurig an. Nessi war das einzige, was mir von diesem wunderschönen Wochenende noch geblieben war. Außerdem konnte das Kuscheltier ja nichts für Daves verlogene Art. Deshalb zog ich es in meine Arme und drückte es an meine Brust. Nach einer gefühlten Ewigkeit, die ich unter Tränen vor mich hin schniefte, schlief ich vor lauter Erschöpfung ein.

KAPITEL 15

Als ich die Augen aufschlug, war es bereits taghell. Der Regen hatte sich verzogen und die Sonne stand hoch am Himmel. Ein Blick auf meinen Wecker verriet mir, dass es bereits Mittag war und ich den kompletten Morgen verschlafen hatte. Völlig gerädert und mit höllischen Kopfschmerzen stand ich auf, schlüpfte in eine bequeme Jeans und ein pinkfarbenes Top, machte mich im Bad kurz frisch und bewegte mich dann in die Küche, um mir einen Kaffee zu kochen.

Bewaffnet mit einem extra großen Kaffeebecher gefüllt mit Milchkaffee und zwei Schmerztabletten lief ich nach draußen. Das Wetter war angenehm warm. Deshalb ließ ich meine Tür offenstehen und lief hinter das Haus, um meinen Kaffee dort zu genießen. Ich nahm auf einem der Holzstühle Platz, zog die Knie an und richtete meinen Blick auf die Berge, die in der Ferne emporragten, als könnte sie nichts und niemand erschüttern. Dabei wünschte ich mir ebenso unerschütterlich zu sein wie diese. Mit einem großen Schluck Kaffee nahm ich die Tabletten ein, um den Schmerz in meinem Kopf zu vertreiben. Schade, dass es keine Medizin gegen Liebeskummer gab, denn ich hätte mir gewünscht auch dagegen einfach eine Tablette nehmen zu können. Ich hasste mich dafür, dass ich immer wieder an Dave dachte. So sehr ich mich bemühte oder mich in Gedanken dafür schimpfte, es brachte nichts. Ich bekam ihn einfach nicht aus meinem Kopf, dabei hatte er mich vermutlich schon vergessen. Immer wieder rollten vereinzelte Tränen über meine Wangen, was ich krampfhaft versuchte zu unterdrücken. Leider ohne Erfolg. Ich hatte ihm mein Herz geschenkt und er hatte es in tausend Scherben zerbrochen. Es war furchtbar, aber nicht mehr zu ändern. Wir würden nie eine gemeinsame Zukunft haben. Ich war Dave völlig egal. Das war mir jetzt mehr als klargeworden.

Völlig erschöpft schloss ich für einen Moment die Augen und versuchte einfach nur die Wärme der Sonne zu genießen, indem ich mich auf die Geräusche der Natur konzentrierte. Ich lauschte der seichten Meeresbrise, die um mich herum wehte und die Blätter im Birnenbaum zum Rascheln brachte. Vernahm das Gezwitscher der Vögel, die neben mir durch die Äste hüpften. Und hörte aus der Ferne den Ruf eines Wanderfalken.

„Hallo, Prinzessin!"

Ich erschreckte mich so sehr, dass mir meine Tasse aus der Hand glitt, sie mit einem dumpfen Geräusch zu Boden plumpste und dort im Gras liegen blieb. Der hellbraune Inhalt ergoss sich auf die Wiese und wurde vom Erdreich aufgesaugt. Nur wenige Meter von mir entfernt, stand Dave auf dem Weg, der hinter das Haus führte und sah mich besorgt an. Er sah wie immer umwerfend aus, in seiner verwaschenen Jeans und dem schwarzen T-Shirt, das er heute trug. Die blauen Augen hatte er fest auf mich gerichtet, während er in der rechten Hand ein kleines, braunes Päckchen hielt.

Schnell wischte ich mir die Tränen aus dem Gesicht, stellte meine Füße auf den Boden, Griff nach der Tasse und stellte sie auf den Gartentisch. Diesen kurzen

Augenblick nutzte ich, um tief durchzuatmen und meine Stimme wiederzufinden. Mit gestrafften Schultern und erhobenem Haupt stellte ich mich der Situation.

„Was willst du hier?", wollte ich wissen. „Wenn du gekommen bist, um noch offiziell mit mir Schluss zu machen, dann kannst du dir die Mühe sparen. Die Info ist angekommen und ich habe sie durchaus verstanden", versicherte ich ihm. „Du kannst also auf dem Absatz wieder kehrtmachen und verschwinden."

„Nein, deshalb bin ich gewiss nicht hier", entgegnete er. „Ich bin hier, um mit dir zu reden und ein paar Missverständnisse aus der Welt zu schaffen. Deshalb wirst du mir jetzt ganz genau zuhören."

Erbost schnappte ich nach Luft. Was gab ihm das Recht mir Befehle zu erteilen, nachdem was er mir angetan hatte.

„Und was, wenn ich dir nicht zuhören will? Du hast mich angelogen und gegen eine andere ersetzt, was soll es da noch für Missverständnisse geben? Was gibt dir überhaupt das Recht Forderungen zu stellen?", schrie ich ihn an.

„Eine ganze Menge! Und wenn du nicht freiwillig zuhörst, dann werde ich dich dieses Mal dazu zwingen", drohte er mir mit ruhiger und entschlossener Stimme.

„Das wagst du nicht", meinte ich wütend.

„Wenn du mir keine andere Wahl lässt, schon", versicherte er mir und überbrückte die letzte Distanz zwischen uns. Er zog sich einen Stuhl heran und setzte sich mir gegenüber.

Sofort hüllte mich sein unverkennbarer Duft ein und mein Herz zog sich schmerzhaft zusammen. Diese

Situation war noch schwieriger für mich als ich geahnt hatte. Sie schmerzte. Und das in einem Ausmaß wie es für mich unmöglich zu ertragen war. Ich hasste und liebte ein und dieselbe Person, die nur eine Armlänge von mir entfernt saß. Ein Teil von mir wollte aufspringen, auf ihn einprügeln und in anschreien. Der andere wollte ihm um den Hals fallen und ihn küssen.

Ich hatte keine Lust mich weiter von ihm anlügen zu lassen. Auch ich hatte meinen Stolz. Deshalb stand ich auf und versuchte zu flüchten, indem ich mich in Richtung Haustür entfernte.

„Verschwinde, Dave. Ich will dir nicht zuhören. Ich bin es leid. Ich habe schon genug durchgemacht. Mein Pensum an verlogenen Männern ist gedeckt."

Ruckartig wurde ich am Arm gepackt und herumgerissen. Dave schob mich mit seinem Körper gegen die Hauswand und hielt mich dort gefangen. Ich versuchte mich zu wehren, drückte gegen ihn, doch das war so, als würde man versuchen einen Felsen mit bloßen Händen wegzuschieben.

„Lass mich los", wetterte ich.

„Nein! Du wirst mir jetzt zuhören. Ob es dir nun passt oder nicht. Vorher lasse ich dich auch nicht los", stellte er klar.

Ich holte schon Luft, um ihn anzuschreien, doch er sprach einfach weiter.

„Als allererstes will ich dir sagen, dass die Frau an meinem Telefon meine Schwester war. Sie kam mit den Kindern aus London zu Besuch, um mir bei einigen organisatorischen Dingen zu helfen, die ich zu erledigen hatte. Als du gestern angerufen hast, war ich gerade an meinem Wagen. Ich habe sofort versucht dich zurück-zurufen, doch du bist nicht ans Telefon gegangen."

„Deine Schwester?", keuchte ich und sah ihn fassungslos an.

„Ja, meine Schwester! Meine Mutter hatte zuvor mit ihr telefoniert und ihr erzählt, was ich vorhabe. Deshalb kam sie vorbei, um mir unter die Arme zu greifen, damit ich meinen Plan so schnell wie möglich in die Tat umsetzen konnte. Rein gar nichts hat sich an meinen Gefühlen zu dir geändert. Ich liebe dich nach wie vor. Glaubst du denn wirklich, ich würde dich sofort und kampflos aufgeben und mir eine andere suchen?", hakte er empört nach.

„Ja..., nein..., vielleicht...", stammelte ich und konnte kaum glauben was ich da hörte. „Aber warum hast du mich nicht angerufen?", fragte ich ihn.

„Die ersten Tage wollte ich dir einfach Zeit geben, damit du dich etwas beruhigen kannst. Dann hatte ich mein Handy verloren, das erst nach zwei Tagen wieder aufgetaucht ist. Es muss mir beim Autofahren aus der Hosentasche und unter den Sitz gefallen sein. Daher hatte ich auch deine Nummer in dem Zeitraum nicht. Die Frau bei der Telefonauskunft meinte, dass du eine Geheimnummer hättest, die sie mir nicht geben dürfte", erklärte er mir.

„Das stimmt!", stellte ich erstaunt fest. „Die habe ich mir geben lassen, nachdem ich aus Edinburgh weg bin, damit mein Ex-Freund mich nicht anrufen konnte."

„Prinzessin, glaube mir, ich habe die ganze verfluchte Woche an nichts anderes gedacht als an dich und das kann ich dir beweisen." Er hob mir die Schachtel entgegen.

„Hier für dich. Mach sie auf."

Er rückte ein Stück von mir ab, sodass ich mich wieder bewegen konnte. Ich nahm die Schachtel entgegen und begann sie mit zitternden Händen zu öffnen. Der Inhalt war in rotes Seidenpapier gewickelt, den ich vorsichtig herausnahm und auspackte. Zum Vorschein kam die kleine Schatulle mit der Spieluhr aus Mrs. McIntoshs Haus.

„Sie ist wunderschön", hauchte ich und strich mit den Fingern über das glänzende Holz. „Aber ich verstehe nicht ganz."

„Öffne sie", meinte Dave und lächelte mich nun liebevoll an, sodass ich seine Grübchen sehen konnte.

Von neuem perlten Tränen über meine Wangen. Während die Klänge der Love Story Melodie die Luft erfüllten, starrte ich auf einen silbernen Ring, in dem ein Saphir eingefasst war und neben dem eine kleine Karte lag, auf der folgendes stand:

Ich liebe dich!
Lass mich dein Prinz sein. Für jetzt und alle Zeit.

Dave legte die Hand auf meine Wange und sagte: „Sag bitte noch nichts, ich möchte dir erst noch etwas zeigen."

Er griff in seine Hosentasche und zog einen Schlüssel heraus, den er mir ebenfalls reichte.

„Das ist der Schlüssel für unser Haus", gab er erklärend hinzu.

„Wie meinst du das, unser Haus?", wollte ich mit leiser Stimme wissen und sah ihn verwirrt an.

„Du hast mir am Sonntag nicht richtig zugehört. Ich

hatte gesagt, es wäre nicht ganz einfach meine Zelte in Inverness abzubrechen. Nicht, dass es unmöglich ist. Die ganze vergangene Woche habe ich damit zugebracht, mein Leben für dich umzukrempeln. Ich habe meine Wohnung gekündigt, leergeräumt und Mr. McIntosh das Haus seiner Mutter abgekauft. Die Leitung meines Ladens an Jamie übertragen und all mein Hab und Gut mit Hilfe meiner Familie in einen LKW geladen und hierhergebracht. Wenn du möchtest, können wir hier in Achiltibuie ein neues Leben beginnen. Gemeinsam. Ich mache hier eine kleine Zweigstelle auf und werde nur hin und wieder nach Inverness fahren müssen, um dort nach dem Rechten zu sehen. Im gleichen Atemzug kann ich meine Familie besuchen und ich würde mich freuen, wenn du mich dazu begleiten würdest. Ich überlasse dir die Entscheidung in welchem der beiden Häuser wir leben sollen und in welches meine Zweigstelle kommt. Wobei das von Mrs. McIntosh vermutlich eher den Platz bietet, den wir für uns und unsere Kinder brauchen."

„Kinder?", wiederholte ich mit bebender Stimme.

„Ja, Kinder! Ich will mit dir eine Familie gründen und ein glückliches langes Leben verbringen. Bitte, Evanna, schick mich nicht weg. Ich liebe dich und du bist das, was ich zum Leben brauche. Welche Kompromisse ich dafür eingehen muss ist mir gleich. Hauptsache du bist bei mir." Er nahm den Ring aus der Schatulle heraus, die ich immer noch in meinen zitternden Händen hielt, fiel vor mir auf die Knie und fragte: „Mrs. Evanna Stewart, willst du meine Frau werden?"

Ich wusste kaum wie mir geschah. Dave war wirklich hier und alles war nur ein blödes Missverständnis gewesen. Nie hatte er mich ersetzt oder hatte es zu irgendeinem Zeitpunkt vor. Ich hätte mich ohrfeigen können, als mir bewusst wurde, wie dumm ich mich verhalten hatte. Ich hatte mich so sehr an meinen negativen Erfahrungen festgehalten, dass es mir unmöglich gewesen war, die wahren Absichten von Dave zu erkennen. Er wollte mich tatsächlich mit allem was dazugehörte. Wollte mein Prinz in strahlender Rüstung sein. So, wie ich es mir gewünscht hatte. Und das für ein ganzes Leben. Der Moment, an dem mein eigenes Märchen geschrieben wurde, war nun endlich angebrochen.

Ich hielt ihm meine vor Aufregung zitternde Hand entgegen und flüsterte: „Ja, ich will", während sich weitere Tränen ihren Weg bahnten. Doch dieses Mal waren es Freudentränen.

Er streifte mir den Ring über meinen Finger und stand auf.

„Jetzt weißt du auch warum ich dich Prinzessin nenne. Seit dem ersten Tag, wo ich dich so nannte, wusste ich, dass du die Frau bist mit der ich mein Leben verbringen will. Du bist meine Märchenprinzessin und ich wollte dich erobern. So, wie es ein Prinz getan hätte", meinte er und wischte mit dem Daumen die Tränen aus meinem Gesicht.

„Oh, Dave", raunte ich. „Ich könnte mir keinen besseren Prinzen an meiner Seite vorstellen. Ich liebe dich."

Er zog mich in seine Arme und küsste mich. Mein Gott, wie hatte ich ihn und seine Berührungen vermisst. Genauso wie sein Duft nach Bergamotte und die Wärme seines Körpers, die mich zärtlich einhüllte. Er eroberte meinen Mund und ich gab mich seiner sinnlichen Geste hin. Hieß in willkommen und wusste, dass ich ihn ab jetzt nie wieder aus meinem Leben verschwinden lassen würde. Von nun an würde uns nichts mehr trennen.

Für einen Moment unterbrach er unsere Wiedervereinigung und zog sein Handy aus der Tasche. Er tippte kurz darauf herum und hielt es sich ans Ohr, während er mich durch den Garten auf die Haustür zuschob.

„Hallo Mom, es ist alles im grünen Bereich. Sie hat ja gesagt. Ihr könnt mit euerm Trip durch die Highlands beginnen und wir sehen uns dann wie besprochen auf eurem Rückweg. Ich danke euch für alles und sag Curr auch nochmal danke von mir. Viel Spaß und bis in einer Woche."

Dave legte auf und steckte sein Telefon wieder ein.

„Sie sind hier?", fragte ich erstaunt.

„Ja, ich brauchte jemand der den LKW fährt. Sie haben bei Curr gewartet, ob alles glatt geht oder du mich zum Teufel jagst", erwiderte er mit einem spitzbübischen Grinsen.

„Moment mal, Curr wusste von der Aktion", rief ich empört, stemmte die Hände in die Hüften und blieb direkt vor der Haustür stehen.

Mit schuldiger Miene sah er mich an.

„Ja, ich hatte ihn gestern angerufen und ihm erklärt was passiert ist. Dass du meine Schwester am Telefon hattest, was ich vorhabe und habe ihn gebeten nach dir zu sehen, dir aber nichts von meinem Plan zu erzählen. Mir war klar, was in deinem süßen, kleinen Kopf vorgeht, nachdem du eine weibliche Stimme an meinem Telefon vernommen hattest.", gestand er.

„So ein Verräter, deshalb hat er dich die ganze Zeit

in Schutz genommen. Oh, der kann was erleben, wenn ich ihn in die Finger bekomme", schimpfte ich.

Dave schnappte mich so unvorhergesehen und nahm mich auf seine Arme, dass ich kurz aufschrie und ihn dann lachend fragte: „Hey, was soll das werden?"

„Ich trage meine zukünftige Ehefrau über die Türschwelle und werde sie versuchen zu beschwichtigen, indem ich sie jetzt lieben werde. Ab sofort werde ich die Zeit damit zubringen, dein Leben mit glücklichen Momenten, viel Liebe und unvergesslichen Erinnerungen zu füllen", versprach er mir.

„Ich kann es kaum erwarten", hauchte ich, schlang meine Arme um seinen Hals und bettete meinen Kopf an seine Halsbeuge, während Dave mich ins Haus trug.

EPILOG

Meine Eltern waren außer sich vor Freude, als ich sie zwei Tage später zum Kaffee einlud, um ihnen die frohe Botschaft zu verkünden und ihnen im gleichen Atemzug Dave vorzustellen. Sie verstanden sich auf Anhieb mit ihm, warfen mir aber dennoch vor, ihn nicht schon früher erwähnt zu haben. Doch meine Eltern waren noch nie besonders nachtragend gewesen. Nach einer kurzen Strafpredigt hatten sie mir auch schon wieder verziehen.

Als ich Curr nach meinem Zwangsurlaub wieder gegenübertrat, war meine Wut auf ihn verflogen. Schließlich hatte er es nur gut gemeint. Zudem musste ich mir im Nachhinein auch eingestehen, dass er mit alldem was er gesagt hatte, recht behalten hatte. Ich fiel ihm um den Hals, küsste ihn auf die Wange und dankte ihm dafür, dass er meinen Wutausbrauch, an dem Abend, als ich dachte Dave hätte eine andere Frau, so seelenruhig hingenommen hatte.

Dave und ich beschlossen, das Cottage von Mrs. McIntosh zu renovieren und es für unsere eigenen Zwecke zu nutzen. Mir war schnell klar geworden, dass mein eigenes Cottage für eine ganze Familie tatsächlich zu klein sein würde. So wurde mein Haus zu Daves neuer Zweigstelle und sein neu erworbenes Haus zu unserem gemeinsamen Zuhause. Das würde zwar noch einiges an Arbeit bedeuten, doch wir hatten tatkräftige Unterstützung von Curr.

Harry und Kevensa besuchten uns eine Woche später, auf dem Rückweg von ihrem Urlaub, um den LKW wieder mit nach Inverness zu nehmen. Diese Gelegenheit nutzten sie, mich noch einmal in ihrer Familie willkommen zu heißen. Bei einem großen Abendessen lernten sie dann auch endlich meine Eltern kennen und wir saßen bis spät in die Nacht zusammen und begannen die Hochzeit zu planen.

Dave fuhr in regelmäßigen Abständen nach Inverness, um dort nach dem Rechten zu sehen, wozu ich ihn grundsätzlich begleitete. Zusätzlich nutzten wir diese Fahrten, um seine Eltern zu besuchen, deren Gästezimmer wir immer zum Übernachten nutzten. Daves Schwester und ihre Familie lernte ich erst einige Wochen später kennen, als diese für ein langes Wochenende ebenfalls in Inverness bei Harry und Kevensa waren. Sie stellten sich als genauso nett wie der Rest der Familie heraus und ich konnte mich glücklich schätzen jetzt dazuzugehören.

Ja, mein Märchen war perfekt und hatte eben erst begonnen. Ich war endlich glücklich und konnte die schmerzlichen Erinnerungen hinter mir lassen. So, wie Dave es mir versprochen hatte. Jeden Tag aufs Neue, schenkte er mir unvergessliche Momente, die die tiefen Kerben in meiner Seele heilten und die Schatten aus der Vergangenheit vertrieben. Und wie heißt es so schön:

...und sie lebten glücklich und zufrieden bis an ihr Lebensende.

♥ ENDE ♥

Weitere Romane von J.J.Schurr

Die junge und ehrgeizige Liv zieht, nach dem Tod ihrer
Mutter, nach New York, um als erfolgreiche Archi-
tektin durchzustarten. Dabei hat sie nicht mit dem
gutaussehenden Taylor gerechnet, in den sie sich Hals
über Kopf verliebt. Auch Taylor kann sich der Anziehungskraft, die Liv auf ihn ausübt, nicht entziehen.
Doch Taylor hütet ein Geheimnis, das schon bald ans
Licht kommt.

Eine fesselnde Geschichte, voller Emotionen
und Erotik!

Erster Band der Liv Triologie

Herstellung und Verlag:
BoD- Books on Demand, Norderstedt

ISBN-978-3-7412-24621
Deutsche Erstausgabe 2016

Alles ist perfekt! Liv und Taylor haben zueinander gefunden und sie trägt sein Kind unter dem Herzen. Doch ihr junges Glück bleibt vom Schicksal nicht verschont. Und leider kommt ein Unglück selten allein. Werden sie diese schwere Zeit überstehen und welche Rollen spielen ihre Freunde dabei? Wird John sich auf eine Beziehung mit Kathy einlassen oder bleiben sie schlussendlich doch nur Freunde?

Zweiter Band der emotionalen und erotischen
Liv Trilogie

Herstellung und Verlag:
BoD- Books on Demand, Norderstedt

ISBN-978-3-7431-80208
Deutsche Erstausgabe 2017

Die junge Buchautorin Amelia Black zieht über den
Winter nach Yellowknife in Kanada, um sich dort ganz
und gar auf das Schreiben ihres neuen Romans zu
konzentrieren. Doch es geschehen seltsame Dinge. Erst
bekommt sie mehrmals Besuch von einem sonderbaren
Wolf. Dann trifft sie auf den gutaussehenden Ethan,
der ihr die Sinne vernebelt. Und als wäre das nicht
genug, taucht auch noch dessen alter Freund Anthony
auf, der gefährlichen Anhang im Schlepptau hat.

Ein vampirisches Fantasy-Abenteuer!
Romantisch, erotisch, spannend!

Herstellung und Verlag:
BoD- Books on Demand, Norderstedt

ISBN-978-3-7412-94181
Deutsche Erstausgabe 2016

ÜBER DIE AUTORIN:

J. J. Schurr, geb. im Mai 1980, lebt mit ihrem Mann, ihrem Sohn und einigen Haustieren, in der Nähe von Pforzheim/Baden-Württemberg. Sie liebt Bücher, Tiere und Musik. Zudem unterstützt sie in ihrer Freizeit ein spanisches Tierheim.